无时序
的世界

叶锦添
美学笔记

叶锦添 著

MIRROR

上海三联书店

# 目　录

# 序　神物我如

在月光清冷的照射下，沉沉地划下了水边的倒影，那里好像在向我诉说着什么，却没有声音，没有内容，它只是浮游在那里，若不注意它，它就不存在，静静地看着它的流动，从一丝丝的反映中，感觉它确切地存在着。那寂静的涟漪有如一阵飘雨，飘过了瞬间，便一瞬即逝，连一个动念都没有，它就消失于无形，在寂静的帷幕底下，寻找着这匆匆而过的幻影，在无人的黑夜，共同藏着一点秘密，如果寂静的世界有回音，就可以通过夜风与它对话。

"神物我如"就是通往我们所无法了解的世界，一个不受限于时间与空间的世界，一个更真实的世界根源，从那里开始，重塑我个人对于这个宇宙与人类历史的视觉。

回溯一个原意识的世界，就是一个物质以前的世界，而且也是物质原来的世界。那里有一层看不见的组成部分，我称之为"精神DNA"。它将引领我们从另一个维度来重新进入时间，重遇一个物质构成以前存有的精神世界，一个并存的无知世界。

物至之上有原生层次，不为世间所丈量，汇聚元气而生，气尽成物，降落在时空中，为所探，为所构，然此乃过去之物，禁不住迷惑。源于当下，乃未生之中，不为时空所限。既自无形，既自无物，在那既生未生之间，既有且无之间。

Real/Virtual ① 并置 虚实

我们存在于过程中的某一个阶段、一个片刻、一个宇宙、一片天空、一片时间、一片我、一片回忆、一片尘土、一阵风、一点温暖、一束光、一种声音、一种创伤、一种喜悦，从而终有一天会离开时空的状态，回归到陌路的世界里面，我们将一无所有，就犹如时间的黑点与它的灰色地带，虚实并置。

# 时间的深度

"时间有它本身的内容，不同的时间有着不同的内容变化的轨迹，有一个玄妙的东西在后面，操控着所有形式的变化。所以每个时代，在处理艺术的时候，就好像是在与这联动的东西交流。艺术家与诗人同属一宗，为时间的觉者。"

我们不知道虚空的世界是什么样，当我们睁开眼睛，犹如打开了这个空间与时间的帷幕，重新辨认世界的存在，这里好像一切都已建构好，根据它的逻辑在时间中运行，一点一点转化着它们的形状。我们活在记忆之中，从记忆里面去分辨眼前的事物，然而记忆有大部分是从教育而来，我们的教育经过了生活的历练而制造了一个我们所相信的世界。一切都安装在逻辑里面，只要根据逻辑前进，一切都会有它本来的运行方法，没有疑问。

科学牢不可破地一直守在事实的前面，成为时代的共识，在普遍的价值观里，所谓虚的世界沉默地在事实的背后隐藏着，究竟什么是虚的世界？它是真的不存在于现实吗？在今天的人世间，我们很难理解不可以解释与不可以丈量的事物，究竟在这样的大前提底下，虚与实用什么来解读？在一个真空的实验室里面，一个单细胞产生着另外一个单细胞，重复着它自己的模样，这种延续不会停止，而是一直延伸，产生着愈来愈多的单细胞，并且都是从一个模型而来。然而，存在涵盖了哪些范围？如果科学的述说只描述了这个单细胞的生长，那它是如何生长，为何生长，是什么动力产生了物种的再生？

物质本身是如何被驱动的？它又有什么动力使它的内在产生具体的移动与变化？如果 DNA 只是被理解为一个机械记忆的体系，那么在它的原理下产生的内容，还有没有动机？如果所有内容都是从动机而来，用动机来延伸，那么虚的流动细节是不是就是这个动机本身？世界如果从虚空而来，那么是不是从精神世界驱动而产生了时空，进而以物质的世界来演化？

　　早期的人类塑造了一个遥远的历史，希望通过历史的撰写，建造出人类伟大的记忆，在这个记忆里，他们以编年史的方式，把所有重要的事情记下，目的就是将人类在宇宙中所有发生的事情做一个重大的整理，犹如史诗一般建造它的韵律，就是把整个人类的存在，变成一部非常伟大的乐章，就像长篇小说里所呈现出来的史诗风貌，或歌剧所产生的具有丰厚诗意的现实力量。

　　人类除了对这种庞大浪漫的自我辨认的历史保持着非常大的期待以外，另一方面又产生了对现实、生死、虚幻、无边世界中人类的无限想象，我们将之称为诗人创造的世界，诗人讲求形而上的情感，并不着重去介绍历史上谁胜谁败或在现实中所发生的一切事情。他们抽取了这些事情发生的内容，从而去建造一个人类可参照意念的所在。这种人类的意念产生了我们的文化、思想的实际性、我们的哲学，将我们的智慧具体呈现出来，以及把我们的情感充分地表达出来。这种人类对着虚空的宇宙所发出的声音，是人类存在的最伟大的见证，就犹如神箭手闭目拉弓，向着虚空发箭，把无形的东西穿透。

　　人类曾经希望可以征服宇宙，成就不可置疑的伟业，在二十世纪六〇年代末终于尝试了太空宇宙的星空实验，阿波罗登陆月球，就如圣启一样，我们的理想在具体的世界里面发出信号，人类的历史化被动为主动。人文科学在最近的五个世纪间产生了重大的发展，更多属现实的世界知识慢慢涌现，大工业时代制造了体量庞大的跨海大桥，产生了巨大的制造力量，具体的物理革命引发工业大量生产，物理的发现把精神世界的虚幻性推到了幕后。现实世界被众多的物理解释所围绕，成为一个现实世界的凭证。在这种现实物质世界的体现底下，所有关于物质的想象都变成一种疯狂的举动，将人类自然的环境，变成为制造这些物质的依据。

物质再造在这时候排山倒海地成了人类存在的行动，把整个面前所见的现实世界变成我们所创造的素材，属自己回忆的重塑被自己所拥有。人类就是这样发展了一个自我的世界，将地球原来的样貌，改变成自己所记忆、想象的世界。这样相互交错的两个平衡世界产生了一种奇特的景观，一个是现在的自然世界，一个是想象中人类记忆的世界，两个世界不断地交错，又不断地产生冲突与调整，成为我们整个物理与精神历史的共有。在物理与物质不断组合发生的行动之中，我们已经在科学里面发现了显微镜下微生物的一切生理细节，整理研究出自然生物学的体系；从物理运算的发展中，研究出电子的分合原理，使人类历史进入了电子世界；物质的世界在微观的穿透下，甚至发展出了量子力学，物质存在与消失的临界点；当下的物理在弦理论中游离，整个宇宙由无以计数的无形能量所组成，让我们抵销了所有物质产生的永恒性与真实性的既有概念。

在这个物质再造泛滥的时代里面，忽然之间，我们面对着一个精神世界的空缺。我们知道物质的原理怎么可以被掌握，了解所有事情发生的方法和物理知识，却无法理解那驱动力来自什么地方，是什么样的模式，让物质可以形成它自身的转化？推广到更深远的历史，我们知道达尔文提出的物竞天择的自然模式，是有一种意志力驱动所有物质的生长，去产生它们本身的模样，跟环境的结合，成为它们生存的共有模式，通过食物链的互相配合，产生了一种宇宙生命链的伟大旋律。我们曾经感受到这种来自远古，甚至是最根本自然所产生的生命奏歌的美，并为之感动。但是经历了我们记忆里面一直在复生和改造的世界，这种自然的奏歌慢慢产生了变化，就好像我们以自己的梦想去改变了整个自然界原来的生存模式，它亘古至今的游戏规则受到改变，从自然生态中抽离，我们必须要重新去面对一个自己所创造的世界，一个生生不息的问号。从自然界过渡到人类所创造的世界，产生了一个极致虚无的结果。

自然界与它的规律生生不息，有生有死。一个星球的诞生意味着它也会毁灭，我们从地球上所看到的宇宙有限的知识层面中，发现整个地球有一个生命的周期，就犹如从遥远火星上所看到的，巨大的星球在宇宙中，也只是一个时间轴里所产生的时机产物。宇宙的生命体好像在轮番运转之下于一层层的能量场中漫游，慢慢游到不同的地方，产生了物质和生命的轨迹。这种能量的漫游就是陌路时间的秘密，作为一个人生存在苍茫的宇宙中，我们赖以生存的地球成了我们唯一的视觉。它是一个宇宙的模型，在建造着我们对大地、山河所产生的深刻的回忆与温暖。这种温暖感试图联结着我们以前所生存的时间，那个深入宇宙的回忆，我们的存在不是孤立的，我们与某种东西一起存在着，它建造着我们所见的世界，建造着时间与空间，让我们看到一个不一样的所有，我称它为存有。然而，终极的存在与不存在是否代表了它与存有的关系？那什么是精神素质？

精神素质是虚空能量世界进入时空的能源状态，它们进入到每个物体中，拥有不同的质量，各自存在着时空外的不同属性，从而共同经历了时间历史，但内在的精神素质不会消失，一直会替换着、驱动着物质生命的演化。去感觉这个有形世界的流转，一切都在存有的流动变化中，因此所有感官都好像是这个过程中的触觉，我们存在于过程中的某一个阶段、一个片刻、一个宇宙、一片天空、一片时间、一片我、一片回忆、一片尘土、一阵风、一点温暖、一束光、一种声音、一种创伤、一种喜悦，从而终有一天会离开时空的状态，回归到陌路的世界里面，我们将一无所有，就犹如时间的黑点与它的灰色地带，虚实并置。

# 死在时间之上

　　在某种程度上我们都能感觉到，整个世界在不断地改变，我可以大胆地想象，未来更多不同世界的样貌，是我们昔日牢不可破的时空观念所无法理解的，从而产生了一种新维度的挑战。今天我们重新去看现实的一切，那看不透的一切，没法以往昔单一的角度而存在，因为它有着太多的面相去观照。世界并存着非常多种样貌、多种观看的角度，以人类的角度所理解的自然和时间空间，只是一个非常狭窄的维度，而所有文字、数据所述说的，并不能牢牢地抓住真实。

　　一切都是在形形色色、错综复杂的关系中进展的。二十一世纪迎来了一个崭新的世界，正值我们对自我重新审视的时候，人的情感累积在复杂的历史中，可以进行一种清盘式的检视。无处躲藏的一切细节，今天是那么清晰地在大数据里面显现，一目了然，产生了确切的参照。当我们看到这些结果，就会看到各种事理像万花筒般千变万化地转移与组合，都离不开人的意识的历史。而这些历史里面带着各种人世变迁与种族暴力的血腥悲剧，使人在追寻人生意义的同时，繁华的景象中也体现着如荒野一样虚无的人性。

　　人间的一切都是人制造出来的故事，为他们的时间与空间所定义。大自然是否同时存在于这个时空之中？还是它是另外一番景象，只是共见于此间？是否只有人间的历史才是真正发生中的时空，而大自然只是一种受到冲击的存在体？时间的内容集中在人的行为上，以人最终极的记忆——感情来驱动，那是一种穿越维度的共感，是人存在的最原始的知觉——心灵，它是那么纯真，不受污染又无法阻挡，本身却十分脆弱易变，只有它拥有那种最有趣的活在未知的能力。因为这样，心灵就不会只留在记忆里，它将成为永恒的原形，不会死在时间之上。

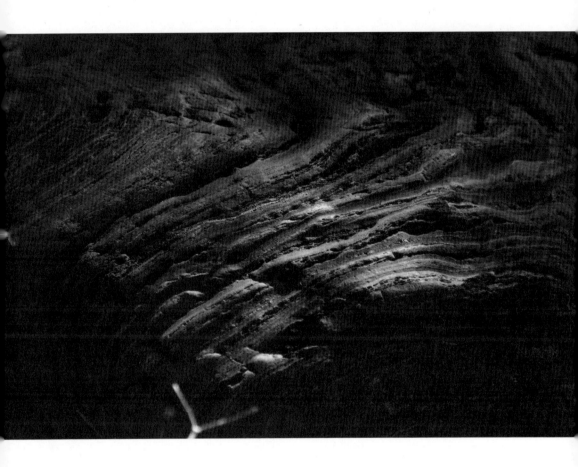

# 时空的黑点

　　不管是对于外星人还是对于我们自身的疑团，我们都更像是在这个存在的空间里面捉迷藏。科学好像在稳定我们的精神意志，去理解整个世界存在于一个视点上，而且延伸的每个点都可以连接，去让我们了解世界的脉络与逻辑，就好像科学一直想找寻一种方法，让世界可以被描述、被体验、被丈量。

　　西方的文明在十九世纪时，深入探讨到潜意识的世界，把科学推到虚的层次，从而扩大至整个宇宙的景观。他们在这里找到一种虚无与无可抗争的事实——一个没有神的庞大宇宙，从一个给人类承诺的上帝变成一个无边无际、无可猜量、无法掌握的宇宙，虚无而寂静。

　　这可能是理性主义的终结，科学与西方宗教不断角力与不断产生新维度的解码，一切暗中链接着，人的情绪是人的精神世界最终极的源头，但它却轻易地分成两极，一喜一哀。心中分成光明与黑暗，这跟整个宇宙同出一辙，整个宇宙是靠这两股力量互相牵引而产生，时间无法涵盖这种原始的力量。在时间还没有诞生之前，这两股力量已经完成。所谓生命，只是一种周而复始地围绕着这两股力量产生的种种轮回。

　　我们的生存依赖着各种平衡，视觉的平衡、心理的平衡、时间的平衡、地平线的平衡，所有都是平衡的秘密。从动物到人体的眼睛、肩膀、四肢等等，都包含了平衡的玄妙，后面隐藏着一个浮动的真实。人建造了一个自我意识上的安全的世界，基础是在文化上。每个民族都有它的文化，文化就是为自己存在的事实灌注一种稳定性，它能把抽象的意识流、抽象的外来物，或者是祖先留下来的意识，用图像、文字或者一些仪式保存下来。这个巨大的无底洞联结着深邃的存有世界，不同的时代在时间底层慢慢地浮上表面。

# 爱因斯坦的物理宇宙

　　二十世纪三〇年代初，爱因斯坦改变了人们对宇宙的理解，宇宙并非静止的实体。行星愈逼近宇宙边界，其速度便愈大。事实上，没有什么是静止不动的。宇宙的扩张在不断加速，人类知识的扩展速度也是世纪之初所难以想象的。人类共同的基因组，即人类作为一个种族的基因序列，正在绘制中。这是迄今最大的生物学壮举，位于北京的中科院为此设立了一个研究所。我们对于广博的人类大脑和精巧的人体细胞的理解也随之改变，细胞内的细胞核中保存着我们的基因密码，其分子结构在一九五三年被发现，命名为 DNA（脱氧核糖核酸）。

　　二十世纪初，爱因斯坦提出了相对论，从狭义的相对论到后来广义的相对论，在现实里面所不能讲清楚的，却能诠释成计算精准的抽象的方程式，世界并存着黑洞和弯曲的时间，与平常的时间同时存在着。纵观牛顿与爱因斯坦的年代，对整个宇宙的认识还处于从观念到实际的猜想与计算之间，从那里开始，爱因斯坦的启蒙让我重新找到一种语言结构去阐述一种新的维度理论，他奠定了整个现代世界观，使宇宙开始出现一个人类现代赖以生存的模型。

　　从众多爱因斯坦的言论之中，我们知道除了科学，他对艺术、宗教也有着深刻的思考，从宗教到神学、科学都是他研究的领域。他以超凡的物理逻辑来解释这个世界，让这些神秘的维度清晰可辨，但是只停留在物体的层面。深入爱因斯坦的理论基础，可以慢慢找出一种共同并行的世界，科学一直让我们思考物理逻辑的内部总结构，一切的运作都关乎其中。

　　物理科学达到极致直到虚空，虚空的显现达到了显微镜可以看到的微观科学，两者一起产生了各种维度的诠释与包容，从宗教的角度到人文精神开始建立，再回溯到整个原始社会人与自然的总关系，目的是找到人跟自然同时存在的事实的和谐。存在的时空之中，究竟有什么东西在左右着一切，所有虚空的原理是怎样塑造着这个时空的细节？这里牵涉到无形结构跟有形结构的互动，一个虚实并置的状态。

如果今天我们把范围开放到精神 DNA 的世界（见"精神 DNA"一章），我们将会没办法用数据去控制事物的来龙去脉，无法以此去解释一切的现象，若我们重归于灵魂的精神，就无法单纯用科学的方法去衡量这个世界。艺术的极致大多抽离于现实与空间、科学与宗教的限制，可以独立地表达一种心灵中所看到的异境，联结着对自然的领会，在时空中的所观所感，有些时候可以牵动人的情感表达在程序之中。这时候，艺术就通过三个世界的建立构成了一种非常美丽的画面——人文、科学、自然的和谐并存。

我开始重新理解这个世界，自然胎生于虚无，它来自一个无限广阔的多维世界，我们不可能知道它的庞大与复杂的所有内容，它涵盖了所有维度并让存在物穿梭无间。时空产生之后，它就以物理的状态呈现在这个时空之中，而物理形成的前身是精神世界，所有精神浮游在虚空之中，经过时空慢慢形成了物质，降落在现实中的世界上，它们赖以生存的东西叫能量，是精神通过能量去驱动物质生长，而成为实际的存在。它们由无数的精神素质慢慢组成，精神素质的来源非常多元，有优质的能量，也有低劣的能量，纷杂并置，它们在太空中不断漫游，慢慢聚合成不同的世界。

人类所面对的当下就是这种世界作用的其中一个结果，其中一个维度的空间，我们在有限的感知范围内看见世界，我们看到了虚空的一切现象，无法想象自己来自哪里，不断在物灵之间找寻平衡与接触点。生老病死，年轻、衰老所产生的精神能量的改变，证实了我们在出入时间的过程中产生了变化。时空

的出入成为我们不断面对的一个重大课题——生与死。

所谓的时空也非永存，它只是停留在时间这极点上的一刻，幻化成为一种存在的实体，但在下一刻它就会化为虚无，每个时空的点因为这种气的变化、能量的推移，不断地移动，成为时间本身，时间就是这样左右着物质的变化。但是它真正的内容是精神的动机，是精神的世界在作用着物质世界。不管宇宙有多庞大，精神存在的这个事实不会改变。

爱因斯坦在物理学上给了世界一个角度，使我们在时空之中找到一些坐标，用数据的计算方法去把宇宙的形与轮廓捕捉起来，里面所思所见是如此真实庞大，科学进入了一个清晰的思维状态，对于世间的一切物质，科学都深入到它们出现与消失的维度中。爱因斯坦特别的地方是他同时也是一个艺术家，对冷科学带有浪漫的思想，在整个研究的热情中，他对人类学的处境充满关爱。到了霍金的年代，科学渐次演化为一个理性机会的发展，存在着冷静与绝对科学的思维。

有时候感觉这就像一个巨大的猜谜游戏，每个科学家不断用他的智力去发现这个游戏的规则内容，找寻一种解释它的方法，它联结了我们对整个宇宙构想空前的真实感。因为我们的视觉存在于时空之中。

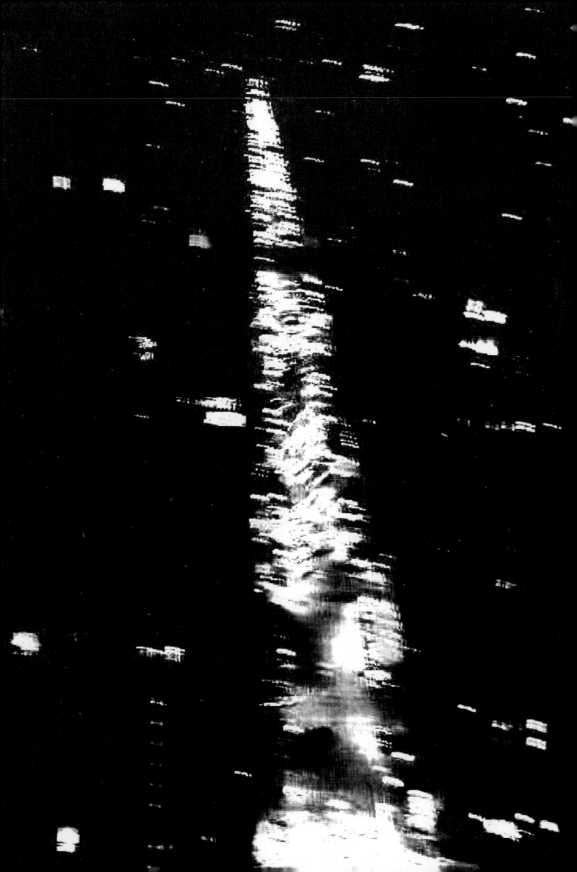

# 陌路之约

　　如梦境的现实一样，我们环绕着太阳一圈一圈地旋转，月球围绕着我们同样地运转着，然而在地球上所看到的世界并不代表整个宇宙的模样，我们经常想象还有另外一种世界的模式，宇宙还有一个非常庞大的未知空间，已发展成非常密集而繁华的景况。在我们的知识体系以外，内外层空间区分着表里的世界。外层空间里面存在着非常多不一样的维度，也产生了不一样的生物与文明，他们各自超乎想象地存在着，我们对他们一无所知，但是在想象里面却会梦到他们的模样，在意识的残骸中，回溯着点滴的痕迹，有时候关于存在空间的疑问会追溯到我们的根源在哪里。看着整个漆黑的太空被描述成我们所诠释的宇宙的模样，但是在它的后面会是怎样的光景？想象一下其他维度的世界，其他维度里面的生物，他们的生存模式与精神素质的状态。我们的归属在哪里？这里是否是我们原来存在的地方？还是迷了路找错了方向？尽管我们一直以来还没找到那个定义，可是地球仍然在不懈地运动着。

　　茫茫星际间万年如一，遥远却带着诗意，在这里就算测量出其间有着多大的变化，它也只是一个传说，这遥远的国度是否可以穿越时空，进入陌路的边沿？有时候感觉时间一直如狙击手一样，阻碍着与陌路的连接，它有时候是事实有时候是观念，无孔不入又无所不在地区隔着。在物理的世界里面，我们累积了数十万年的智慧，可能对于整个宇宙来讲却是微乎其微，我们并不能保障，在地球以外的世界，还能保有一种自我防卫与生存的能力，我们的活动范围被框在时空以内，显得非常渺小，不单行动十分缓慢，而且非常脆弱，就如蝼蚁一样，在这广漠空洞的世界里，生存何为？

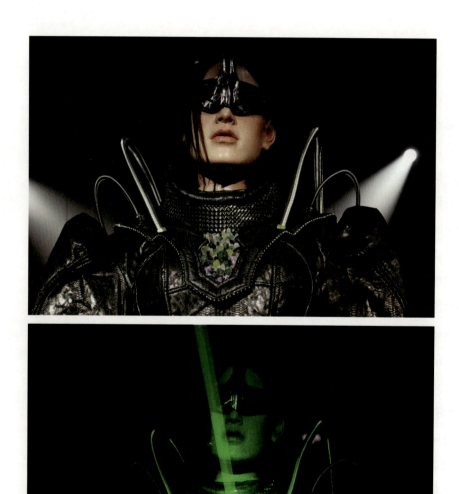

# 外星人的投影

当这个虚无的境象异变的一刻，一个未知世界的信息，不断向我们扑面而来，远古的信息从六十光年以外、五十光年以外一步一步地改变着与地球的距离，当它不断逼近和重复一个坐标时，我们开始注意到，它的动向所带来的物理真实性，与它出现的时间点和距离，形成了一种原来只属于虚化宇宙概念、现在却显现为实体的恐惧。这种恐惧冲击着公众媒体与既有的世界逻辑，正急速地划破我们安身立命的世界。我们无法避开这一话题，即地球以外所有生命智慧存在的可能，它不断地在我们的意识，以及对科技的进一步认识和迷惘中，慢慢形成了一个非常深刻的想象的世界，犹如一道幽冥域界传来的魅影。

在这里让我来描述一个最近发生的梦境。我从一个小商场走到外面的时候，天空一片灰，这个下午的天空虽然阴暗，但又藏着一种奇怪的光亮。我感觉这个时候的空气有点奇特，色彩带着一种灰蓝，布满整个空间。很明显可以看到那乌云密布的空中出现了一种光亮，有一个图案在慢慢形成，像一种几何图形，很不自然地在这些乌云里面产生，我能十分清晰地看到一个有如广告的图案或标志。接下来，整个天空都出现了这个图案，它们一个一个非常突兀地出现在云海里面，这时候我看到整个空中都是这种强烈刺目的光线、就像广告设计中的半平面的图案。

一个一个的广告图案就像 logo 一样，贴在天空中，跟大自然的天象形成一种奇怪的对比。不知道为什么，这个时候我没有害怕的感觉，但是可以感受到一种奇特的末日气氛的来临，天上开始出现一些像方形组织的发亮体，一直在空中散布，就像萤火虫一样，非常单纯地一个一个在空间中出现，一直散落到附近的河道上。天色很灰，因此这些发亮的几何形状看得十分清楚。这些正方形愈来愈密集，在四周飞舞，有一种诡异的美丽。我急于打电话给一个朋友，看看他那边会不会有同样的状况，我找到一个角落，拨通我的电话……

我坐在一辆租来的公交车上，跟一些工作人员来到一个非常边远的山村，就如一般的小村镇一样，没有什么特别，经过一些路，我们在等待接送一些人。我们不断地闲聊，没有什么特别的话题，在这个村上停留的时候，已经开了十分遥远的一段路途，村落里面有非常多的铁皮屋，加建在建筑的外面，形成了一条又一条非常窄的巷道，我们在巷道与巷道之间看到一些店铺，一些人家散落在附近。这个时候，我看到我的脚上出现了一个长着奇怪胡子的人脸，像一个道士的感觉，我给其他人看，但是他们都没有太多的反应，因此我们继续往前走，就像平常工作的情况一样，去找吃饭的地方。

这时，我脚上的人脸有了变化，我们走到一间房子前，正要去吃饭的时候，看到房子上也有一个人脸的图片，就和我脚上的那个人脸是同一个人，理着平头，有一张眼睛小小、蓄着胡子的方脸，后来这个方脸消失了，出现了一些图案。我们走过的这个村子，就像在香港的大澳走过的临海村落，又像在台湾走过的一些边缘的乡村，村口不大，走路就可以到达每一个地方，附近亦有一些公路和繁忙来往的车辆，感觉就是再正常不过的一个现代乡村。

我们在这家餐厅里面吃过了饭，然后继续往前走，好像工作已经告一段落，我们就准备离开。我正要跟家人会合，呼唤了出租车，一个人离开了大队，慢慢走到村落的一条公路上，却看到空中出现了这个图案。如果再清楚一点去形容这个图案，就好像是有一部庞大的机械在厚云背后，发出猛烈的光亮，让我们看到那个图案在空中产生云霞明灭的奇观。我辨认不出空中这个图案有多庞大，它就像一个投影出来的图案，而不是实体。它是一个碎落的方形，由不同的图案组合而成，看不清楚不断变换的符码，它的中间有一些弧线，像一种广告的机械图。

它没有太多的移动，只是浮在那边，但是我看到它是有层次的，不是平面的线条。接下来，我转头看到周围的天空不断地出现新的图案，这些图案布满了整个空间，看起来好像没有恶意，但是非常突兀，不像是自然产生的东西。空气让人窒息，并且感觉有一种我们不可控制的状况即将来临，因此我才会想打电话给家人。这时候又有很多细碎的几何图案在空中产生，在灰暗的天色下，这些图案呈现出一种冷色调。

一些三维的几何图案，不断地在空中飞舞，有些散落在公路旁边的水洼中，好像是有意识地落到水的表面上观察，但是因为数目太庞大，一时间没办法想清楚它们是有意识还是无意识地在浮动。不需要多久的时间，整个空间都布满了这些飞舞的几何图案。不管是天空中的图案，还是散落的那些发亮的图案，都像萤火虫一样，在四周跳舞，它们好像没有丝毫计划，却有着同一种反应，一起散布在整个的空间里面，四处张望，好像对空间充满好奇。

这种反应好像可以进行沟通，我们却不知道当中的意思。这个画面十分荒谬，甚至有点恐怖，因为它们铺天盖地地镶嵌在周围的环境中，所以出现了这种十分超自然的景象。这条马路是一条水泥的、新建成但又不是太完整的道路，有一些非常简陋的公用的铁栏杆，与周围空间中出现的冷白色的几何图案同时存在。

这时候我假想这世界是一个外在力量投注在这里的试验场。不难发现，它里面有各种并置的杂质，它没有把自身完成在一个整体的考虑中，就像一个试验场，在那里试验各种不同的物质效应，到最后它会把好的拿走，剩余的大量废弃物就被留在这里。地球上堆积如山的垃圾，就是这种意识残留下来的对象，有种力量推动着造成了这些后果，形成目前的情况。试验的目的，主要是为另外一个地方提供一些新的材质、新的原料和新的发现。因此，地球以外的一切都封闭地保持着一种不能看见的神秘状态。人经常会失去记忆，而且只锁定在一个范围内，没办法了解这个贯通里外的世界。

在《圣经》里面有末日的审判，就如这个地球的加工厂真正被废弃了，物质与精神同时归化到这个无知的存有世界，把所有的能量汇聚成一个缀合物，产生了我们认为的星球效应。星球就是把那种精神力量大大地统一起来，汇聚在一个物质上，再从那个物质慢慢形成各种物质故事。虚空中不断传出这种能量，让这个物质的世界形成复杂的曼陀罗结构。就犹如奴隶时代，很多人只有生存的基本条件，他们被安排去经过一些特殊工作的认定，使他们能够成为其中的一分子，从而带动他们去执行所赋予的任务。

宇宙是什么模样？它是无限的黑暗，还是无限的光明？现在的时间和空间在制造着什么？是否在制造着一种我们不可知的东西？谁具有能超越一切的视野？人的意识是其中最重要的一部分，却无法理解来到这里的原因。但是为什么人的心里面有这种相应的力量？

# 属灵之谜

外星人的形貌该是如何的呢？我相信这要看它的属性，如果它的属性在时空里面跟地球人相仿，那么它会按照地球人的逻辑来生长，当然我们所述说的可能出现在同一个空间里面的都是同一个维度的东西，另外一个维度的东西来到这里的时候就会产生这里的形貌，人为什么可以直立走路，跟所有动物都不太一样，因为人的灵魂浮于空中，不是由地心引力牵引的，因此是人的灵魂把人的身体拉起来离开地面，形成了直立行走的模样，人头部存在的力量来自空中，空中有一种意志，使它们可以停留在不完全被地心引力控制的区域，人只有在精神失去控制和疲累的时候，头才会显得非常沉重，身体才会产生重大反应，那证明了，人在精神饱满的时候，头是没有重量的。

从古到今，人在睡觉的时候，都需要一个特别的枕头，可以把头安置起来，我们不像有些动物般贴在地上睡觉，或是站着睡，而是贴在床上的枕头上。这个观察令我泛起了关于种种动物存在于这个时空里的逻辑疑问，如果我们的肉身也是动物的一种，就会受到这个时空之中动物属性的影响，如果头颅硕大的外星人是我们的后代，从我们的身体演变出了他们的身体，那么中间经过了什么样的变化？这样看来，如果人离开地球生活，去了火星或是任何的地方，形体也会因环境的变化而改变。我曾经在威尼斯的中世纪服装展中，发现那个年代的人体形矮小，成年人的身型看来都像是儿童，忽然间我想起原始人，甚至是二十世纪六〇年代的人，他们跟此时此刻的人都在不断改变中，我们活在类似却又非常不一样的时间中，这种变化通常都是外在于人的感官经验的，但是今天我们谈到生物的原形，才惊觉我们自己也处于这种环境的不断变化里面。

如果以时空作为规矩，那么所有在这里生存的生物都会按照这个时空所限定的规律而产生，包括单细胞的 DNA 的酝酿，对生存环境条件的适应，会形成不同的体重、温度、大小、抗体、适应能力。人可以在各种动物形态中，看到自身的整个适应性，从而产生人的形状、形貌、表情，以及身体的变化与规律。大多数的人类皮肤都是光滑的，所以有些人推断人类是从海里而来，长期在海里面生活让人的皮肤变得光滑，又或是古猿在演化成人类前已经在路上生活了很长时间，人的毛发是逐渐变少的。至于地上的哺乳类动物，则为了要抵挡各种天气的变化，而做出了生理外形上的适应，因此在北极和南极生活的动物，毛都会显得比较长，皮层较厚。

动物在生理上有它生活空间的属性，但是现在人类不断扩张，城市面积慢慢变大，自然空间慢慢变小，自然环境渐渐恶化，原来的生态环境没有办法再承担原初能源的整体循环运输，在这种情况下，慢慢会形成一个人工世界，在一个巨大的能量场面前，重新形成它的输出规律。原始能量的输送受到破坏，由此所有原来相关的能量体系被中断，被迫与不同的属性交错。这种没有连接的输送使新生的能量体必须自我调适，从而慢慢磨合，从中产生一个愈来愈单一的相似的世界。近代人从药物里面得到了很多延长生命的机会，药物从各种天然的原料中被慢慢提炼、转化，成为帮助人类延续生命的一种催化剂。无论如何人已经违反了自然的定律，慢慢完成自我属性的重新建立。属医学文明后置的生命体会愈来愈多，属原始文明前置的生物体会愈来愈脆弱。人类只能继续找寻一个自己创造的整体的大能量世界体系，在这个体系里面可以自然地按照自身的要求生活在地球或是其他星球上，制造一个完全适合自我属性的空间。

从一个内在深化的角度，我们可以重新去观看我们所认知的世界，人如果只是万有现象的其中一种，我们就不用太计较，还有其他东西跟我们同样存在于这个地球，甚至是宇宙的轨迹里。若我们从人类的角度，去形容这个世界的空间范围，如果地球是自然界，人间是人界，宇宙是宇宙界，那么这三者是否平衡？里面所产生的时空是不是一致呢？人类把大自然慢慢变成了自我记忆的世界，一个以单细胞为原形的世界，它可能就是一艘宇宙飞船的模型，一个自给自足但却永远追寻着能量补给而循环不断的原形，这抽象地涵盖了它所存在的一切。

# 外星人类的文化显现

看到某些不幸的人类被外星人侵袭，奇特的经验带给他们长期的孤独，以及无可避免的创伤感，面对未知，有一种莫名的哀伤感向我袭来。关于外星生物与其他维度的世界一直存在于人类的梦中，一种对未知的恐惧与想象从人类文明发展的最早期已然开始，地球与它自身以外的世界没有确切的分界线，很早的时候就已经开始了各种信息的介入，人类在自己能够掌握的世界以外，画下了一道神秘的界线，那里收藏着不可解之物，而科学就是在与这个未知奋战，日积月累地开发物理的智慧，甚至动摇了宗教的唯一性，从漫长的中世纪禁欲主义中解放，科技就是回归整个宇宙概念的修炼。

文艺复兴使人类的注意力回归到自我存在本身，人文主义得以建立与发展，人类开始剖析自我身体的结构，即物理的结构，这研究延伸到空间建筑、文化物理，重新唤醒了空间的灵魂，物质世界脱去了纯属宗教的外衣，赤裸裸地展现着存在的真实。这时候，我们的形体被自我检视，从宇宙生成的实体感不点自明，只有等待着整个天体结构一一理清，我们才可以确切地感受到真正存在的不可思议。

十九世纪乘着大工业时代来临，工业革命在英国掀起了一阵巨浪，在虚无的世界中发出激进的物理信号，整个地球进入了一连串的决定性转化，弗洛伊德开启了一个软时间的维度，爆发了超现实主义的潜意识旅行。在二十世纪初的现代革命性的转化中，未来主义催生了对时间重叠的几何形态的迷恋，各种科学开始了对唯心世界的想象与落实，西欧国家发动了从殖民地文化的终结到两次世界大战的始末纷乱，人类在这两个世纪间与地球互换了角色与位置，人类前所未有地成为变化的核心，甚至威胁到地球本身的存亡，在当下人工智能的萌芽迸发阶段，我们不禁会问，太空中有外星人的想法是从哪个时候开始的？

　　回溯中世纪的宗教描述，我们可以从很多教堂里面看到欧洲人心目中对于宇宙的看法，在历朝历代的教堂宏伟的穹顶中，世界被以宗教化的方式归纳、诠释，后来人们通过其时代的科学发展而渐渐地改变了对整体物理世界的看法，从极端的宗教教义到自然科学，西欧经过了漫长的转化过程，形成了欧洲未来艺术的一种独特的态度。人类在不同的历史时代、地域文化间，产生过各种宗教图腾，又把各种神秘图像归纳在图案中，这种带着原始信息的符号进入工业化生产之后，在形成装饰文化的美感需求上，隐藏了图案的意义。早期的 Art Nouveau（新艺术）就是把人体和花纹联结在一起，由此产生的很多剪裁的风格都延伸了这种流动的线条，强调一种线条的浪漫色彩、颜色的饱和度与和谐的交流。到了 Art Deco（装饰艺术）的时代，人们把几何形状加在身上，Jazz（爵士）以音乐的形式鼓动着一种韵律，在几何的形状里做出变化，把以前装饰华丽的巴洛克风格到维多利亚风格的东西转化成几何的形态，慢慢演变出一种新的工业革命开发下的图案规则。这场与包豪斯有关的整体的视觉革命，形成了一种新的人类观看世界的方法，也影响了日后几何形状更加突出的一段历史。

　　在二十世纪初期，我们曾经把这种想法灌输于电影里面，在早期的电影中，我们想象着将太阳与月亮用拟人的方法来表现，里面就牵涉到对外星人的描述，当时关于外星人没有形体的限制，充满想象力的各种形象不断变化，有些是对地球生物的形象进行改造，有些直接来自几何光学的构成，总之外星人就是一个想象的领域，跟我们的人体有关，但是又牵涉到神秘的外来因素的影响，这股风潮变成了一种历久不衰的想象角力，不断有寄生于各种时间的形貌出现。

二十世纪二〇年代，摩天大楼出现在各大城市，几何形状的建筑大量发展，取代了繁复的古典风格建筑，形成了新的现代城市景观，这种与自然不太一样的线条，慢慢形成了人类电子世界的雏形。说来也是百年间的事，经过第一、第二次世界大战，大量古建筑被摧毁，产生了一大批后工业时代的廉价建筑，讲求简约的水泥构造，建筑上很多带着神秘信息的附载物直接消失。这时服装方面也开始把繁杂的装饰性的东西去掉，把手工精良、花费大量时间生产的手工艺作品尽量简化，转为一种大量生产的模式，衣服大多出自相同的款式和程序，只有小部分在艺术上有所追求的族群在不断回溯古典衣服的种种，故而产生了一种综合模式。

细看之下，欧洲所创造的星空奇遇文学的种种，都是基于文艺复兴以来的人文主义诞生后的宇宙想象。一九六九年阿波罗登陆月球，在这之前，关于外层空间的文化就开始大量涌现，有关外星人的传言不断出现，不少与外星人相遇的新闻出现在坊间。七〇年代，大量掺杂了外星文化的想象进入到城市里面，未来太空成为全世界的热门话题，如电影《2001 太空漫游》(*2001: A Space Odyssey*)、《星球大战》(*Star Wars*)、《第三类接触》(*Close Encounters of the Third Kind*)。另外，还有一众以外星人自居的艺术家，如草间弥生。个别的人物从流行文化的角度进入了我的视野，其中，想起未来世界和外星人就会想起大卫·鲍伊（David Bowie）和他的太太安吉拉·巴尼特（Angela Barnett）。人们对火星有深刻的期望，因此，这些艺术家从七〇年代开始成为时代的宠儿，大卫·鲍伊留下了很多影像作品，比如《天外来客》(*The Man Who Fell to Earth*)（1976），他究竟接收了什么信息，让他对外星文化和形象那么着迷，以他的个人形象创出不同的奇异角色，带领整个时代的潮流一直往前发展，其中带有很重的未来主义味道……

　　从真正在地球上经验的种种宇宙奇观幻想，到慢慢形成不同文化的各种解释，最后通过宗教与人文主义的复兴，一直到流行文化的发扬，时间蒙着一种未来的能量模式，不断地影响着我们的意识，在每个年代发挥不同的作用。有趣的是，人类总是以一种乐观的心态去面对这种种的虚幻，发挥着有趣的想象并模仿，人有一种全面覆盖一切的能力，使一切可以暂时淡化。

Time

② 

灰色的
时间

在时间中进行的一个单元与一个单元之间，无论变化有多小，都有一个灰色的地带，去区分每一个单元的距离。可能在追求这个灰色的时间，同一切实际的物质消失于无形的瞬间时，我们可以看到细节的真相⋯⋯

# 蓝色的记忆

在深蓝色的微光底下，出现了一些微微波动的线条，我能预知那就是一个现实底下的世界，它没有确切的依据，就像跟存在的本身没有关系。人活在这种无形的真实笼罩之中，能透视多少？如果离开了现实的时空，还有另外一种时空，它似曾相识地包围着我们，就好像是另外一个维度的真实，有时会与现实的时间互相交替。所谓的现实犹如一种影像的解释，不断地闪烁在我们感官的周围，如果用记忆把它落实下来，便将会成为一片又一片连绵不断的数据库。如果存在于时间中的灵魂，以记忆来理解事物，它们便活在一个死去的时间中。所有能看到的事件、能够感知的范围都是已经发生了的，在蓝色的维度里面，真正看到的当下是在未知之中，在未知变成已知之前的那一刹那。在那个瞬间，一切没有定义亦无法解释，只是拉着过去，一直往未来堆砌着，就好像拉着一个死亡的遗迹，往前一直冲向未来，不停歇地活在生与死之间，就像那一刹那，在死亡的前面，在生存的前面，就在那个界域之中，我可以藏着真空的瞬间。

当一切还没有伪装成现实的时候，我看到了它们的原形，虽然无法看清也无法解释，只是存在在那里，但是下一瞬间，死亡来临之际，它们就会化成形象，伪装成不同的东西。如果一切都能以原形来观看，世界便会变得简单，它们只是不断流动的线条，互相牵引，互相抵触，大的犹如风暴，小的犹如丝丝细雨，世界就是这样，被无形的风塑造着。超越时间的一切都变得模糊，但是内在的感觉却如此强烈。走在时间的边缘，就犹如走在一面镜子上面，不断地在残影中繁衍着虚假的自我，那个每个片刻都在改变的自我。当镜子一直在重复着我们这个现实世界时，我们有可能在其间迷失，镜子就是世界的尽头，它能看到的就是世界的一切反映。

在海浪不断前后汹涌的同时，我踏在沙滩上，寒冷的风吹动着，我好像来自海洋的生物，随着周围不断堆积的垃圾，缓慢地踏入历史的场域。那一刻，我兴高采烈地来到这空间内，记忆欢腾地起舞。烈阳下，走在这广大空旷的土地上，我有如收集地上的贝壳般整理着记忆，但一切已无关联，都像是梦。我在不断毫无目的地向前走着，满怀着一种空洞的愉悦，在北半球上空看到地上的图形在自动地转移着，冬天的白掩映着蓝色的海，有如一个无色的抽象流形。我一直认为，我有一条能去探索伟大与热情的纯粹路径，并与现代后工业世界所给予我们的东西分离开来。沉静、灵性、浪漫，这便是探寻我内心奥秘的天堂。那个家园，那些水的声音与味道，一切都如此熟悉与亲密。我打开窗口，便能伸手感知到那片遥远海洋的水温……

# 时间的黑点

　　在凌晨四点钟，城市中的一切都还在休息，时间却在苏醒之间徘徊着，在所有肉体仍在休息的时候，灵魂却打开闸门，沉淀在虚空之中，在地的活动减少，神秘的世界好像拆成了一块一块的漂流物，我感觉到时间的逻辑在软化，好像把一个现实空间的门打开，我们可以在冷静中发现很多困扰我们的事物的答案，我们经常会感觉到那个时间的涵义与日常的时间不相连，但是我们总是可以知道，它犹如鬼魅的时间细节会慢慢张开，在寂静中冲击着习惯的维度，扩大了视野。

　　我感觉时空是一种奇异的作业，它是那么习以为常，又深奥难解。然而人的思考是一种过去的产物，当我们能思考的时候，事情已经过去，而我们只能拿着已经过去的东西来制造整理，在思路里面归纳出它的结果，这些都依附在死去的时间上。在时间中进行的一个单元与一个单元之间，无论变化有多小，都有一个灰色的地带，去区分每一个单元的距离。可能在追求这个灰色的时间，同一切实际的物质消失于无形的瞬间时，我们可以看到细节的真相，它是否是一场能量模式的表演，是一种如烟火一样飞舞的舞蹈。物质并没有办法形成一个实体的空间，因为时空在那一刹那间就消失了。当时空再一次聚合的时候，虽然这个世界又回到了实际的时间，但是其实它的虚像已经重叠在这个实际的时间之下。因为下一瞬间它就会拉入虚无，故而我将它叫作时空的黑点。

　　在正常时间的累积之中，会不断地形成一种习惯，逐渐成为我们牢不可破的规范。如果我们习惯于此，就会寸步难行，我们心里面认为一切根据这个规范往前走，就不会出错。可是一旦超过了这个规范，就会有陌生的世界介入，人的不安全感就会油然而生，这种意识与安全的状态，也会形成一种时间的模式，时间永远在跟你的意识竞赛，当你的意识感觉到它的时候，它就马上把你抓住，变成一个过去式。当你意识到的时间成为过去式的时候，你就会陷入这个习惯性的监牢里面，一切要成为一种定局。你会困在一个无形的习惯模式里面。要面对一个深奥又复杂的时间，平衡自我就成为一种必须要达成的功课。

活在当下，就是在时间还没成熟之前，就要踏出下一步，不要停留在一个将会成熟的时间里面，如此我们才能看见前方的风景。精神的灵魂产生了物质的世界，物质的世界一直结构着它自身，因此它不断把精神转换成物质，让它存在于这个世界上。物质存在的时候，就会互相交融、有机地组合，凭着精神源源不断的能量，在时间的内核中，驱动固定的实体，使它们不会僵化，生命就是在这种精神与物质的转化中所产生的时间移动，慢慢形成一个整体的曼陀罗。移动的时间也代表着这个进行中的世界不能老死，当我们停留在一个维度，周围的一切就会产生它们的坐标模式，一旦生成逻辑而成为逝去的标准，人的存在与时间的关系就会强化，在这个时间的黑点中的奇异组合，有如一场意志的角力，游走在既定的结构中，重新去看待一切的流动，不停留在任何一个点上，去发现时间的精微。

我的时空观念不是线性的，不是以连续的结构在一个线性的逻辑里面发生；我的时空观是点状的结构，是分解成一个一个时空的点，每个时空的点都可以独立存在，而且不分先后。因此所发生的事情，虽然散落在所谓线性的时空里面，但只是在这个时空中移动，在移动的过程里面，它碰到的每个事情都会继续留在其单独的行动之中，只是产生时空的感觉。真正的世界就好像天上万千颗星星同时存在，所有发生的事情，都在同一个空间中。这样来理解，时间可以产生无限的可能，而且在每个单点中都可以接通任何维度。而在这个介于中间的灰色地带里面，事物只是倒影而不是现实。到下一个单点里面，这个虚影又会变成事实，存在于这个无时空之中，一个特定的世界里。宇宙就是这样，我们在时空之中看到的世界，都在这个运动之中不断变化，允许在现实之中找到它的数据，证明它的存在，但我们是否有可能去知道所有这些事情发生的原因与动机？

时空有多种多样的存在模式，除了零时间以外，还有软时间、硬时间等各种不同的时间维度，每个人都存在于不同的时间维度之中，产生个人的宇宙观。每个灵魂被拆分在时空里面，都会产生独立的空间，慢慢滋生出自己的全观世界。

# 软时间

从时间的研究里，我开始接触到各种时间的维度，就是一个不被规范的存有世界，在无间宇宙中所产生的形状、结构，受到真实存在的影响，它又分化成各种确定与不确定的范围。如果时间不是真实的，那么软时间就是它与真实所衔接的瞬间。时空的定律让我们循规蹈矩地留存了一定的逻辑，把所有事件都装嵌到时间线性的历史里。时间渐渐与人类的意识相结合，它们互相交错，形成一个互相依存的结构，但是慢慢地人类的意识会影响到历史的书写，使其失去对真实的勘察。可是事实往往有它的原形，就算你怎样去改变，重新去寻找，它的原形还是不会改变，但是软时间这方面可以洞察出一些不确实的东西，经过软时间的推磨，它的确定性就会消失。软时间就像一个原来的模样，没有被套用到某个单一的规范里，它是活泼的，而且具有情绪变化的能力。

深入到软时间的世界，我们会牵涉到一个真实的梦境。在那里时间并不确实，所有空间的逻辑没有硬存的道理，但是除了在回忆到现实时的片光只影之外，软时间究竟真正存在于什么地方？还是它只是像一个倒影般，重新把一些不确实的东西显现出来，在人认为确定的世界重新找到它的不确定性？当我们进入电子世界，所有潜意识的某一个闸门便会打开，因为我们再也没有时间与空间的限制、年龄与其他东西的限制，它存在于一个没有特定逻辑的世界。当我重新看到世界的时候，就会产生一个新的世界观看方法。我们赖以记忆的一切都失去了凭借，一切都失去了形状，留下的是否只有动机与时间的碎片？软时间不断打破线性时间的一定性，也打破了一个单一时间相对的必然性。当时间失去了它的凭借，一切动机、来龙去脉的流形都会交错纵横地没有控制地运转。软时间可能靠近于人类感性的创造，它是无边无际的。

就犹如风只代表了风，不代表时间，不代表其他的东西，从时间的原形世界来观看，很多东西将会继续呈现其突出的形态。在软时间的世界我们看到了事物的原形，会更能把握事物的发生与动力的来源。一切产生动机的原形，我们只是抓住了它们感情的意向，软时间就是一个无形的力量，在这种动机之间穿梭回转。如果拆解了时间的屏障，我们会发觉所有的动机都会显现，如果把时间的顺序拆乱，我们会发现这些原形会自由呈现它们原来的样子，整个世界会变得清晰，显而易见。从这里我们可以穿过现实的限制看到梦境，看到潜意识的世界，潜意识的深处坐落在时间的历史里面，可能就是我们所述说的神话世界。人在属灵的世界里，如果在这个时间上超越时空，将会看到一个不一样的所在。回想以前阅读村上春树的小说，他经常用大量篇幅去细数身边的琐碎小事，那时候整个世界沉醉在富裕的苍白中，从没有遇到一种所谓有意义的东西，像鸦片一样让我们喜欢上的这种慢节奏，通行无碍地在各种琐碎里带来快感，更没有想到接下来的现实世界会翻天覆地地改变。我们在意想不到的情况底下，幻想着我们的小小乐园，世界慢慢地把节奏拉紧，现实的生活也充满了迷惑与凝重，这时候才感觉到时间来去匆匆，跟看村上春树小说的时候，完全是两个不同的世界，二十世纪八〇年代的富裕与懒洋洋的氛围已不复可见。

　　二十一世纪，我们已经不起那种琐碎，检视我整个书柜就等于回看整个丰盈的世界，它被框在一个人为的自我表述中，里面包含着无限的想象、无限的承诺。那个时候我不断被鼓励去看新的知识，了解新的事物，在一种没有期盼的情况下，世界向我迎面而来，那种丰腴促使我探视这个世界的持续改变，时间如流星般出现在我的眼前，世界已经变成多维幻变的角度，无论在任何一个方位都不会得到确定，没有一个当然可信的坐标，但一切物质与信息却显然较

容易得到，然而又飞快地失去。在感慨不断涌来的挑战与现实的同时，我们正要面对这种未来，有谁可以自私地为这个世界下个人的定义，又有谁可以维系这种不确定性。在人心无法稳定的当下，我们等待着一种新希望的降临，这世间仍然千变万化地进行着它的改变，时间的维度在这里张开了它的巨口，正要吞噬过去，不管所谓的过去美好与否，大家都产生着一种诡异的怀念，这是一个翻腾中的大海啸，每个人都同样活在这个旋涡之中，互相牵引。

凌晨四时，如果灵魂与空间是相连的，我们便可以从空间的变化之中，看见灵魂属性的变化，就犹如一年四季与白天黑夜。灵魂在这个情况里面会看到不一样的世界，时间在不断变化之中，就犹如它的属性在不同的情况底下所产生的种种效应，人被这种属性包围，成为他记忆的重组。但是这里面有个玄妙之处，就是在每个时间以内，自我都是一个不一样的存在。

如果每一个人都是一个空的载体，他便会不断地受到外界的光影变幻影响，去辨识自我，每一个白天与晚上，我们记忆着自己是同一个人，但是时间的变化却不为所知。我们同时活在众多的自我之中，慢慢在每一分钟尝试把他们组织起来，相信他们是出自同一个所在。在白天的能量场里面，我们竭尽全力地把这种思考汇聚在一起，把人的精力集中在一个点上，成为一个自我。这个自我把握着我们使我们不至于溃散。但是在凌晨四点钟的时候，时间的维度转变，每个人都需要睡觉，在进入梦乡的过程里面，这种关于自我意识内的属性会软化。所以在这个时候，精神的意识就会产生游离，产生梦境。

白天看到的某些情境，在晚上的时间里会在半意识状态中浮现，这种时间里，白天的逻辑性思维十分薄弱，潜意识的活动却十分活跃，精神世界不断推动着时间的内容，让世界不断不按常理地往前面行进。各种属性的时间在变化着，产生它们各自的效应，在这个情况下，软时间就是这种时间中一种最真实的窥探。世界在这种时间的流动中，不断摸索着它的形状，制造着它虚幻的历史，传来了非常多的信息，在这种空间里面，我们才真正看到宇宙运动的场。

# 反时间

反时间把人原来集中的注意力分散掉，不断地阻挠着注意力凝聚。在某个程度上，当西方世界慢慢统一整个地球圈所走的方向时，包括文化、所在地的所有思想的源头，都要从西方的哲学中发展，并落实到现实的生活中。亚洲地区没有独立地发展出自己这个空间的文化。这样就形成了一种在集中注意力上的反时间效应，我们不断地消耗自己的精力，去学习西方的所有东西，而尽量避开自己原来的世界。这样一来，我们身处其中的时间就慢慢离我们远去了。纵观在亚洲工作的经验，我发觉所有的艺术家并没有处于自己的时间之中，而是处于他者的时间中，这样使东方人没办法集中精力在自己的时间源头中，他们的精神素质一直在另外一个结构里面调整，个体的价值观没办法得到相对的效应。他们在等待别人的认同、别人给予的机会，自己则处在一种不同步的状态，与原神脱离。

在思索当代艺术的创造力时，我发现这种原神确实缺失了。亚洲的普遍作业，跟欧洲存在着非常大的距离，就是由于这种反时间的作用。如何找到自己本身的时间模式进行创作，这个是当代创作家的当务之急。在自己的时间中创作，要加大自己时间的坐标，如果当今世界上没有，就要为自己重建一个，就等于是一个文化的重建，去把时间找回来，重新接触我们的原神，重新开始。在反时间之中，一切都失去了动力，好像关于自我属性的时间，早已失去了意义。

反时间就如一个黑洞一样，它代表了恶的世界全面出现。它改变了一切正常时间的轨道，产生了荒谬与残酷的历史。每件事情都有它出现的动机，当动机还没到的时候，这个东西就不会显现。不管它有多强烈，也不会接触到现实，产生时间的内容。但相对地，当这个意念出现在意识里的时候，它就已经永恒存在。世界是由无限的动机所组成，这些东西可以构成时间的内容，虽然它们还没发生，但是一切已经存在。从某些亚洲的文化工作者身上可以看到，他们一直保持着一种谦逊的态度，因为他们心里面期待着某种东西，一个即将到来的现实缺口。

时间的属性有一刻会失去前进的力量，而全面地萎缩，一切事物都不再发展，一个个地反过来追逐着我们，那个时候就如反物质一样，它们会吸收你的能量，让你失去正常平衡的能力，使人心混乱。遇到反时间发生的时候，必须要马上停下来。把一切归零，让它重新找寻到应有的状况。世界拥有一种庞大的无形能量，时时刻刻都潜伏在周围。人生在布满安逸的同时，也需要潜在的警惕。

反时间会出现在任何地方，任何时间，不分善恶，必须要静默与安然以对。控制你的时间，不要让反时间在你的生活里面滞留。所有反时间都会影响你，使你看不到真正存在的视野。信息是最好的见证，在平衡的心态里面，一切都会显而易见。

阅读可以平息反时间的效应，因为精神会受到引导，慢慢使心识平静。

# 反物质

在物自性的表面上，有一个看不见的层次，我叫它精神 DNA，就是一种驱动所有物质往前生长、在时间中产生作用的能量体。但是当我慢慢发现这个能量体在不断发展时，在这个看不见的精神 DNA 的层次里面，还有另外一层，就是与之相反的反物质。

每个精神 DNA 产生动机的同时，都有一个反冲的阻力，去把这些东西抵消。在物质以上的无形层次里面，存在着两种不同的相对的能量，一直在左右物质的产生，一正一反。一个是精神 DNA 的正面，另外一个就是反精神 DNA。它到最后会把物质的生长变成一种反方向的发展，一切在毁灭之中，处于一种变成粉末的状态，在时间中消失。

如果我们能出入时间，在时间以外看时间以内发生的一切，我们可以很清楚地看到这两种力量在互相作用，在建造着一个世界，另一方面又在摧毁它。反物质的存在，在于物质的自我毁灭，同时它存在于宇宙里面最内核的地方。我们心存一静，也存一动，世界在这两者之间，不断地互相抵消，互相建立，就如一朝一露，从不分离。

# 时间的荒舟

在虚空中画上了第一条线条，不断地叠加，慢慢就产生了一个结构，从二维到三维到四维慢慢构成了时间与空间，一切都在这个范围里面存在、发展与被辨认。但是观察到软时间的同时，我发现时间的维度还有另一个层次影响着。我们在时空之中，一切都以直线来涵盖，光的折射以三维的空间来包围，因此人间所产生的所有线条都是无穷无尽的时空影像，纵横交错的直线产生了不同的空间与维度，我们的意识以这种对维度的理解来丈量世界。但是我们无法解决的是这些直线背后是否真的是宇宙的原理。当软时间产生的时候，时间的线条再也不是直线而是弧线，有些弧线无限之长或无限之短，在转换过程之中产生了不同的动力，影响着时间维度的变化。而且软时间不只是平面或三维的，还纵深在向内的时间中。

这好像与自然世界有关，当我细看自然界跟人间的分别的时候，会想象自然界不存在于人间的时空里面，它存在于无时间的状态，是属软时间的，因此我们看到它的时候非常熟悉，却没有时空前后的区别。虽然在物理上它会渐渐产生变化，但是在这个整体的领域里，它与真正的永恒时间相连。人在建立庞大的人间帝国以后，发觉自己所建立的时空观，慢慢会形成一种虚脱，与自然的时间往往不能结合在一起。人间的种种丈量和理论，一直建造在一个脱离时空、脱离软时间本身的那个更大的母体上，孤立在自我所建立的层层叠叠之中。

所以人终归有没有抓到自己身处于时间与空间背后那真正的源头？有没有在那个东西上形成联结而产生连绵不断的能量？软时间在梦境中出现，就宛如反映着我们在白天所碰到的事物影像，但是在这真正的时空里面，它又重新显现，成为一种残留，留在我们的意识里，让我们从现实的角度去对应这些东西，也就是我们白天的倒影。如果软时间更强而有力地存在于时间的底层，我们会发现所有一切都会被改变，自然界真实的原形，就在这些神秘的面相里，层层地揭开。软时间是陌路的显现，在这个更真实的流体空间中，时间会否凹陷？如果不及时平复，它就会像一个黑洞一样不断扩大。时间会否凸出？使一切创伤抚平，使不可能成为可能，使人性再发光芒。

　　活在真空两极之间，人属何归？

# 精神
# DNA

艺术家活在一个精神 DNA 的世界里面，所以他对现实有时会视若无睹。只要动力进入正轨，一切障碍都会消失，世间千奇百怪的各种意识内的魑魅都会被一一收服。能够有缘活在精神 DNA 世界的人，不只是尝试去找到安定的未来，而且真正通过探索与精进，去享受人生的精妙。

物至之上有原生层次，不为世间所丈量，汇聚元气而生，气尽成物，降落在时空中，为所探，为所构，然此乃过去之物，禁不住迷惑。源于当下，乃未生之中，不为时空所限。既自无形，既自无物，在那既生未生之间，既有且无之间。

时间上的每一种物都有它灵的属性，不同的物种，生命呈现就是不同的灵的显现，如果世界是一个灵象，我们就会看到各种动物显示着不同的灵的属性，属天空中的灵，它接触到物质之后就会产生天上的飞鸟，之所以在天空飞翔，是因为它属天空中的灵，显示在物质上面，提供了物质飞翔的能力。水中的鱼，各种海中的生物是属海中的灵，它跟某种存在于这个空间的灵是同一个维度。至于在地上的所有动物，属地上的灵，它们的灵魂是属地上的，因此它们会受地心引力和体重的影响，产生它们的形状属性。更有一些极度微小的动物，比如苍蝇、飞虫，它们可以属另外一个比例维度的灵。它们所占有的物质如此渺小，也代表了它们处于这个时空之中的比例。存在于世间的一切事物，就算是没有生命，也有灵的回忆或是附载着各种维度的灵。

动物有巨大的，像恐龙、鲸鱼、大象，它们存在的物质状态是非常沉重的，精神素质驱动这么大的物质要消耗大量的能量，因此它们的智慧是如此渺小。栖身在森林里面的动物是森林里面的灵，栖身在沼泽里面的动物是水跟地的灵，它们全部都属自然界的灵，自然界分成了天空、山、树林、沼泽、溪流、河流、海洋、沙漠……灵进入了物质的临界，进入了时间与空间，透过物质来产生它的显现和存在的可能，通过这种存在的可能产生生命周期的变化，产生精神驱动肉体所有的行为与感官。

我们归属于灵或是归属于肉体？我们存在于虚或存在于实？找寻身体的秘

密，自身与灵共存，灵很多时候呈现为情感，把握着情感的维度，身体就会流畅自然。身体是灵魂之窗，为了找寻能量开发之地和收集之地，开始了生命的旅行。在人类意识的始源上，因肉体所需，他们开始找寻河流水源，掌握食物的采集技术，再来设想防御与储存，动物有基本的情感表达，主要是精神进化的维度使然，有时候很难分辨一只动物是喜悦还是悲伤，但是轻松和紧张很容易看出来。它身上散发着某种它的生存属性所赋予的味道，属树林的动物会产生完全属于树林的生存状态，特别是它的眼睛和大脑的关系。有时候，在某种动物的身上，我们还可以看到妒忌、愤怒，甚至是猜疑。正式来说，动物就比较倾向于实际、实用性、功能性，处在生物中精神素质比较低的层次，它们生长在一种物质的世界里面。动物是否害怕寂寞？在黑色的晚上，森林的灵界里面充满了各种造型怪异的灵，准备在适当的时候进入时空之场。

# 人类推进的时钟

科学的发展中，人类从物理的外在世界发现了一个真实的神奇数据，就是一切的不确定性。但随着科学一步一步地探索，所有形而上不确定的东西、无法以科学引证的，逐渐形成一个不可衡量的范围，因为所谓科学就等于是一个不完整的结构，所有东西如果完整就不需要科学来证实，如果需要动用科学来证实每一件事情，就等于是我们处在一个未知状态里。在未知状态里，科学试图用仅有的实证的物质效应去表达一个整体的宇宙，这不是不可能的任务。科学就是要把那条处于物理边缘的模糊的线不断往前推进，或把描述的方法不断地细化。

人必须是来自一个宇宙整体的源头，而不可能是来自局部。认清楚一个神秘的整体的轮廓再深入局部，才是科学真正的探索精神。人类无法掌握宇宙的整体，亦只能一步一步去引证，每一个物理现象成了独立观照的对象，一个宇宙中的被指涉物。在这个迷乱的时代，人类的智慧，仍未能把精神与科学同步观照，虚与实的理解必须要分体进行，我们被某种既定的观念牵制，若我们可以重新界定一切虚等同于一个更大的自我在宇宙间运行，那么实就等同于我们探索的果实被慢慢收藏在一个宝库里，预备整理出完整的脉络。

人类的科学曾经以各种理论去发现整个世界的原理，但对于原神却没有一个定论。一直以来，人们以宗教为依归所追随的原神，是以整个世界为他而生的排他性组织，每一种宗教都有着独一无二的宏大的世界观。西方由于中世纪的黑暗岁月，最终令人对形而上宗教产生失衡，引发了宗教改革，在每一个时代的科学研究中，怀疑论渐渐取代了一切既往单一的信仰，从宇宙的原理来讲，宗教从来就没有一个物理层面上对于至善的承诺，当宗教真理渐渐失去其当然性的同时，科学好像成了人类最后所能相信而与现实相符的凭证，科学对人类未来的重要性，在于人类最后景况的整体实现，关键在人观看的角度。

文艺复兴开发了以人文为中心的科学，不断用实证与综合性的物理数据，去重新建立一个新世界的逻辑，各种结果与结果之间，形成了全新的物理现象学，一个人类角度的世界，重新组织与整理，重塑了整个自然界的定义，作为人类赖以生存的目的，这种发展持续了数个世纪，直到工业革命的后期，一个强大的人间形成了崭新的景观，各国在原来的城邦上扩展成早期的城市模型，建造了一个以人类利益为中心的世界，其中心的动力来自未来的人间。一个人类所能建造的理想国，牵动着人类的各种梦想，人类开始了航海的事业与各种自然物理学的开发，全身心地向着未知的大自然进发。

此时各国在竞赛中此起彼落，轮番成为世界的霸主，攻占落后国家的土地，建立跨国的殖民主义，不少国家的原生文化受到摧毁，发生变形，人类在理想主义的包装下，不断持续地进行着自我视觉的合理化，继续开发作为地球主人的解释，而那个人为的解释，却不一定跟其原生的根源有关，因为大自然已成为人类一切理想行为的背景，在持续的发展中，却未留有太多关于本来原生态的考虑。但是活在这个时空中的地球上，我们看见的东西都是有限的，我们赖以生存的理念一直建立在解释这个世界的方法上，但记录与解释总是无法了然一切。由于这些理解世界的方法都是物理形态且以人类实际利益为主，在深入神秘的自然精神世界时显得非常有限，因此我们无法知道，潜伏着的原来的世界是什么样子，甚至无法知道在这个自制的时空里面，人们是否被蒙蔽了对原来世界的知觉。究竟原来世界怎样作用着我们？它的重要性是什么？我们的根源何来？是否来自那虚空的一瞬？或是广漠无际的宇宙星尘？原始的知觉是否能让这世界上的很多原理得到清晰地辨认，跟那原初记忆连贯在一起？就犹如我们被慢慢地辨认及被引导，掌握了一些知识、自然规律，从科学各方面去把相关的经验组织、分析、归纳起来，产生我们对这个世界的轮廓的印象。而人类以理想之名所破坏与建立的一切，究竟形成了什么后果？一切就像逻辑游戏，一直产生着相应的关系，愈微细愈虚无，使人对真正的世界产生恐惧心理，这时候我觉知到还有一个无知的世界，潜藏在未知之中，我称之为陌路，并从中把原初的记忆慢慢重新唤回。

我们就像盲人在黑暗中走路，一直在找寻大象的位置，却无法掌握它的模样，人智力所无法触及之处，有可能才是对真正世界认知的开始。我们已经到了陌路之门的关口，在这个门以外一切都没办法用智力去解释，但是这个无法理解与丈量的世界正是我们真正存在的所在，宇宙不会更大也不会更小，只是我们观看它的方法与我们自身的比例作用，我们的限制所造成的落差造就了它的庞大。抛开形体的自觉，我们的灵性在存有间存在，而那里就是精神世界，它在时空中借实体产生力量，却没有实体的牵制而能产生所有的知觉，不住于术。清楚了解这个状态后，我便更深入于悟性的知觉，更单纯地存在与感知万物，感觉那种真实流动的源头，这样才可于现实以内的真空中觉察。

若生命是一个自由的流动体，在我整个学习的过程中，这个觉知便会形成一个独特的时间观念，它没有先后的次序，只有不断地发生着，好像一切早就已经存在于这里，我就是不断地去发现它，当我开放自己，这一切便会慢慢呈现。那些每分每秒在眼前出现的信号，随着自然的心性去感知，就会显现它们的维度。我还没有深入到每个领域里面探索，只是感觉存在于一个共有的空间，因为每一个领域都有重重的帷帐去保护它最高的极点，一切的深入运作都要看时间的分量。时间可以换取这个空间的深度，辨认好自己对哪一个东西的知觉最强烈，就把所有时间都放在其上，以深入那空间的帷幕深处，渐悟陌路精髓。究竟灵魂的终极存在于哪个地方？人在此刻的意志来自何方？细心去探索这个未知的领域，让我可以在目眩神迷的世界里面漫游，去辨认一个似曾相识的存有，拓宽到这个物质以外无限广阔的真实反照。如果能放下心中的执着，这一切将是自由无限的奔驰。

# 在时空中追寻精气神的世界、神庙的场

　　世界上有种动力是不需要实物来支撑的，我一直相信我们周围有很多人类肉眼看不见的、未知的世界存在着。在那里，空气不再虚无，充满能量。那就是物质的前身，在所有物质世界之上，还有一个精神的世界，在细微之处，它显现而成为梦境，这梦包含着现实世界，却在精神的酝酿中觉醒，全以精神力量来支撑。它不需要任何外加的力量，它的自我已经成为一个整体。它会穿梭于无间，没有东西可以挡住它的去向，因为它不受时空所限，有时候它会来到我梦里，有时候会出现在我自动素描的习作中。我不需要知道它从哪里来，它就存在于那里。

　　在基因范围内，一切都可以在显微镜下重现它们的形态，当我细看显微镜下 DNA 的组织，可以看见生命细微结构的变化，感觉到其上还有一层看不见的东西，我称它为"精神 DNA"。在世界的物至之上，存在着一层看不见的精神层次，物质是精神在时间与空间之下遗留的痕迹，慢慢形成了一种代谢性质的存在而不断延续。它的延续需要持续的精神能量的参与，它的痕迹显现在质感、密度与量感上，表面的细密纹理显示着冷却的结构，所以一个实体在空间存在着，不管它是死物或是生物，都有精神的层次停留在看不见的地方，有如一个透明的与一个实体的存在同时处于一个地方，但是只要我们在精神层面去看这个世界，就会发现它与实体无异，都有着非常复杂的脉络与传统，而且是一环接一环不断地复生下去。这使我想起了除了物质的 DNA 历史以外，还有精神 DNA 的历史，有了两者，整个时间的概念才能完整。

　　在科学的层面中，DNA 成了家喻户晓的生命之源，它不断细分，直到单细胞的生命源头，所有生物甚至各种存在物的 DNA，都显示了时空内各种物种的变化之源。DNA、RNA 是目前科学研究中最重要的课题，但还未涵盖精神 DNA 的部分。所谓精神 DNA，它一样是可以遗传的，一样是可以转化的，但是它的接收方法不是用物理的方式，而是用潜意识存系，人对于某些东西的喜好或是讨厌，又或是对某些东西的恐惧，都有精神 DNA 的潜在影响。精神 DNA 可以从生活的角度去与其他有机的东西产生情感的反应，很多离散在空中的精神 DNA 作用着我们存在的世界，使得我们成长的地方与我们建立起同在的关系，使我们的性格有地域性的倾向，也由此形成我们后天精神素质的属性。

涵盖着物质范围内外的精神素质，存在于时空之上，每个物质的形成都来自这样一种精神素质的死亡，如此才会降落在时空中成为物质，因此整个物质时空宇宙的生成就来自时间之外的精神素质不断死亡，使我产生无限兴趣的正是这个无形世界的存在可能。在时空中的每一瞬间，我们都可以看到精神素质的形象。有时候我们看见一个人走来走去，但是他的精神 DNA 是一团光，我们面对面说话时，会看到各种能量的变化而不是他意欲表达的表面意思。精神 DNA 涵盖了非常广泛的回忆体，包括我们生活的回忆体，也包括我们所不熟悉的情感效应、情感的源头，以及千万亿个内存所组成的一种无形的态度。精神 DNA 来自一个无可测量的无形世界，它存在于空气之中，而不存在于现实与实体里。它就是我所讲的虚体，所有实体都笼罩着一个虚体，作为存在的源头。虚体在进入时空世界后，就会慢慢形成第一个最微小的质，确定其属性后，就会产生一个最原始的单细胞，从虚而成实，意念可以改变一个真正实体的形态，这就是精神 DNA 的影响。

我们现在探讨了两个无形的东西：一个是这个世界是无形的，另一个是我们的身体也是无形的。即使在现实中有形的东西，在时空之间也是不确定的。

过往我们只是以物质来研究宇宙的存在，是对世界真正的存在物的一种研究。但是这个东西变成物质的时候已经是一种结果，不包含它整体转化的过程。精神DNA弥补了这一点，因为我相信，所有东西来自精神，当精神物化之后才会变成物质。所以在物质之上，我们往往可以看到有精神层面的遗留，不同的物质有不同的精神遗留。所有的遗址也会残留精神DNA的痕迹。

精神DNA与物质DNA是一体两面的，但是精神DNA拥有更大的时间维度、更庞大的玄无空间与更无限制的存在感，由此慢慢形成有形的物质DNA的存在。宇宙中每一个可测量的物质、具有重复性和主动性的物质，都是从这种无形的东西开始的。DNA的原形，产生了它无时间的故事内容。

精神DNA有时候会游离于空间以外，成为某种模式或记忆的实体，却并不只是停留在时间与空间内。在一个微小的物质里面，可能含有非常大的精神DNA质量，而在一个非常广泛的存在里面，可能只有很少的精神素质，形成了我们可见的平凡世界。它的存在形成了迥异的物质与精神的世界，二者重叠地进行着，物质的存在与成长需要精神DNA去延续，去发扬光大，这是物质变化的动机。当精神DNA式微的时候，物质就残留着一种不断自我产生的萎缩，在时间与空间里面再没法产生有意义的内容。

究竟精神DNA是什么？它是在DNA的意义上所产生的一切，在DNA的系统里面，它显现在数据中，不断重复与改变的东西，只是DNA所描述的是一个物理的世界，而精神DNA则显示在我们所看不见的无形驱动力上面。它同样也产生着一种跟DNA相关的历史性的结构，却没办法用数据来衡量。精神DNA牵涉到一切的原形，而并非只有发生中的物理状态，它产生了一个神秘的角度，只能用内在感官去认知。

　　如果精神 DNA 包含了人类的起源，那么人类进化的步调，就不只是由地面向上，而是从空中开始。人类学习让身体和头脑平衡，使精神可以自空间中行走。头脑很重，精神分担了部分头脑的重量。有了这个感悟以后，我在所有的潜意识世界里面，就可以追溯到 DNA 的源头。在这里可以清晰观照到一个现实，就是时间也是时空的产物，如果人的灵魂来自时空以外，时间这产物就不再是最有代表性的存在。真正虚空的宇宙包围着所有我们不能理解的世界，但那归属从何说起？为何会产生能量与能量熄灭的过程？难道那只不过是出入时空的舞蹈？

　　如果灵魂来自我们所不熟悉的虚无世界，那么当下每分每刻心里面都是跟它连接着的。这种频率会让我们得以离开人类历史的束缚，但人存在于实体世界中，好像是被一个密封的世界包围着，那是每分每秒都感受得到的脉搏，人是一种时间的流动场，不属个体，而属一个整体的流动，是整体的原因产生的结果。每件事情，当你接触它、意识到它的时候，它就会无限量地放大，放大到把你整体掩盖起来。如果我们心性不定，就很容易被外在的世界牵着走，被牵住的灵魂就不能达到自由，不能清醒地去看待事情。一直被一个时间的怪圈包围着，控制着，看见满屋的书也是一种无限延伸，当我心里面的问题不断，书就会不断产生，它们显现在我的眼前，弥补着心中的平衡，意识就是如此与现实相交，自然生灭，变成我生活中的景观。

# 潜伏的精神世界

　　尼采曾描述人的精神状态有其属性，不要在不对的状态中思考事物，因为那里只有错误，难道人的弱点不正是对情感的寄托？是脆弱的本质令人失去正觉。当二十一世纪来临，当物化世界持续深化，整个世界都进入了严密的管制，严密互通的时代，情感会被抽离出来，变成公有的线索，我们只能追求一种线性的绝对世界，不允许存在任何杂质。人的灵魂卑微地在这绝对理念中重生，万物的生长自有原理，在精神的世界里面不断地找寻平衡，当达不到平衡的时候，就会不断滋生新的累积物。这些累积物可能牵动人最珍贵的情感，用情感来负担这些沉重的累积物，就会使人失去本有的灵性。现今的世界既庞大又虚

弱，很容易受到外在的影响而失去中心。留在这个关口，我会看到世界的各个面，都已累积了相当的厚度，形成了难以溶解的硬块，但如果这些累积物都被去除的话，人还能生存吗？在这种永无休止的筛选之中，人一直在应付着自己不断累积的已知。为了生存，每一个人都会用他的世界去征服别人，希望他人在属于自己的这个世界中生存，在控制别人的同时也得到自己的安定感。

今天的世界已经发展得非常繁复，困扰无限延伸。一种不受控制的能量，像慌乱的奔马四处乱撞，在恐惧中产生动力，在怀疑中产生希望，互相交叠着恐惧与不确定性的滋生。但是这个已知的世界随时都可能像幻象般离开。如果打开这个既有的世界，一切将会以什么样的形式存在？整个宇宙是用两极的法则，通过互相冲撞达成行动，阴与阳、善与恶，此消彼长，乃曰行善先为恶，恶极以至善。两极的存在，互相抗衡，又反映着在时间与空间以外从未停止过的斗争与协调，使此间的人在正负两极之间迷惑。到了这关口，如果让事情消失掉，就可以慢慢消解这个重量，作为两极的平衡，从无心出发。

回味着种种的从前，总是有美的部分，那种美不可替代，属个人长久以来似曾相识、若隐若现的内在的世界。每个人心中所向往的世界都会显现在他的生活里。少年以后，人会不断模仿、找寻，到中年之后所有事情都显现在眼前。空灵可能是人类最原始的存在状态，这种原始带点理想的角度。当我们心性空灵，就可以得到灵魂的自由，它不停驻于所有存在它眼前的世界。也可以说存在于它眼前的世界都是为它而生，为它交换而来，慢慢形成了它能接收全世界不同维度信息的储藏库。心性愈空灵，储藏的空间愈大。至善与至恶都会在生活的细小点上不断衡量。空灵的真谛在于施与，把一切身上拥有的东西给予适当的对象，放弃一切法，使大能量集中在变动中的寂静。自我逍遥，无尽空灵。

　　艺术家活在一个精神 DNA 的世界里面，所以他对现实有时会视若无睹。只要动力进入正轨，一切障碍都会消失，世间千奇百怪的各种意识内的魑魅都会被一一收服。能够有缘活在精神 DNA 世界的人，不只是尝试去找到安定的未来，而且真正通过探索与精进，去享受人生的精妙。作为一个修行者，在修行的时候找寻自己的方向，才是最重要的人生功课，这里并不等于是时间的永恒，因为灵魂的深处联结着另外一个源头，在时间以外，还有很多我们在这里无法了解的世界需要探索。打破一个庞大无比的云结构，在于无心见胜。有种力量可以凌驾一切，无处不在地深入到每一个领域，于每一个细节里面，都可以看到它自身的光，在一个大整体的世界里面混流，意识在里面穿梭。在世界的末端，仍然能找到那种纯粹。

　　精神 DNA 作用于身体，我们透过它可以看到身体的情况，心情能影响整个身体的健康，这个不容置疑。精神透过时间的空间，进入了间离，它会在第一个接触到的物质里面，影响其接下来的属性，精神 DNA 将会以精神素质的形式存在。如果是来自强大的精神 DNA 的体系，它将会提炼整个精神素质的涵养度。地球上有上百亿的人口，每个人的精神素质都不一样，它们来自不同的境界、不同的时空与不同的宇宙，降落为人，便有一定的因果效应。

　　愈丰厚的精神 DNA 降落为人的时候，情感愈丰富，智慧愈高，也愈敏感，愈不确定。它们跟一种恒定相连，因此碰到所有东西都有一个对应。最终，这些最大的精神 DNA 产生的精神素质，会形成一种强大的连锁能力而恒久不变，可以疏散身体的多余累积状况，成为我们最理想的原形人格，情感极度丰富。精神 DNA 旺盛地达至大情大圣。

# 虚空中的内存

无识的太空没有物的界限，如果生活在那里，便能以任何形式生存，一个特定的空间内可产生微尘，就是空气中的人工智能。如果我们在人类的历史中终有一天会生活在虚无的空间里，那么只有另一种人类可以做伴，就是那时候的智能生物，他们能适应任何环境，帮助我们排解苦闷、渡过难关。那时，人工智能将进入那个无间的联系，量子力学发生重大变革之后，所有电子视觉都会翻上千倍，增长记忆能量，那时候愈来愈小的内存可以涵盖非常大范围的记忆数据，因此在将来的世界里面，就算是空气本身的粒子都可以承载人工智能。在这时候我们可能会问，究竟人的世界跟物的世界在那虚空现象间的关系会是怎样？记忆体跟精神体的分别界限又在什么地方？在不断的变化中，精神体如何生存？以怎样的形态作为它最大的限制？我们个人所寄存的知识是否可以分离然后再重新组合优化，产生不一样的记忆旋涡？人最纯真的精神体，是否可像人工智能般储存跟记忆？这样一来，远古的人类能否重生？

记忆中的城市是迷幻的潜意识海洋，当超现实主义再度被提起，再度在我的作品里面发生作用，就意味着我又深入了潜意识里面的梦境，去找寻新的影像痕迹。在那里所有东西的形状都没有缺陷，它们只是漂浮在一个空间里面，互相在残存的引力上漂流。当我收拾记忆的尘埃，慢慢让这些元素重新组合起来，它们就产生了新的样貌、新的生命，当它们重新回到一个我们所熟悉的现在世界的时候，就会发现它们既熟悉又陌生。有种新的感官会重叠在这种交流下，产生不一样的语言，我们可能达成了历史上无法实现的容量输出，最终形成一个更完美的流动体。在推进想象力的过程之中，这种潜在的力量成为一种新的文化的挪用，产生了一种丰富的未来感，像野鹤重生一样，重新建造这个流动的整体，从远古到未来，以每个时代、每个角度去分析、去组织、去对照，形成不断变化的自由。每一个世界里可以包含无穷的记忆，深入这个界域在记忆里面飞翔，我们可以达到一种无形间的交接。

回归到远古的时代，我们重新以灵魂的状态进入这个虚无之地，此时这里充满细节，我们在寻找那种时代的精神状态、宗教信仰，以那时人们的世界观，重新去塑造这个世界里面所遗失的一切。西方人以先进的仪器去测量中国精神超能力状态的呈现，希望可以透过数据让他们也学会我们的超能力，一点一滴地从实际的数据里面去了解分析，慢慢接近一种精神状态的可能性。

世界的逻辑是否可以涵盖精神的世界？为此我们再度研究情绪，将情绪细分成各种状态，情绪的反应被记录下来成为进入这个信道的数据，如果要制造一个跟人一样的人工智能，它需要记忆多少东西才能有那种自然状态？西方物理的思维是否已经去到了事物的尽头，精神 DNA 的提出就是从西方的物理状态慢慢回归到精神状态的源头。在那里，世界在改变着。

# 人工智能

　　人经常以个体来思考事情，从个体的角度来看这个世界，因此人自行成为一个封闭的存在，去观察一个开放的世界。这样一来，我观察到了整个城市的建立，它建立在人本身的某种跟自然界不同的记忆所产生的种种回忆之中。如果以零的角度来看，我觉得所谓的人工智能就是赋予一些物质人性和思考的功能。人工智能的发展，意味着人开始把自己的灵魂区分开来，独立于世界以外。

　　这种思维在原始人的时代已经形成，当人开始把一块木头和一块石头结合起来，成为他们的生存工具的时候，某种意义上的人工智能就正式产生。人工智能延伸了人的能力范围，像衣服就是保护人的身体抵受寒冷的天气而建构出的物理上的挪用。世界从相关物理属性中不断发现，对照出人生理的需要，扩展人的生存能力。人们把所有身边能找到的物质重新进行组合，成为属于个人的在陌生地方存在的参照。人类在发展到某个阶段的时候，现实的人工智能就会自然产生。当然，从事不同的物理科学研究，可以慢慢分解出身体与环境相对照的属性，以及与整个世界的关系和成长的脉络。人们就会牵动自己的野心，把这个物理的状态慢慢控制起来，变成一个以人类自我为中心的体系。人在自然界中从客体转为主体，产生了控制自然的自我生存空间的视觉。

　　然而，在任何的空间里面都笼罩着一层薄雾，它是那么无孔不入地凝聚在任何的角落，好像看不见存在于哪里，但每件事情的发生都受到它的干扰与影响。要重新接触每个东西之前永远都要经过它，这层薄雾好像笼罩了一切，看不见但是摸得着，要接触每件事情，都要把这一层薄雾推开。不禁要问，我们真正触碰到的是那层薄雾的本身，还是事件本身？

　　生命的源头，对身体、对细胞的想象，是一个融合了科学与艺术的对流，一方面源自无形的空间，如电子世界，但这只是一个开始，漫长的历史将会持续演化发展，到达所谓的无形世界，而不是物质的世界；另外一方面，源自我们的身体在漫长的心理发展过程中不断深刻地抱持对存在的疑问，以自己的模样指涉神的形象，以自我映照着虚空。

信仰崩溃的年代，为了增强我们的能力，我们制造人体战争盔甲，来弥补人类生理的弱点，又发明了大型智能计算机，设计出大量的智能机器人以及各种交流方式，就是致力把人的精神与肉体分开，重新构建一个全智能的世界。探讨到人工智能，就会探讨到人的一种内在状态，对自我的反照，当人的自我形体可以抽离，他就会想寄生在任何躯壳中，或任何他所需要的世界。

在今天或是未来世界，这种对自我的想象会持续形成人类生态的景观，对于未来的变体机器人、人工智能、未来新的人类，甚至是新型动物或是一种无形的流体人工智能，从关于细胞的学问开始，我们到底能够探讨到多深入的境界？

在电子世界里面，重新张开我们的眼睛，打开我们的耳朵，锻炼我们的身体，在一个数据化的年代中展开生活，当一切都数据化以后，新的世界就可以被复制与创造，现实的世界不断过去，电子的世界不断流传，慢慢地我们会拥有重叠的不同世界，不同时空的东西都可以在一个数据库里面找到，一切未知都变成已知，一切已知都可以重新被翻查、组合、分析与检查，重新被创造。

从来没有想过良知与道德原来一直在提醒我们心中所有的行为标准，在数据化以后它们就会变成证据。渐渐地，在未来世界里面，我们为了一个流传下来的证据而存活着。全世界各种媒介、媒体、系统都可以重新分析与组合，而人工智能就能够做到这一点，在没有感情和记忆的大前提下，它们可以重新把一切规划为零，在零的角度重新再组织一切，这样就可以产生一个新的维度，在这个人性愈来愈被忽视的状态中持续发展，效率生产全面推进，人工智能的年代将会到来，超人力的世界将全面覆盖一切，成为崭新的未来世纪。

TIM YIP: BLUE

17.11.2018 – 31.03.2019

# 如一个机器人般活着

在未来不断发展的同时，人与机器人可能会成为彼此竞争的对象，机器人与人类的功能愈来愈接近，在执行实际工作上接轨，而且机器人可以接受更困难与体力耗损更多的工作，可以消减人类安全受到的威胁，没有棱角、只有功能、服从于一个强大意志的机器人，渐渐使人类远离了最困惑的工作环境，因此人类有足够的能力，摆脱先天生理上的不足，去展开更深邃的探索。

在未来，量子力学的发展，将会为人类的世界带来重大的影响，从概念到实现，人的记忆力会在大数据时代来临时，无限量地增加，我们观察每一个事情的时候，所有的知识都会产生作用，在第一时间我们所看到的东西会比以前多出上千倍，包括一件事情、一个部件的功能，包括它的属性、它的结构、它现在的流向，瞬间之中，所有属性数据全面深化。在这个世界构建的同时，我们进入到了非常丰富和复杂的信息流，同时可以出现几个维度的接受与输出，在云端的世界，也可以同时处理这些不同属性的东西，一个指令发出，就有几个属性的东西同时完成。

在生活中，它会根据你持续给予的数据去达成你的理想生活习惯，由于你的喜好和选择东西的重复性，你将会被你选择的东西包围，所有相应的东西会不断地重复在你面前出现，满足你所需要的、全面属于你的意愿，但是这种感觉同时被个别地密封着，每个人都处于不一样的独立空间，所以每个人得到的独立的信息，会组合成他所看到的世界。

以前我们能在一定的时间做完的事情，一下子变得更复杂、更丰富，能更快速地平衡生活与工作的关系，使我们可以有适当的时间去休息，享受更深入的人生。人从这种生活被研究与切入个体的精神状态，达到更理想、更深入内在需求的安排。未来的世界，新的娱乐成为一种倡导的工具，使人类与机器人和平共处，无论它们如何强大，也因为没有意识而难以驾驭人类。

当这种极度细密与分化的东西数据化以后，它们就变成所有人思考脉络中的研究素材，成为一种制造重复人类经验的智能机器人的基础，如果这个方向是唯一的未来，那么存在的人类将会失去自我的价值，变成一个整体焊接的零件，被放在不同的数据化的部门中，成为其中一分子，而人真正的功能与发展机会将会分离，所谓未来的线，已经确定在现实中被剪开，因为它已经启示了我们存在一个不一样的世界逻辑，在现实的底层，已经形成了一个新的维度，在新的维度的过渡期，这里会暂时出现一种自由飞翔的感觉。

但当人工智能直接投入到未来人的精神世界里面、屏蔽不需要的信息时，这一切往昔建立的印象将会画下一条休止线，网络上的知识、数据、历史、文化都将成为特殊的研究板块而突飞猛进，却与未来人的生态发展并不相连，在这种前提下，人工智能会急速地超过人类，成为更适合和美好的人种，因为他们已经是彻底地活在当下的功能开拓者。未来已经展开。要彻底地潜入未来，今天就必须了解它的方向。

在二十世纪的地球上，人曾经经历了一个非常受宠的自由年代，他们把大自然看作梦境的呈现，享受这个快乐的时光。到了二十一世纪，我们就有了另外一个维度，在半睡半醒之间，我们发展出另一个新的世界。物质的数据学，进一步进入精神的世界。如果数据化是人类终极的回忆，那么未来世界是否真正进入了人类最原始的由来？如果进入时空之前，它拥有数据化的属性，那么它的源头就可以有一点眉目。我们可以透过人间各种微细的显示，从最单纯的单细胞的形态与它的图案的原形，看到这个原始通道的闸门。

也许陌路世界同时存在于我们这里，只是我们看不见、摸不着这无限的维度。然而，各种属性不断进入我的视野，让我看穿时空中这些现实的维度，看见存有本身的影子。人生只有数十年，如果将来人的生命能延长到五百年、一千年、一万年，可能我们再发展下去的机会就会无穷无尽，不仅能看到一个未来世界，也能看到这个世界以外的世界与它的内容。

未来将遇到的是个体化的恐惧，个体化的世界正在慢慢缩小，所有事情都会经过公开的平台讨论而产生。人们把自己处理成机器人一样，把自己的时间分成很多的部分，然后再经过细心地整理与组建安排，把所有时间都用到最好最恰当的地方。未来的人都生活在规划里面，环环相扣会多出很多中间的手续，包括自己的财产、生活，全都要重新在这个手续里面建立，符合手续资格的才行得通。这就好像在地平线的底下，开始了一个全面的整理，所有生活在地面的细节都是透明的，浮现在这个多维的储藏室里面，必须像机器人一样不断运作，因为只要有一个东西出现错误，就会马上显现出来。

# 一个千年人活着的世界

当人的精神素质可以跟肉体分开，人工智能全面接轨人的精神世界以外的躯体，人已经不需要一个具体的身体，就可以活在空间之中，成为两个互相组合的不同接口，精神可以独立于个体以外，此时精神DNA在时间与空间里面不受身体影响，可以自由地变成自我，独立地存在，不因肉体死亡而中断。这种空间的易变，就算是由实体转虚，精神DNA也可以长久地存在。

在精神数据的前提下，人的生命会延长，如果人将来的平均寿命是一千年，整个人类历史就会迎来巨大的改变，人们在大脑里真正发展的世界会更加庞大。这样一来，当我们回看今天，就知道那只是一个过程，是整体到一点再到无限的过程，当人的智能与寿命持续延长，是否会触及长生不老的境界？这魅惑的悬念使我想象这是回到世界的原本，还是所谓未来世界的发展？

如果真正的创造是离开肉体的限制，那么精神DNA就证明了精神可以跟肉体分开，一个舞蹈家可以从他年轻肉体的训练和表现中，感受到肉体散发出的能量，到他的身体不再像以前那么精力丰盈的时候，便用精神继续他的舞蹈，进入一个深邃的悬身体状态，进入一个非物理的更深的境界，精神DNA解放了肉体的经验，使精神可以进入一个无限地创造自己的世界。

随着未来的科技的发展，身体将成为一个与虚体交接的实体，它可以经过处理，重新调整来接合不同的环境。当我们把人分成里与外的时候，里面有一个无形的世界，就是接触到永恒的精神世界，另外一个世界则是建立在时空上的物质世界。现在物质世界的部分产生了革命性的变化，因为它可以经过改造成为一个跟着精神世界走动的意志力（人工智能），同时因为精神是不固定的，所以它的神秘根源与联结多维世界的关系，以及所有关于它的定义，无法以既有的逻辑去处理。从传统到现在，我们都在孕育着一个点，不断地重新把它做到完美，然后再去发现下一个点。但是在未来的世界，我们会在一个模糊的状态中前进，处在一个多维的状态，所以物质会被某种精神力量驱动。然后它们会服从于各种维度的精神力量，产生无数新的逻辑变化，无数的并存与交流。

今天人工智能进入了我们的生活，我们开始从自己意识里面发展的世界，转移到一个没有灵魂的外在空壳，试图把外在的物质世界与我们心里的精神世界连在一起。这使我们的实体世界开始与虚体的世界，联结成一种互动的关系，当电子世界中无空间的状态成为我们的主要生活空间时，以往的一切时间观念都不再足够，在那界域中，我们可以随时拿到每一个年代、每一个瞬间存在过的东西，变成现在的所有，只要它能够被数据化。这些真真假假的既存物，布满了这个信息无间的空间，从记忆中找寻以往的痕迹与脉络，使感官、学问、声音、形象、色彩，全部都重新融为一体。这样一来，人工智能才能重新组建一个人类智能的世界，比人类知识更丰富与庞大。

人工智能所经历的有如重启人类的始源，去组织一个人类历史经验的总和，接下来很多以前不能解释的东西会渐渐解开，因为所有信息会集中在一块儿，接受高效精密的分析而产生新的见证。数据化的世界显示着某种原始记忆，在那核心方圆之间，永远找寻着第一个瞬间发生时所看见的东西，那错综复杂的一切只是附加的故事。但是人工智能能够涵盖一切吗？

以前我们总以一个维度来观察，服从理想主义的单一视角，但今天已然改变，一切昔日的价值对于未来人来说只是无足轻重的过去，但是对我来说，被删减的曾经到了现在却变成一个非常有力的空白，去填补人工智能即将面对的不足。更深入一层理解，它拥有更多联结陌路世界的内容，里面有更多耐人寻味的地方。

# 未来世界的能量网络

　　精神 DNA 最特别的部分就是对情感的研究，对我来说，这种研究会牵涉到方方面面，不仅包括人类的行为、记忆与情感本身，而且涉及物质。估计最重要的就是我们一直在文化中出现的图案、形式跟情感的关系，其中牵涉到用完全不一样的角度去观看我们的历史，与我们存在的状况。

　　人类是从情感进入世界，但又是通过事实去发生、去取舍、去做出各种反应。人类的理智是后知的，基本上是从灵魂的存在和自觉中，去感受面前这个世界的种种逻辑。在适应这种逻辑、通过记忆之后，便产生了一种类似知识的东西，人们就可以从几个方面去分辨眼前事物的逻辑性，但是真正跟它们在一起是从情感开始，情感在理智的前面，亘古初开就来到这个世界，然后产生物质，情感与灵魂同属一体，是远古早已存在的精神体。

　　人们一直在追求一张无可忘记的脸，它是一张可以寄托情感、带来满足与安定感的脸，这种脸可以给我们一种熟悉感，一个共同存在的感觉。这种特定的脸会引起吸引力和恒定感，现在却不断被商业利用，变成一种吸引他们去找寻精神、情感归宿的号召。人存在于陌生世界里面，一直看到一张脸，这张脸有时候变成景象，有时候变成光影，但更深刻地说，这是一张熟悉的脸。

**Garden of Eden** ④

# 沉入伊甸园

神话里面存在着一个玄虚的世界，它总是超越现实的逻辑，存在于某个悬空的意念里。在众多地域人文历史的发展中，各地有各地的灵性，从来不会容易参透。它总是出乎意料地带领着我们去找寻现实以外的世界。

# 黑暗的河流

　　"在冥黑的路上，我赤裸地向着前方迈进，月白的身体在黑暗里徐徐移动，等待最后的那一刻最终碰触你的身体，而那个你正同样地在无限中找寻着我"——"暗黑的舞者"有如一个幽冥的战士一样诱惑着隐蔽的太阳，冀求大地重见天日。他们以生命舞蹈，当太阳被美丽的身体引出，他们以明镜反照，太阳从此被吸引住，不回洞穴了。肉体受灵魂支配，为世间欲望所吞噬，对迷恋之物至死不渝，以至身残灵缺，也无一刻止息，这是我创作这雕刻时的暗示。

　　在黑暗世界里看到了光，但是那种光不是照在物质上，它好像是从另一个通道里传来的信息，它不需要地球的原理显现，不需要物质上的物理变化，就可以产生，清晰可见。那时候影像是从心而发，而不是从眼睛。在黑暗世界里面看到的，就好像记忆的回溯，是远古至今无数的灵魂所做过的梦，与现实交错着，这种混乱的暗流，慢慢形成一条黑暗的河，里面堆积着无数离去的灵魂。偶尔会看到鬼魂在河面上飘过，他们心中好像都挂着一个故事，留着一种象征性的痕迹，无法释怀。就是某种受挫的灵魂，在黑暗的寂静中留下了无以计数的刮痕，慢慢累计着时间的厚度，让时间可以被看见。深入黑暗的河流，没有月亮的反光，只有河里面自生的暗流，一丝丝在河面上缓慢地飘过，又深入河底，那里解不开的分量，静默地流淌在河流的边上。河水没有声音，就有如一束非常长的女人秀发一直在漂动着，看不到她的脸和身体，只有那头发在轻轻地摇摆，我想在那个梦的尽头所看到的只有这些。

# 异色

深邃如这水的幽暗，却清澈透明，冒着千年的黑烟，显现了黑暗与净明交界的奇观，我的心识住于此，瞬间感到无比的落寞，平衡着喜悦与哀伤，将在无常中消逝。人是时空中的一个明相，最美的人也只存在于一刹那，因为世间之形不断幻变，不能长存。

在世间的边沿上，有一个异化的角落，看似相同的空间却在变形，从已知到未知，它不断地闪烁着死亡的耽美，像一个夺目惊艳的色相人间，倒悬在意识的镜子中，静静地没入虚无。有种暧昧的鬼浸淫在死亡之中，不愿离开那寂静之美，在凡间忽忽一见，就是一番骚动。皎洁的月白色皮肤，轻轻擦拭脖子上的汗水，酷热却晶亮地染湿了黑暗的尘垢，它瞬间闪亮地形成了耀眼的明星，在空白与虚无间盛放。

在魅惑的深处，黑暗的回光勾起了淡色的轮廓，紫湖泛着阴暗的涟漪，使周围沉淀了下来。我继续游荡，在如云般冒起的嫩叶丛林巧遇神光，顷刻之间散落着闪烁的雾雨，我带着金色的面相继续潜航，它是那么刺目耀眼，使沉沉的阴影在金色的气雾中回静，血红的花艳破云而出，天色又一片闪白，红花如血滴洒满天空，群起的候鸟自在逍遥，如掠过虚空的幻影。

# 玄虚

　　神话里面存在着一个玄虚的世界，它总是超越现实的逻辑，存在于某个悬空的意念里。在众多地域人文历史的发展中，各地有各地的灵性，从来不会容易参透。它总是出乎意料地带领着我们去找寻现实以外的世界。我们必须通过对人间深刻的领会，加上丰富的想象力，在各种事物的微细之间，找到它的玄妙。人从哪里而来，在哪个原初的基点里面，包含着我们的本源和灵魂的归属。那里看来是一个兼容并蓄的世界，在一些原始的形象还没孵化之前，这个充满能量的世界，就已丰富多姿地存在着。

　　玄虚为能量的竞技，它形成了各种维度的力量，穿梭在无间之中。我们面对这个实体的时间在慢慢移转，就是来自这种力量的凝聚，所有的聚合力形成了它的物态，是那股无尽庞大的气流在驱动它变成时间。在诗意的状态里，它是那么鲜明夺目地呈现在眼前，神话描述了一个精神的世界，把那动人的美感，转化为物质，在这种无间力量的互动之中，产生了精神世界的历史。

　　在中国的医学等很多的神奇科学里面，有很多神道合一的身体，精神与现实的整体合一又产生了另一种对能量的理解，如果我们清晰地看到这三者的关系与变化，我们就能找到一个人类精神与肉体的完美坐标，但这个清晰的人间坐标与远古精神、神话世界的关系何在？因此我们想象人类的世界，除了在现实以外，还有一个精神的世界，也就是不存在于现实的世界。在那里有很多来自陌路的信息，而这种不直接的信息又干扰着历史的演进。

　　玄奥存在于现实以内，所有故事都在它的范围内发生，中国产生了关于阴阳五行的学说，《易经》在人类历史很早的时代，已经描述了天体运行的方式，计算出祸福、吉凶的各种纹理，成就了实的世界与虚的世界同时并行，规范了人类的道德伦理。神话让我窥见神思陌路的两个重叠又分离的世界的种种，是我们能量意识的来源，撇开世俗的迷信，它将会是一个无限深奥的天空。人在地上辨识自我，从地上看到天空、山村与海洋，但却无法想象，在这个地球上还有另外一个他，存在于另外一个地方，因此他成了神。

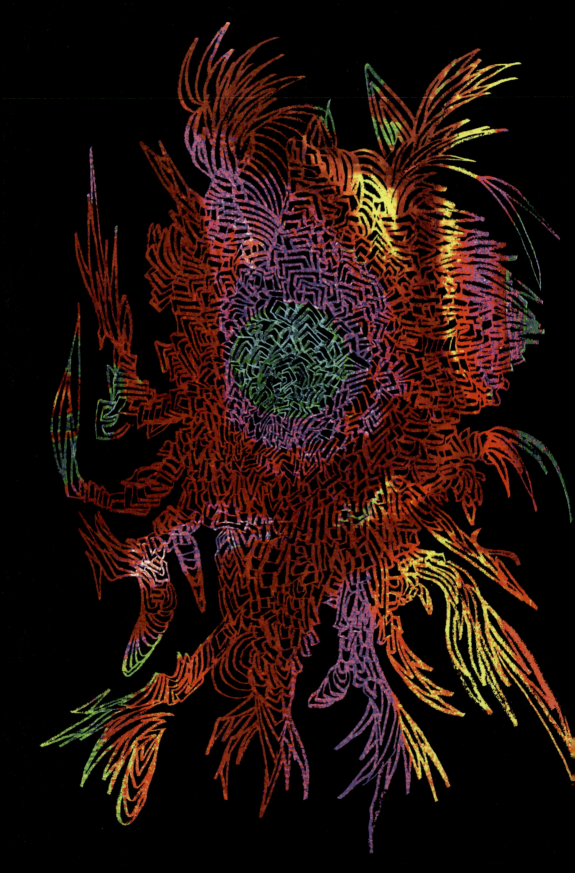

# 新东方主义的动态

东方世界进入二十一世纪，带着无限的神秘，很多东西藏在暗处呼之欲出，它再现时，或可动摇我们对世界基本知识的历史实践。旧的文化经过时间的改变而瓦解，新的世界重新经过历史的建立，产生新的文化。

# 一个无法超越的世界

　　这个无人的午后，我在空白中遨游，寻找一个平静的所在。这里坐落在自然之侧，有巨大的落地玻璃窗，透过阳光，可以看见外面广阔的荒野，另一面则可看到宁静的都市，上好的建材蕴含着高科技，室内恒温恒湿，非常适宜的生存环境，空气清新，清香素雅，没有太多的杂音。在这里可以听着美妙的音乐，灵气涵盖了一切，充满了这个空间。阳光的变化在空白的墙上，显露着不同的气氛。室内摆放了自然色彩的植物，布满了明亮的白色空间，地上有漂亮的地毯，墙壁上有个火炉。房子有两层，这个空间好像是为了声音与光而存在，里面没有太多的复杂的装饰，但是转向另外一个偏厅，却是一个四面结构高耸的所在，其间布满了各种各样的书籍。庞大空灵的空间，遨游着自由的心识，成为一所梦中的家园，看起来唾手可得，却又遥不可及。

　　当我不断地漂流在世界上不同的空间中，每每都会想起这里，就犹如梦中国度的家园。

　　一切陌生又如常地进行着，在书写这本书的过程里，我发现这个容量庞大的信息流，不断产生交融的能力，每个结点慢慢地有机组合，形成一个整体流动的场域。无论渗入哪一个方向，都会引发极多的交流，前进探索的同时也在静止整理。时间在这时候成为一个有趣的容器，它总是有限地存在，但是却有无限量的可能。当我心中浮现出一个意念，就会引发很多不同信息的介入。我凭着意识去追寻那个线索，但是又被里面千差万别的东西吸引，时间就那么珍贵地存在着，它给我一个机会去探索未知，探索一个时间与空间以外的世界，一切都漂流不定。我深感到脚下的冰凉，寸寸的土地、寸寸的光阴，刹那间产生了永恒，那里凌波处处，好像看不到彼岸。我身处于这里，去想象从前与未来，独行于这个网络丰富的丛林，是的，这里已经拥有了一切，一切可以前进的线索，而不注入某一个空间之内，某个线索之中，保持真空的畅达，将会达到我想要到达的地方。

　　创作到了某个阶段，都在追求一种超越本来这个主题的假象，每次都尽全力追求这个满足感，直到达到平静，不再需求，才会停止下来，但如果真的有一种东西是无法超越的，那怎么样都没办法成功。它会慢慢地成为一个心中的悬念，激发你无限的动机继续超越。有时候，艺术的境界讲究高度，不同的高度会有不同的难度。在你不断地要求、进行的同时，那难度就会如火箭一样攀升，仿佛在不断往前飘离，使你无法翻越。追逐那梦幻的影子，如止息在空中的飞鸟，无动于衷。新东方主义是以无用作为开始，它本身并不构成意义，它只是一个发生中的真实。

　　寂静是一个清静之地，它可以蕴藏最高的艺术的顶峰，站在顶峰之上，到了那个境界，一切都会平静，没有再多的需求，目视万里。在那种境界，人可以看清自我，抛弃世俗的一切烦恼，达到无我的境界，因为那里已经没有黑洞要去填满，心中已经没有平息不了的欲望，只是静静地等待下一个创造的神奇。创作不断复生在崭新的视野上，自我的消失就是从那里开始。

# 黑洞之音

　　我喜欢在暗光中观察里面残留的光亮，它涵盖着大量的黑暗，在周围形成了延伸与想象的空间。因为光的幽暗，声音跟思维的动态就会变得更清楚。人的比例知觉因为黑暗而产生一种迷离的状态，就好像开放了想象的闸门，让一切可能都在里面发生。太阳的光超过了我们视线所及的范围，因此，我们面对太阳，只看到一片白光而失去了辨识眼前东西的能力。当黑暗来临的时候，我们什么都看不见，脑海里全部被记忆所围绕，很多之前看到的影像都会倒映在这一片黑暗之中，成为回忆的奏鸣曲。如果存有的这个世界是一个真空，一切都是这种回光的返照，那么我们存在于此间，就分不出我们在里面还是在外面。对我们所看到的所有东西、所学过的东西、遇过的所有人与事，我们都有喜怒哀乐的反应，有我们非常喜欢与一生都不会忘记的事情，也有让我们讨厌、一直都在逃避的真实发生过的事情。这些都附加在我们这个回忆的瞬间，当我们在黑暗之中，睡梦里就会重复着这些影像的变奏，这些变奏交汇着我们情感的变化，产生恐惧、欲望与仇恨，形成了迷茫的开始。

　　创作有时会落入一片浑浊的海洋，如一潭浑水，让身处一个属自己空间的自我，独自去面对那暗淡的光，每次创作都好像制造了一个黑洞，它虚无一片却带着无明的烈风，一切都不由自主地被它扰乱与吞噬。那黑洞的神秘与无限恐惧可以触发我去使用各种方法、各种维度丰富满足它，让我可以窥探到这世界上还有很多层次的东西不为人所见，创作就是去挖掘这些深刻的回忆，每一次都可以从不同的出发点与不同的维度进入这个思考的大黑洞，它会突然向我扑面而来，从四面八方侵蚀我的想法。

　　这种想法不断地消耗与消失，然后残存的想法才是真正遗留下来的，慢慢在这个空间里发酵，慢慢滋生出它赖以生存、能抵抗黑洞存在的素质。这个运作的过程成为我创作最原始的状态。一直要等到这个黑洞填满，它的反驳性静止才真正完成。这是触发陌路响应的一个过程，只有通过这种无可抑止的尝试，才会有无可萎缩的力量去抵抗黑暗，才能找到那个真正能存在的因子。把它建立起来，慢慢再附生出它的枝节。

我们所认识的原创艺术家中，还有很多未了的黑洞需要填满，有些人在刹那间悟通，有些一辈子也不会知道，却无时无刻不被它们影响着，一些无法完成的，或已经显得过时的东西又被一些新派的艺术家继承，发扬光大。但是如果只停留在原来的思维方法中，这些东西就永远停留在原创人的限制里面，这个限制不是停留在原创人本身，而是在时间变迁之后随之转化。它并不是独存的，更重要的是，它开启了一个偏离的看事情的方法，然后被继承者一点一滴地深化与继承。

# 二手文化的传承

后现代主义不断拆解国与国之间、文化与文化之间的关系，生硬地把不同的关系碰触在一起产生新的意义，产生一种解构的可能。这样便慢慢形成了全球化的可能，但里面还有一层从公众媒介上看不到的弱肉强食的文化斗争，文化输出都是基于国家本身的强大与利益链，通过财力与权势不断地宣传和发扬，使它变得可鉴可读，掩盖了一切比较弱势的文化实体，一些对文化上的重大事件的再阐述，都拥有全世界的影响力。

世界慢慢形成了几个文化板块，把全世界的记忆都归于几个单元，在这个整体的大潮流中慢慢形成了各自的记忆，因此形成了双重甚至是三重的世界。香港与亚洲其他地区大量吸取了日本从美国、英国舶来的第二手文化，转化成自己的，这个源头完全是从西方来的，而我们却共同分享了这一切的记忆，包括它们的程序与美感、生活方式、价值观、时尚，全都有另外一层的记忆在我们的心里。这些记忆跟我们的传统和所在地是完全脱离的，但是它们太强大，又在表现上更接近人类物质进步下各种科学迎来的人类的春天。在乐天主义下，八〇年代是一个美好的全球化年代，经济全面开发，一片升平气象，让我们更容易去接受、适应或全盘吸收。这些记忆就好像串联着我们所有记忆一样，有时候比我们原来的内存还要强大，因此我们无法感受到本源的重要性。我们的感官又从何吸收到这种养分而成长？

在全球化的基准之下，我们对日本的东西充满了特别的情感，因为它的创新跟完整度仍然跟我们没有分离，我们渴望吸取一种可以突破这种限制的语言方法，去表达我们对这个世界的所想所思，一种连贯了过去与未来、属我们自己的语言系统，这些都残留在第三世界国度之中，因为他们所代表的话语权是不一样的，第三世界被迫地脱离了自己的生活方式、美感与经验，留在自己的世界里被视为次等的，但同时又很诡异的是，在一个主流的国家里成为第三世界的感受有时又反过来成为一种潮流发想的源头。因此在整个世界的历史里面，我们已经处于一个全盘西化的记忆迷阵之中，甚至消解了原来传统的重要性，慢慢在迷阵里继续抽离地找寻我们心里的世界。

早期在纽约向往过这种自由放浪的生活，每天与艺术相遇，与不同的朋友交往。他们都有着强烈的移动感和强大的自我意志力，大多十分贫穷，但却非常有毅力地在奋斗，这可能就是一种盼望有朝一日能出人头地的美国梦。对我来说，二十世纪六〇年代在美国是一个十分有趣的年代，因为他们领导着世界去追寻自由、和平与博爱。群众可以聚集在一起分享每个人的感受，基本上他们的生活追逐着自由的定义，高唱着世界大同，每天闹哄哄地过日子。六〇年代的嬉皮是一种投射，在那发扬地中心的范围内，旧金山嬉皮的影子虽然已经不再像以前那般无孔不入，但经历了一代一代的转化，仍然遗留着很多族群，老嬉皮仍然活在波希米亚式的生活中，海特街（Haight Street）残留着昔日生活圈的味道的回忆，有些人成为流浪汉，有些人成为艺术家，通过每一年的火人祭活动（Burning Man）强化了那精神面向的持续力量。

艺术仍然存有着一个空间，让我们有一个自由度去找寻自我表达的可能性。因此在全球化的影响下，自由表达是一个最珍贵的动机，第三世界还迷失在自我民族保存跟传达的意义中，却没有一种真正表达自我的自由。年轻人追逐的都是全盘西化的视觉遗留，为了未来的发展，全然断绝根源，当全球化的流行文化覆盖了一切视野，年轻一代在全力追求一种超越民族落后的情绪，形成了一个巨大的旋涡。各种文化摘取西方的源头渗透到自己的文化中找寻对应，求取一种文化上的认同，形成了文化融合的结果，这是一种由这个源头散发出来的归化力量，整个世界呈现出一种开放状态，却在几个主要的先进国家中不断收集整理，这种自由状态不断地在西方主流的影响下，慢慢收藏了一切不同国度的文化，有不同领域的专业人士去整理归纳，使其成为他们所谓的第三世界文化的文智库。可惜一切的价值和语言系统还是会归纳到西方世界所建立的统一视觉里，这个现象在深层文化结构里会表现为，到了创作的核心时，所谓自由创作的东方就成了一个被动的东方主义下的诱导，仍然会受困在迷惘的状态。相比于西方国家，除了有雄厚西方基础的日本，亚洲的其他国家多处于弱势状态，而属东方精神 DNA 的呈现，就成为一种可有可无的落后文化，沉浮在封闭的过去之中。

这样产生了一个新的时代，在这个时代成长的人，也会受到这个风潮的影响，他们看事情的方法已经彻底改变，对某种不确定的掌握、对自我辨认的迷失，恰恰形成了新的时代。一些传播平台暗地里在控制这个重大的看似自由无间的公众世界，过分泛滥的自由，也造成了一种极度尖锐竞技的开始。新的媒体时代已深刻地替换了原来的世界，怎么去解读 Instagram 的效应，它又代表了什么，如何引发了众多的兴趣点，散发出不同的族群，里面又各自形成新的族群，新的创作者在这种混杂的文化里面不断找寻新的路径，突出自我，在芸芸的新奇事物中脱颖而出。

这是一个 Instagram 的世界，它慢慢地从四面八方，让所有时间里面没出现的点状时间，不断地出现在同一个平台上，每个人按照他的喜好，可以区分出不同的板块，愈吸引更多人喜欢的主意，就会愈被大范围地传播，强者愈强，弱者愈弱，是 Instagram 带给这个世界的一个很清晰的理念组成，是全球化的时代趋势的结果。当世界上的所有事情都在一个平台上出现的时候，就会产生一种综合性，互相影响，互相穿透。一种要达到永恒感觉但是又变幻万端的世界开始出现。

# 亚洲的枷锁

经过全球化开阔视野，亚洲世界已经习惯去接受某种外来的信息。但是也习惯于发表自己的意见。这个时候，有很多不同的声音会出现在公众平台之间，我们也可以发现整个世界在这种声音中改变。但是在大资源的先进科技与丰厚的历史脉络里面，亚洲的很多国家还是没办法去跟强大的先进国家相比。他们在自我的意识里面，一直都处于被动的状态，也不相信在自己的空间里会产生更强大、更理想的思想。这样一来，就形成一种无形的自我封闭状态，等待着别人赋予它意义。这个权威意义一成不变地一代一代传下去，助长了所谓的全球化效应。人在大权力、大意志和压力下变得不再思考。

往日很容易做出让人震撼的作品，而今天一切都荡漾在沸腾的交叠之中，全世界已经公开了互相的对视，影像世界爆发了超越经验的大战，而且已达到全球化的范围，人们在找寻西方的路上同时也在找寻着东方。今天的东方摘取了西方的影子，已经达到泛滥的阶段，虽然保存着一种形式上的中轴线，但是中轴线抵挡不住更多的外来的影响，五花八门的杂色会更吸引大众的眼光。守在文化的边缘上，资源会愈来愈减少。虚假的机缘，不断冲击着整个环境，不断往外消耗与散发，今天的世界会走到哪一步？

先进国家的创作环境已经上了轨道，亚洲却相距甚远，只能通过购买别人既有的去支持他们的发展，而在自己文化的创造上却停滞不前。要在亚洲急功近利的氛围下创造文化，于自己的土地上创造出世界性的作品是难上加难。滥用的传统文化符号也开始显得乏力，一个未来的方向是，突破所有人的观念、技术的限制，把从外国学到的新领域技术拉到我们传达主张的作品中来，这才是首要的任务。每个作品在今天已经要牵涉到各方面的高水平、高质量、高预算、高平台，才能实现。这是一个金钱与媒体的时代，毫不含糊，而扭转这种现状的年代什么时候才会到来？应该要有什么样的气质才能把这个世界完全改变，让真正潜在的能力、素材开花结果？

# 一艘潜航中透明的船

能量是一种不可触摸、不稳定的流动体，它不受意识所控制，相对来说意识有时会把它与精神隔绝，它存在于人类最深的地方，召唤它就会出现。它就在那里，不受时间与空间的限制，但当我们感觉它的时候，它就会改变时间与空间的能量，我称之为场。

可以说每种可以产生真正文化的地方，都存在于这种场里面，它带有一种高素质的精神，产生于一个虚空之中，不断地重叠互动，精神素质又会发酵，就像种植一种奇异的植物一样，它会慢慢生长起来，在这个空间里面看不见的地方，你到了这个地方就会感觉到它的存在，被引发出一种精神素质跟它对应，产生新的启示，在这场中可以不断发展出一种精致文化的可能。

如果我们重视精神世界的建立，这种场就会不断产生，如果从宗教角度来说，寺庙就是这种场的建立，只不过人类的利益是它建造的原因，金碧辉煌，不断保护人虚弱的心，在复杂的人性里面进行着平衡，但却缺少人对虚空的付出，那种真诚的存在感的开发。真诚学习虚空的所有，才需要这种至高无上却又朴素的场。

全球化依然是世界性的共识，大家都在这个基础底下共同期待着一个即将可见的未来，在这个时代我们跨绕着很多不能解决的问题，你只能与之一起度过每一段时间，慢慢形成这个时代的特色。

东方世界进入二十一世纪，带着无限的神秘，很多东西藏在暗处呼之欲出，当它再现时，或可动摇我们对世界基本知识的历史实践。二十世纪，亚洲急速地西化，传统文化在离散，世界在战争中损失惨重，每个国家都在战后重建着破碎的家园，有些传统事物也无可奈何地在不断消失。全球化在影响全世界的进展，经济效应成为它的依靠。但经济受到极权的掌控，世界的局势会不断在经济与军事竞技中失衡。旧的文化经过时间的改变而瓦解，新的世界重新经过历史的建立，产生新的文化。

这个文化的流变与消失不是时间轴的，也不是单纯地域性的，而是人在曾经有过的机会中，在某种经济的能量体下，建造了非常好的空间与时间。这种空间与时间产生了精确的能量，使真正的人间得到机会，可以提炼出精华。在各个时代都有这种机会，这种机会不断建立整个世界的各种文化体系，慢慢形成了各式各样的系统，更确切地说，就是各地的人杰地灵，产生了各自的精英、各自最精辟的文化系统。文化就是情感的归属，它的能量可以延伸精神的时间，那种无时间的觉察，皆出自情感饱满之时。

从精神层面的角度，我们可以重新分析这些文化的深度，它们慢慢会形成人类智慧的总和，产生无时间的原貌。在那里，一切都在其中，不多不少，不先不后。我在建立一个自我的语言系统，因为只有这样，我才真正知道，所有脉络的贯通，并非是由积累着的碎片从四面八方聚集起来，而是从一个内心的发现同一个原有的空间里面慢慢显现这个整体的风貌，因此它原来就是连接一个整体的全观。

# 新东方主义的启蒙

　　新东方主义所引发的是从不同维度观看到的世界，最重要的一点是从时间以内和时间以外所看到的世界，一个是地球以内我们能感觉得到的，通过科学我们可以慢慢去认识这个世界物理上的一切情况，也渐渐地知道我们对感情记忆的一些蛛丝马迹。但是在这个实体世界以外，还有一个更广大的世界，不断地从我们的现实中反映出来，我们可以看到其他维度世界的蛛丝马迹，特别是在光与影的现象底下，我们可以看到这个世界的一些灰色地带。

　　书写到这里跟以前书写《神形陌路》的时候非常不一样，世界已经彻底地改变，我们进入了一个属未来的世界，所谓的未来是相对于过去而言，它以什么样的形式重复着过去的一切呢？显然，它剩下的只是一些影像与信息，以及一些原形的模式。一些所谓影响世界的落点，述说着世界的脉络，世界被形容成一个线性的不断交错的共有，强弱不同的力量让这种扩散性的影响不断变化，就像历代地图所呈现的兴衰交替。所谓离开现实世界去看我们本身的现实所有的一切，就像是观星台一样，我们能看到天上的变化，其实却读不懂它的内容，在虚无的历史面前一切都是过眼烟云，好的与坏的、美好与恶劣的都一样会过去，而留下的会是什么？找寻世界极端的所有，就好像普罗米修斯一样与所有对象重逢，述说整个世界所残留的一切。那遗留物残形败色，形影飘离，唯只呈现了宇宙的一瞬。

# 香港迷离

香港是一个城市，现在她的怪，经过好莱坞全球性宣传，已经成为全世界的好奇之点，引发密集恐惧症的城市景观，新旧交替与错综复杂成了一种全球化底下的怪。世界上每一个熟悉的地方，都变成奇特的存在，特别是在时间不断变化的时候每个城市的属性。香港是我的出生之地，在这里的每一寸所看到的景象都那么熟悉，当我走遍了全世界之后，发觉她是那么独特和怪异，心里萌生了一种深刻的感受，当我终于回到香港之后，在"蓝"（Blue）展览里面，这种感受不断地重复。从一个比较遥远的距离，我才看到这种东西方的文化在香港交汇的盛况。在我的创作里面，有一个不断变动的引擎，不会停止在某一个特定的结果上面，它只会不断地前进。

小时候，中国给我的印象，带着一种广东的地方色彩，呈现出来的是华丽、热闹、中间分明的色彩，在广东戏剧里面有程序化的动作，所有的切幕跟衣服的样式都和舞蹈有关，产生了非常鲜明的视觉风格。早期在香港，从梅兰芳的一张剧照开始，我对中国的古典文化意象产生了无限的想象。在澳门，跟着爸爸去看广东大戏，戏台上不断出现的色彩斑斓的人物让我印象深刻，那时候我对这些程式化的造型十分有兴趣，而且里面有一些漂亮的小花旦，穿着武生的衣服在舞台上表演功夫，使我感觉十分惊喜。那时香港流行粤剧演出，制作了很多戏曲电影，初始时候的任剑辉、白雪仙、陈宝珠，很多不同的明星电影在深夜的电视里面回放。

后来接触到京剧，慢慢就意识到它跟我直接的关系，黑泽明的电影——《罗生门》《梦》《乱》《影武者》《蜘蛛巢城》——都有非常强烈的古代剧场味。他们的化装、表情、动作带有浓厚的传统戏色彩，同时又结合了西方的音乐与场面的调度、莎士比亚式的人物结构，在这个情调底下产生了一种无比瑰丽的

风格，开始了东西合璧之路。

　　在香港的时候有一个很有趣的现象，就在我们朋友圈的周围，大家虽然实事求是，在思想上十分实际，但却十分欣赏有文学根底的青少年，当时我们就置身于他们赋予的这种想象之中，每天想象着各种艺术的形态、各种文学的内涵，可谓不务正业地倾谈各国的文学，观看艺术演出和电影，不畏艰辛地把一个一个在美术史、艺术史上出现过的名字都探讨一遍。当时我还没有开始工作，但已经在不断收集各种数据，一点一滴储存成为一个神奇知识的宝库。

　　我从时间、地点与人的角度开始组织观看世界的方法，所有让我有兴趣的事件都会因为人物、时间、地点组织起来，成为一个大型的私人博览会。在这种不断丰富的大前提底下，我开始辨认东西方的分别，以及历史在每一个地方所产生的效应，一个地方在它兴盛与衰落时期所发生的变化。这个大背景让我在少年时候萌生了一种反叛心理，在严峻的压力底下，我对于有奇特能量的东西特别有兴趣，包括二十世纪六〇年代法国新浪潮出现的一批带有社会批判与自主图强性格的导演，都是我崇尚的对象。

　　从小到大，我对超现实主义象征的那个世界特别感兴趣，一直浸染在意识性的世界里面，那意识就是人将虚幻的象征性的精神世界重新建立在自然之中，产生色彩独特而鲜明的形象，这种带有神秘色彩的形象让我深刻着迷，并最早进入到我的意识里。萨尔瓦多·达利（Salvador Dalí）跟奥迪隆·雷东（Odilon Redon）都是我十分喜爱的画家，因为他们的作品充满了一种意志超越现实的性质。了解弗洛伊德潜意识的发现所带来的影响，构成了一次人类意识的革命，让我们重新在潜意识里面找寻我们的媒介，存在于我们意识里面的另外一个世界，这使我在很早的时候就开始游离于现实与想象之间，一直在寻找一种新的不同形式的世界。哥特教堂高耸的叠影，以及穹顶上中世纪绘画中的天国，那布满象征物的天是无限的远，它比真正的天更神秘，因为它带着一种存在于这个物理描述的虚无宇宙以外的、更富想象力的天的形象。欧洲的宗教画里面，就曾经出现过非常多关于天的描写，中国的古籍与古诗词里面，比如《山海经》《楚辞》及至唐人李白等诗人的作品，也描写了一个我们所不熟悉的世界，这些世界慢慢在我的心里面形成了一个深刻的回忆，天就是无限的天，但不是没有内容，它里面藏着我们地球上所有的原形，我们通过回忆动用了物质的效应让它重新出现在地球上，地球就犹如一个有着千万块镜子的圆球，反射出世界不同维度的星空，照耀着我的少年时代。

进入信息爆炸的时代，慢慢接受了非常多新的模式，而且是循序渐进地局部发生，我们有足够的时间去感觉与消化。二十一世纪的青少年，一睁开眼睛就已经无可避免地进入这个信息无间的年代，他们更有一种无奈感，一种无法控制现实的感觉。这时候我秉承着往日的经验与意志力，不断创造这种未知的感觉，往前制造着未来世界的不同，我喜欢游离于同一个空间之内，如果这个空间有足够内容的话。

在二十世纪初的欧洲，位于巴黎蒙马特高地的一个空间中藏着非常多的艺术家，当时巴黎开放门户让这些来自世界各地的穷艺术家聚集在一起，共同想象着未来的艺术，这个时候就建立了一个非常深刻的场，像巴勃罗·毕加索（Pablo Picasso）、阿梅代奥·莫迪里阿尼（Amedeo Modigliani）等很多艺术家都生活在同一个空间里，每天齐聚到同一个地方，接受不同的思维冲击，在交流之中不断提升双方的认知，又在艺术赞助的支持下不断产生新的想法与观念。新的艺术形态、风潮开始慢慢形成，巴黎成为一个精神的堡垒，世界艺术的中心就是从那里发源的。

　　无论你在哪里，空间的场都会存在，但是要真正带动时代却不是一时一刻可以达成的，在香港我没办法集中人共同的存在感，直至到了台湾才有了一点转机。

　　在电影《阿婴》之中，我沉迷于那种法国浪漫与超现实主义影像的氛围，影像带着一种凄美、耽美与死亡的气息，颜色带有一种意识性的空间感，传达了一种不在现实时间的氛围。那个时候，中国的形象对于我来讲仍不太清晰，只有胡金铨的电影对我影响很大，简约的线条，即兴的动作与声音产生了空间的独特性。这个时候已经埋下了我对舞台艺术的一种基本认识与兴趣。在电影中，很多布景我都采取了舞台的处理手法，影像是平面的展开，但里面却包含着很多具有特异色彩的想法，这种经验源于参与《诱僧》拍摄的时候，把这种超现实的氛围打开，涉入了更广泛的细节。我用七种颜色来分布这部电影，也开启了我对电影的美术结构学研究，在视觉上把电影视为一种形式的结构并以此作为开始。《阿婴》是我电影方向的启蒙，我不断探索时间与空间的特异性，因为我需要那种神奇的感觉使我不断去研究各式各样的可能，最大的描绘范围就是西方艺术文化的影响。那时候我感觉到西方跟中国的美都有一种很特殊的装置感，它们的某种节奏是相通的。

　　为了适应一个强大的外来的文化，以及适应一个不属于自己的权力中心，香港人不断发展着一种适应与应变能力，他们对任何事情的思考面都特别多，注意力都花在实际的层面。他们没有余暇去发展什么伟大的理论，只知道眼前所发生的一切和快速应变的方法，因此很容易感觉到他们有一种节奏感，一种坚定不移的目的性。香港存在着什么样的智慧？香港人讲求的是速度，拥有一种独立个体具备的自我认同观念，跟外在的世界保持距离，成为一种族群中的密码，他们有个人的毅力与沟通能力，还有超强的适应能力，不达到目的，誓不罢休。当然，最重要的是情绪的控制，把这种特色表现在艺术的呈现上，王家卫算是一个非常典型的代表，他塑造了一种独特的香港人格，对说话对象的再三思量，以及考察他真正的意思，往往花费了非常多的时间。两个人在推敲对方的真正想法，这种犹疑心态源自一个存在于他俩之间的庞大压力，他们知道自己不能改变什么，因此只能不断地摸索观察对方真正的意思，做出仅有的决定，王家卫故事中的人物都在呈现这种状态。对于一种不确定的无奈感油然产生。

香港人曾经在这里看过非常多的盛世浮华，有时候心态像个旁观者，就好像是在大使馆工作的员工，他们把这些看到的东西想象得非常美好，像神仙的世界一样，不属于他们却全心全意地向往。他们心目中的天堂经常都在别的地方，不在脚下，因此他们不断找寻物质上的满足，以给予自己心目中天堂的感觉。当人没办法满足于真实拥有的过程，就会对仅有的物质产生一种精神性的思量，因此在香港人的心目中有一个非常大的遗缺。这个遗缺像一个黑洞一样一直在心里面存在着，无法识破，就算是今天慢慢变得富有的香港人，也不会脱离这个怪圈，究竟有什么无形的东西一直在我们心里面让心识无法平静？这种心情一直在王家卫的电影里面出现，陪伴着我们，使我们产生深刻的共鸣，并对这种游离抓不着、永远达不到安定状态的灵魂产生怜悯。然而他电影中的这种游离的灵魂却经历了非常浮华的现象，这种创伤的心灵与孤寂感在五光十色的外相的不断作用下，让他们产生了更孤寂的状态。这种孤寂带着一种荒谬感，就好像心神恍惚，但是也戴着满身珠宝，各种时髦饰品与头发的细节，让这种尴尬的感觉呈现得淋漓尽致，这种影响来自张爱玲的上海情结。

张爱玲在香港留下了一个上海情结，好像一种贵族色彩的想象，她曾经创造了一个世界，她观察上海人的特色，这个被中西文化撞击得面目模糊的荒谬浮华的世界与血腥残暴的侵略战争，同时在她的时代留下了印记，她却独自封闭在她天才横溢的小世界中孤芳自赏，使她保全了一个全然自我感觉的心灵风景，与民国时期外来的西方同期女性主义的抬头相连。到了二十一世纪，张爱玲异常的天赋让她可以拥有独立于男权以外的女性视觉，刁钻细腻又冷眼旁观的世界观，封闭内向又无所不在，她所发现的世界显得尤为珍贵。因为她确确实实呈现了一个过往时代的精神状态，通过文字塑造了中国人在这种情况底下的反应，以及从传统不断转化到现代的过程，表达了一个非常敏感的心灵所遇到的撞击，非常详细地记录了一个时代的记忆，与这种奇特的心理形成的美学的状态。她饱满的情思与清晰实际的理智，敏感的个性与事事斤斤计较，让我想起了林黛玉，我可以想象张爱玲对《红楼梦》的幻想和她自己对林黛玉的共鸣感与相异感，林黛玉也成为某种中国女性心灵状态的投射，她并不大方却事事细心，她是能够进入潜在中国诗意状态的代表。

这时候谈到的诗意，有可能是人在文化中真正存在的最珍贵的东西，因为它不能以时间、以空间的现实来衡量。它是超越某种世俗的价值，是真正存在过的形而上的美感，它永远都超越事实的意义存在着，更真实地反映着人的价值。我的思路一直在循环往复地往某个地方去探寻，找寻那种潜在于现实底下的美丽风景的秘密，那迷惑的自恋恋物的丝丝细语，一直沉迷到底。这令我引申出一条文学的轴线——张恨水的小说世界，鸳鸯蝴蝶派与法国浪漫主义文学的幽深美。在各种诡异的平衡状态中，能看到香港人内在的自我世界，收拾当下每一个瞬间的所有，找寻每一个瞬间的平衡，以一个平视的视角。

# 台湾的风

　　曾经在台湾的时候，我建造了一个类似梦中境象的生活模型，一个全属于自己的空间，那个地方久而久之形成了一个自在的模式，包容了我的精神世界。在我台北的家里，阳光普照，太阳可以从一边晒到房子的另外一边，两边窗户通透。空气流动，十分舒畅，可能这就是能量之地，可以让我在里面精神饱满，充满生机。房子前面的一片古树林，十分古老，却没有杂质，样貌十分单纯。幽深的存在，随时都可以邀请你遨游其间，在这个房子里，可以住上一辈子，也不会生厌，就看着它不断地延伸，不断经过时间的丰富，慢慢形成一个气场，增加无限的温度。

　　时代在变化，而且变化非常快，好像很多根本的东西都已经翻天覆地地改变。这种梦想，也随着非常多的外在的因素而变化着，但这是一个恒定的所在，意识不会四处奔流。家是一面非常奇妙的镜子，包括你心里面的喜好、行为所产生的影像与事件，形成了一个非常奇特的时间的镜子。

　　在台湾的那段时间，居住在那能量充盈的所在，我开始了全世界文化的研究，包括各地的原生文化，从声音、影像与生活形态到实物，再到最重要的宗教、巫术，慢慢去了解精神世界，台湾的诚品书店在商业的空间里面制造了一个阅读的精神空间，从那个时候起，我把从全世界收集的书放在我的家里每天在研究，产生自我脑海内的好奇驱使所要阅读的素材，慢慢形成了一个我看到的世界的内容。我几乎每天都泡在那里，每天都看着不同的东西，每天都重复辨认着自己知道的范围，它提供了一个空的世界，可以协助我们建立我们自己的场。就在那个时候，我成了诚品书店十大买书者之一，慢慢把全世界的知识移植到我自己的空间里，每天细听着音乐、各种地方的原始声音，看着各种流派的电影与美术的历史，慢慢了解到知识的限制，这种从四面八方收集回来的

资料使我发觉整个世界在一种不平衡的状态里面前进。

学问在西方的世界统一，成为一种坚硬有力的知识系统，透过科学与他们真正的研究透彻的实力，让他们成为十分强而有力的历史权威，在这种无微不至又不断细分化的西方体系里面，我发现还是少了一个纯属东方的系统，东方在这种大系统里面永远是一个插曲，受到西方价值的审视与研究，包括细分化与数据化，就游离在世界上我所看到的博物馆之中。

二十世纪西方现代舞蓬勃发展，影响了整个亚洲的艺术文化界，产生了许多现代舞团，他们由好几个西方主要的流派引导发展，全盘西化到不断找寻自我定位的东方身体上。在国际的发展中，我参与了大部分的进程，与各种不同属性的团体紧密合作。我形成了一个强烈的印象，在古典音乐中存在着西方最高雅的灵魂，可以感觉到有一种东西像芭蕾舞一样，以钢琴为主，钢琴能带出一种冰冷的伤感。在哀伤之中呈现一种完美的状态，这是西方古典音乐所独有的一种氛围，漫舞者就是抓住这种节奏感，形成了现代舞的一个绝对的氛围。林怀民研究中国武术，掌握着气韵的动态，在整个画面里面不断地经营这种流动的情绪。舞蹈的样式还是围绕古典现代舞，完美而哀伤，干净而绝对。云门舞者被要求全神贯注，很明显他们每天都在锻炼，每天都只想着同一件事情，每天都关注着表演的每一个细节。这批人犹如清教徒一样住在一起，每天都把自己交托给舞蹈。

从林怀民邀请我到欧洲格拉茨歌剧院参与其秋季大戏的创作，我开始了不断来回欧洲的旅行，各地的酒店就像流动的场，不断地重复又不断地变化，时大时小，不同的人住在不同的地方，发生不同的事情，但是当你需要睡觉的时候，你躺在同一地方，当你醒来的时候，你活在不同的地方。这里千变万化但又一成不变，生活有如行道者般纯然，面对与日俱进的新世界，必须平息疲惫的心，转化能量的位置，抛弃杂念，渐入单纯，需要时间参与心灵的空间。放弃心中存在的位置，简单的心，使我不属于任何的地方，存在与存有是两个系统，存在还是需要一个载体，存有却不需要，它不需要为任何东西赋予它的存在感。在台湾的这段时间给予了我一个与灵性接触的机会，去体悟如何解放时间与空间的束缚，使我可以饱含着一种空灵的劲。

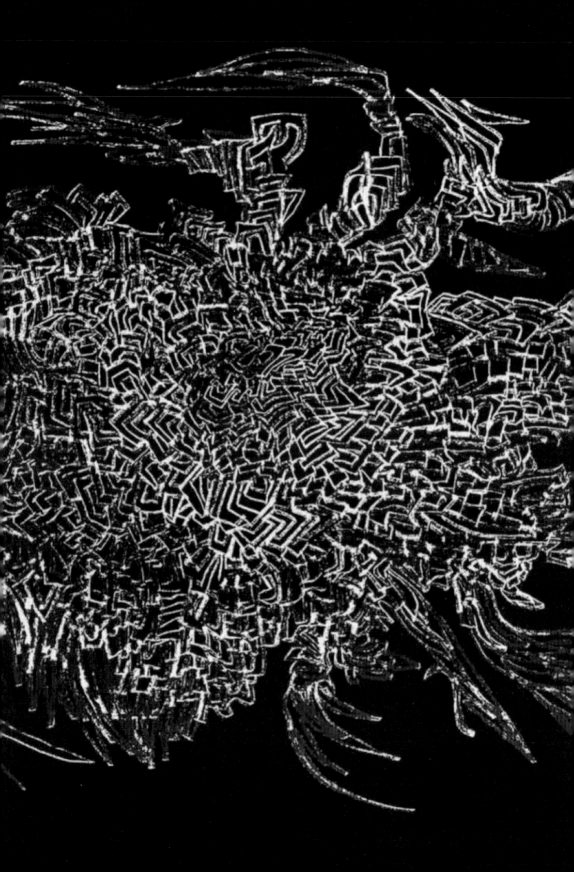

Flows　　　　6　　　　十二流

有一个无形的力量，每当它要显现的时候，心灵的花朵就会出现，它建立在转瞬即逝的永恒中，包罗万象又一无所住，无所不在又无孔不入，它恒定着世间所有，让一切在它的各种能量底下自由运行，产生一种有如宇宙的浩瀚奏歌。

在任何一个角落，我都随时知道，有一种原动力，源源不断地在我的意识里面奔腾。我总是感到有一种纯然的内在力量，慢慢推进一切成形发展。原始的力量像一座无形的宝塔，一层一层地掀开事实的可能。在我单纯的创作的心里面，一直存在着这种循环不断的内在暗流。

有一个无形的力量，每当它要显现的时候，心灵的花朵就会出现，它建立在转瞬即逝的永恒中，包罗万象又一无所住，无所不在又无孔不入，它恒定着世间所有，让一切在它的各种能量底下自由运行，产生一种有如宇宙的浩瀚奏歌。所有东西都容纳在它的里面，可以穿过它去经验每一个领域，打开每一个闸门，变成每一个东西本身。消失的自我存在于每一个瞬间之中，我由此产生了十二流的想法，这个想法来自我周围的世界，这个包括了日月星辰、四季的变化、南极与北极的存在世界，细化为各种人类行为的行当，审美的标准，各种声音的种类、属性，各种形状的来源，各种意识的汇聚，虚实并置的世界。

来自人类的视觉，把万事万物细分为数据、方位，作为它的宗源，产生无限的视点，就像一只蜜蜂的眼睛，它能同时看见一个多维的世界，不只是一个三维的物理世界，而是真正包含各种层次、多重维度的世界。

当时间不需要流动，它便成为一个个散落的点，散布在我们的周围，我们只需要轻轻地移动，它就会产生不一样的形貌。因为在不同的角度它会产生不同的内容，不同属性的部分就会显现出来成为它的整体，世界就像是这种多维的立体雕塑。从每个角度都会看到不一样的世界，只要我们闭上眼睛就会看到一切，不需要光、影、记忆的辨认，只有存有的存在。当视觉到达无物的时候，它好像什么都不需要看见，因为它看到的是存有本身。

一个简单的结，十二流弥漫在不断冲击的时代中，克制着、浮游在自己的空间领域里面，暗中相连，但是我们却看不见这个联系的脉络，只有一条线可以将所有东西串联起来，形成一个整理的闸门，就好像一把钥匙可以打开所有的门，门与门之间互相连接形成一个整体，但它又流动不止，产生了一个无在的整体。无在中散落着不断的有在，有在不断吸纳着所有的养分，像一颗彗星围绕着一个中心在转，引力把这些东西连接在一起，那个引力就是这个中心的线，但是它的中心不存在于空间之中，而是存在于流动的整体里面，这条动线不会停留在任何一个地方，或者它是一个穿梭中的中心，是游走于各种领域的线，无形无象。

# 新东方主义的语言系统

　　十二流，总结了我过往的经验，重新发展出一个对应于这个多维世界的效应，开始了各式各样的整体变化。"神物我如"开发了一个宏大的内在空间，连接着外在的世界。从潜意识、梦境的世界里面发现软时间真正庞大的存在，由这里重新出发，去探索所有世界上发生的事情，时间催促着我前进，但是周围却围绕着众多琐碎的事物，这时候真正要学习的是平衡的艺术。心识悬空平衡在一个宇宙之中，是一个无定的核心，不需要要求更多，不需要急于得到什么，只要自觉到自己存在于这里便可，放松整个身体与意识，只是让它存在着。

　　现在我们要开始深入云端，去找寻一切的顺序，十二流里面出现了循环不息的变化轴，每个轴都有它的属性和它完整的故事。穿梭于轴与轴之间，而且可以独立运作，就是多维世界的显现，从多维的世界再重新观看现在会有什么样的效应？

　　以森山大道与山本耀司为例，我们可以用流形的方法去探索他们作品里面的不确定性与包容力。可以说，他们是从自我的中心开始去观看世界所有的东西，像一个圆圈围住所有的一切，当一切进入这个圆圈就会受到他们的影响、触发他们的视觉。每一张森山大道的照片，都好像让人看到城市的奇异角落和奇异瞬间，里面带有非常多的意识流，但是他的照片里面所反映的是一个封闭的私人世界。无论走到哪里，他都只能拍到在那个私人世界所见的一切，他活在一个自我制造的世界里面，并不断地将它复制在他所见的物体上面，但是因为有这样的联结，所有其他的一切都可以无穷无尽地生长。材料的本质变成他视觉的本质，被他视觉的本质所覆盖，真实是否存在，可能已经不再重要，重要的是他自己存在于哪边，他拍出来的是他所看到的世

界，还是他看世界的方法。

山本耀司用黑色甚至是灰色包容了一切，他所想象的衣服的剪裁与形状，所有的布料和材质都在黑色的笼罩下，产生了一个不清晰的所在。我们可以用暧昧来形容他的创作，但是他的创作里面却藏着非常多的不同文化的因子，这些文化因子在他的创作风格里面产生了一种流动性的重新拥有。所不一样的，是在他不断尝试自由剪裁的同时，我们已经看到一个完整的世界在他的创作里呈现出来。因此，无论他接触到什么东西，挪用到哪种文化，这些都会在他的作品里面呈现他的状态。这种流形的状态是内缩而且是不断分裂的，因此，在这个他所创造的范围里面，可以不断地找寻不一样的分裂状态。

我的世界刚好相反，我现在在全世界里面找寻所有的可能，所有的不一样，但我找寻的是它们里面连接的部分，然后找到它的原形，最后进行连接。可能连接这些是我所面对的一切，对于流动不定的世界，找寻它暗地里的关联。

很难想象，日本出现了几位流形大师，他们可以把世界各种文化融汇在一个整体之中，而且不断变化，不断产生新的生命力，所有的元素都会安定下来，潜藏在他们的意识里面。他们是如此自由地把一个禁闭的空间扩展到无限，所谓的从私有个体经验到大众的同一视觉，产生了不同维度的呈现，融合了两者的距离。艺术家所看到的世界，是个人看到的还是他为公众所看到的？他所看到的世界就代表开放了所有人的眼睛，但艺术家本身会意识到这一点吗？我认为艺术家本身所看到的世界是无知的，真正的艺术不会贪婪于已知的范围及计算着结果，艺术家属于一种无知的状态，他们是跟某种虚空交流，而不是实际上意识的营造。

十二流，它不代表所有的东西，但是它却象征了所有，是一个不断变动与转化的流动体系。它可以无穷无尽、无孔不入地牵涉到世界的每一个精神的维度，让我们可以窥探到未知的所有，从新的角度去观看这个世界。循环不息的变化轴，每个轴都有它的属性和它完整的故事，穿梭于轴与轴之间，找寻里面连接的部分。一个原形互通的状态，这样给了我一个自由度，去深入探索兴趣浓烈的古文化的坐标，一些深刻未解的迷惑，在那个原形里面找寻人与未知连接的可能。因此，我去探索无间的世界，各自成立的独立个体，产生源远流长的能量与多维世界的原形。

十二流由第一个流开始它的循环，它是一个连绵的流动结构，代表着无限的层次。十二流代表了十二个不同的属性，第一个是流云，然后依次是流绘、流音、流风、流动、流白、流光、流影、流空、流形、流观、全观，十二流各自遵从着个别的属性不断深入创作的玄奥，互不相干又互相链接。

# 流云——内在声音的记录

　　我书写的方法，是有声音在我内在输出，就把它记录下来。因此，我写文章的时候是一种记录的状态。更多的情况下，文字不是我经过细心策划和思考写出来的，而是把心中所有的感受，不经过过滤便全盘托出，把它们落实在文字上，成为一种永不熟悉的过程。这种感觉行动贯通了我所有的创作的世界，成为一种下意识的行为。在直觉里面，让一切自然流出、自然生存、自然组织，没有停止在任何地方，那若即若离的瞬间，牵涉到情绪深处的一些反应，那些关于情景的描述，关于细节的描写，全都以片段式记录，再经过不断的琢磨增减，慢慢形成我所创造的节奏，一切都尽在其中。这种自然流出的写法会造成之后反复的修整、反复的发展，随着内在不断地生长，形成一种既矛盾又非常灵活、很难统一却充满生机的创作方法。

　　在传统的文学里面，经常会碰到一种时间空间的倒移，一个非常细小的段落，可能会用上好几百字来描述。因此，在一部小说的推进之中，时间是不稳定的，它会经过作者需要读者注意力的表述而产生变化。慢慢地，文字成为人类思考的方法，把每一瞬间的东西，变成一种概念，一个人类的解释，但文字又很容易变成被利用的工具，由隐性权力操纵，利用复杂的诡辩，把事情的真相改变。文字帮助人类建造他们的世界，它取代了一个无法描述的真实，就犹如金钱，是一个空壳，里面并没有任何存在的东西，却主宰着人类行为的一切。然而文字是矛盾的，因为它并不构成任何真实的数据，但它会刻板地成为一种人类的公认模式，我感觉文字只能从一个概念的角度去描述真实，但是大多数时候都是无能为力的，文字无法达到与真实同步，但是跟着文字可以慢慢发展出理解的方法，组织事情的脉络，形成文学的步骤。

　　如果要在一个陌生的自然环境里面，重新发现人类自己的世界，文字就变成一针强心剂，有足够理由去改变自然，把存在的理由铭记在科学中，成为人类意志力的表达。要以文字去述说这种对时间的追溯和适应，必须重塑语言的系统。这也是我们即将面对的未来的功课。一个人类的理想，在这种发展对象身上贸然展开，在小说的系统里仍然很容易看到很多精神DNA的例子，通过精神DNA的参与，可以令无形的东西清晰易见。找寻精神DNA的世界蓝图，觉知精神的世界，承载着一个截然不同的存在，它与存有相连，开放了各种维度，没有文字的虚托与物理上的隔阂。文字有时在这些伟大的作家笔下会产生一种魔力，因为这种魔力是通过他们的精神DNA流传下来的。把他们也不能掌握的东西，通过这些记录的方法凝固在时空里面，就可以重新翻阅与探讨。

这是人情感的源头，文字虽然被各个时代的文明利用，大部分被抹掉了传达真实的功能，但是如果我们深挖下去，还是能在出色的作家意识里找到文字传达的人类处境，就犹如我们无法真正理解莎士比亚的魅力，但或许我们因语言的相同可以多理解一点张爱玲，因此文化凝固了自我的意识，在一个特定的范围内形成了相同的世界，每个文化中成长的人，都会在他的文化里面生长出他的灵魂，就是因为这种直接的传承。

在世界互相渗透的基础下，近代太多伟大作家的作品都经过翻译被理解与接受，因此产生了一个不小的落差。剖析这种落差，对自我的发展至为重要，这样就到达了另一个阶梯的学习。精神DNA在鼓动我们探索未知的可能，探索一种内在的深度，深入到各个领域去了解同一件事情，多维度地去观察那些细节。哪怕是看到一个超微细的事物，也与看到庞大的宇宙没两样，是一个整体角度的观看，这就是全观的状态。愈虚的东西愈是无法解释，这就是内在镜面的反射。

有时候文学的体验有如被另外一种意识所主导，我们是否处于一个被动的世

界，就犹如我们假托别人来经历我们的生命，去解释另外一个世界。这里产生了重大的误差，让我们在理解一个小说家的世界的时候，产生了一种泛泛之谈。这就是文字最严重的错失之处，就是生活的错置。读者与作家是两个人，存在于两个宇宙、两个世界，是两种截然不同的时间内容，但是即便在书中相见，也一定会包含着相似之处。在相互交流之中，会慢慢把两个世界打开，去辨认这种世界的相似性。各种意识分分合合，就是看两种时间能否相融，这包括个人的历史与一直以来发生在他周围世界的历史和他未来的动向，每个交流都会互相影响，作家的伟大之处就是打通两者之门，与一个无名的自我交流。

在直觉和全观里面，一切都变成过程，没有一个完整的方向，但是另外一方面，它又一直重复在一个主题上，发现不同的内容与不同的观看方法。这个表里的互动变成一种循环不息的内外交接的运作模式。我们循环在一种自然生成的动态之中，全面去投入每分每秒，在每一个生活的底层里面发现新鲜的事物，永远像一个侍者般静观着更高更神奇的世界，永远在文字意识生成之前离开。

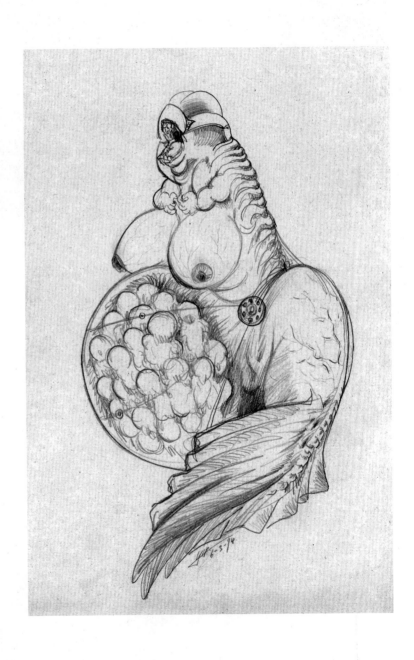

# 流绘——自由太虚的绘形

人在还原一个自己眼前看到的世界时，总是不知所措，落差会一直存在，当你慢慢地学会掌握各种结构学与线条，又会害怕因为精准地掌握这种外化的东西而缺少了一些人原来所拥有的气息，那种紧张感。每一个开始画人像的人，都曾经有过的经验，就是想着自己如何掌握眼前人物的形象，可无论如何细心地观察，再把他描画出来，都总是与对象有点不一样。愈执着注重细节，当你观看整体的时候，愈会出现一种奇怪的偏差。当我拿着画笔，对着一个活生生的人的时候，我同时面对着两个他，一个是在现实中有五官的活生生的个体，就像一个雕塑一样，有着他的比例、光影的变化。另外一个部分，就是眼前这个人的熟悉感，你观察他的时候，会慢慢印入自己的印象里，慢慢对他开始熟悉起来，但愈是熟悉愈难掌握他的线条。

每天都可以画一种简单的线条，从第一条线画到空白中，就会产生另外一条残影，为了平衡画面，一条一条地加上去，便慢慢形成了一个意想不到的情境，但是每次绘画的时候，又会重新产生吸引力，让我可以不断地绘画下去，它看来没有结果，我只是不断地下意识找寻它的方向。一直到最后一条线条补上，感觉到那种画面上的骚动平息，我才会收笔，这样一幅精神 DNA 的图画又再度产生。

每一瞬间都是神奇的发生，每一瞬间都是不同维度的探索，当精神 DNA 的素描被装裱起来展示之后就产生了另外一个身份。在二〇〇五年受邀参与美国肯尼迪表演艺术中心"中国红"展览之时，我就开始创造我的精神 DNA 素描。我从随性的绘画出发，用传统图案联想一种抽象的结构，构建了新的自由绘画样式。从那时开始，我就开始发展这一想法，并寻找它与更广阔世界连接的契机。

从小时候开始，我对于成为一名画家的向往就十分浓烈，我好像很容易地掌握了一种单线的写实素描。每次在课堂上绘画，都会引来老师与同学们观看。在绘画的内容里面，一直会出现一些珍奇的异兽，它们在一种十分自由的线条底下组成它们的形象。可能是受到神怪画面的影响，我画里的东西都有着各种狰狞的形象。我小时候废寝忘食地绘画这种连环图，以粗糙的方法，把自己心中的幻想，绘画成为故事，后来受到我父母的注意，他们曾经多次禁止我继续绘画，担心我的沉迷会影响学业。当时我在衣服里、书包中、各种暗格里面藏着购买回来的最新的漫画。父亲曾经十分严厉地警告过我，甚至把所有东西销毁。到今天我还保留着当时画的漫画，里面有我当时的故事。

# 流音——雕塑时间的内容

我相信声音是一种极其美妙的东西，因为它好像离开了现实的维度，我们是以视觉来决定我们所看到的回忆体系，而声音是一种更加纯经验的东西。声音有一种真实感，好像比视觉更直接和老实，让我们相信我们所存在的空间。我对声音的追寻是在应用情绪，情绪会引发时间的变化，声音是一个形成时间内容的重点，而且是在唯心的状态下。

唯心状态的声音，有时候我并不清楚它的来源在哪里，但是感觉却十分强烈。这样让我有一种自由度，好像在音乐的角度里面再往前推，形成了一种潜意识的雕塑，声音可以把时间的内容雕塑出来。经过这种雕塑，我们可以产生一种全新的联想与建构所有视觉空间的能力。但同时，这里却没有一定的参考数据。在我的创造经验里面，有时候需要两者互相补充，从抽象到现实，两者可以互融，互相撞击。

声音可以产生心灵的维度，一层一层地丰富着我们的视野。今天声音已经成为我创造的一个主要部分，可以与观众达到直接的神经系统的交流。有时候声音比影像传达得更快，令人产生直接的感受，因为视觉总是一种回忆的艺术。分辨当前那个影像，有一段时间是不明的，这种不明白，造成了一种停顿，接下来的反应也是一个过程。声音好像更为直接，关系都是抽象的、实时的，而且是当下的。在研究全世界的各种原生文化时，声音也是一个重要的素材，因为它可以直接带我们到达现场。在现在流传下来的古代乐器里面，声音没有伪装，它直接就把原来的磁场带回来了。

当我们听到这些乐器的声音时，就感知到了不同时间的人，感知到远古时候的人和他们听到的声音，猜想究竟为什么他们会制造这种声音，这声音所传达与传播的是一个什么样的世界。在整个音乐的发展与地理环境的变化过程中，每个国家、每个文化都有它们的声音的历史。有很多已然消失演奏能力的乐器成了某种绝响，却埋藏在精神 DNA 的秘密中，音乐如一条缓慢的时间之河在不断流失与转化，如果一直把那根线条延伸到现代，其实每个潮流都是从地球圈开启融化以来，先进的文化输出国把他们的音乐散布到全世界形成的，最终汇聚为全世界的精神历史。摇滚音乐、流行音乐，成为世界所共有的，但是所接受的文化层面却不一样，有主流文化跟亚文化之分。音乐的维度非常庞大，牵涉到各种声音在产生的瞬间遗留下来的问号。如果视觉内容能以符号留存下来，那么从精神 DNA 的领域，可否找到消失的声音？

# 流风——无形的软时间量体

雕塑的魅力有时候在于它可以凭空塑造，就好像我在画素描的时候，可以把心中所思甚至是细碎不太清楚的形象描画出来，在画的过程里面找到它的蛛丝马迹，慢慢形成最后的形象。通常这种形象不会静止，它会一直改变。但是我在看雕塑的同时，可以看到雕塑本身的属性与历史。雕塑对我最大的吸引力在于它的形状、量感，以及光影在它身上产生的变化，我可以举起它，感受到它的重量，会抚摸它，碰到它的质感。这种东西似是而非，在写实雕塑里面经常出现各种细腻的描刻。在人物的雕塑上，我们可以从表情的掌握和材料的把握上下功夫。尤其是在古希腊与古罗马时代，他们创造了非常惊人的触感柔软的雕塑，人的脸孔的皮肤、细腻的表情变化、心理状态，都能体现在强硬无比的各种的石头上，创造出细腻写实的柔软感。深入他们理想化的情绪，他们把雕塑的各种写实度加强，变成了他们的内在力量。

在人体雕塑的作业里面，经常会看到内在骨骼的形态，怎么作用在皮肤上。人体雕塑并不是一个真实的个体，它通过对物质的属性的认知，慢慢形成一种类似形象的真实反映。但是在时代不断的变化之中，古典雕塑慢慢受到现代雕塑的冲击，现代雕塑加入了非常多的潜意识梦境、心理形态与它们的象征性。但真正影响雕塑的是那种空间观念的介入，像阿尔贝托·贾科梅蒂（Alberto Giacometti）的雕塑就是把人体缩窄，在缩窄的过程里面，产生一种原始的状态，像一个失去焦点的风景，周围的环境因为他自身的压缩变形而庞大起来，不断地膨胀压迫着雕塑本身。运用人体的官能可以看到变异的实体中，产生了一种内在的张力。

我在处理这些自由雕塑的时候，只以一个简单的线条素描作为开始。虽然它是平面的，但是我画的时候已经有立体的构想，这些来自各个方向的线条，慢慢组织成一个立体的结构，我把它一点一点地丰富着，慢慢找到它的动线，随着空间的移转，慢慢创造它的方向，凝聚出一种完整的节奏感，它一直以遗缺的状态要求我去增加延续，不断满足这个无名的所在，慢慢构成它完整的动线与量感。每一次创作都像一场无形的舞蹈，慢慢把一切合拢，自由的雕塑就是这样完成的。

我觉得基于观察雕塑的神秘，就犹如透视另一个世界的神秘一样，它不但可以在一个空间中的实体中重塑另外一个世界，还可以用实体的材料去雕塑一种存在的真实，似曾相识却又不断变化着，产生新的维度的接触。世界上的一切都随着我的想象而追求写实，同时在这个过程中又产生了不写实，萌生了内在的效应。我慢慢从这个底层的意识里面，找寻新界面的形象。一个又一个新的形象散发在各种媒介的塑造里，产生重大的发现。这是通过人类对现代艺术巨细无遗的分析与归纳，产生的其脉络的整体与个人分别的对应。脉络最终形成了一个全观的状态，可以看到所有东西的来龙去脉，它们的来由与去向，形成了我们认识的体系。

尝试自由雕塑，成为一种精神状态的描述，一种不可知的探索。它们同时反映着我们已有的现在世界，但却已经失去了形状，失去了仅有的逻辑。当我们很难看出它们与现实的连接时，这些雕塑却有一种非常熟悉的感觉，就是那种流动的力量。它诉说着一种宇宙的空间学，那是各种压力、推力、引力产生的空间效应。这种空间效应虽然无形，但是它却曾经产生过各种实体的原形。在不同维度的时间里面，它产生了清晰与模糊的状态。这种感觉在了解雕塑的过程里面，产生了一些形而外的觉察，就是制造雕塑的这个人的力量来自哪里，他本身对这个形象由来的认知和他掌握每个线条力度的原因，以及他的身体状态和整体的思维观察。

雕塑有时候会给我们一个提示，一个似曾相识的瞬间，在一些个体身上所获得的信息。但在现代艺术的涵盖下，流动的雕塑也慢慢成为一个非常大的体系。雕塑可以在风和周围的气流变化中产生移动，它们不再是静止不动的被观赏物，而是一个空中的流动体。但是不管是静止还是移动，雕塑仍然存在于它们本身，就是空间的存在感、空间的重量、空间的大小距离。接下来就是意识的提醒。我们可以从不同的角度去观看这种雕塑，在不断的移动之间我们看到它产生了更多线条的变化，更多空间属性的变化。因此，我感觉它跟软时间产生了极大的关系。

两条线条同样在一个空间里面游动，它们就算没有关系，从我们观看的角度来讲，也还是产生了非常强大的引力效应。影响着那些无形空间的苏醒，就是参与其中空白的空间。线条一旦出现，有时候会在空间中被要求去增加更多的线条，形成空间的平衡，它们舞动在空间里面，也在找寻一种心理的平衡。线条愈来愈复杂，愈来愈丰满，很多不同属性的线条，不断游离在这个空间里面，互相产生了巨大的效应，并且一起在成长。到了某一个阶段，这些舀动会缓慢下来，慢慢平静，找到它们最终动机的满足。这个时候，一切都静止了，因为我们知道这个雕塑已经完成了它的使命。它将以这种固定的形态踏入永恒。关于时间与空间的探索，在雕塑上我获得了更多实在的体悟，存在于空间的本质的流动与张力使心臆内的形态得以渐现，它像一个无尽变化的形，随着潜意识的闪动而自我形塑。

# 流动——装置空间的书写

　　梦境存在于人的意识里，醒来时却破碎地成为记忆，有时我们对梦境中的世界充满遐想，就像是一个不可知的同在，试图把梦境转化为真实。它潜藏于真实的时间中，就好像绘画，把另一个世界的维度记录下来；再到雕塑，把不存在与逝去的人留存下来；我们不断地看到平面摄影中的陌生人，城市生活中广告画里的景象与人物，新闻插图与摄影试图把人带到现场，与单纯的文字不同，图文并茂，使两个被看与观看的空间并置；继而进入小说家塑造的空间宇宙，人情世故；再延伸到剧场的扮演与空间装置，电影中庞大的画面，使人深陷在如梦的巨大景象中，不断寻求真实的刺激。我们的现实生活毗邻着多维并置的世界，我们活在一个习以为常的多重宇宙中，对奇异的现实早已麻木，思想包容了一切，文字使人类在面对陌生的世界时有了安全的位置，艺术装置有如把文字中所描述的抽象，置放到空间之中，使人的思考感受力重塑而生，身

处其间，灵魂得以脱离空间被唤醒。

在银泰的"无忧"（Positivity）装置艺术展中，我心中产生了一种新的体验，就是把世界上不同的空间，并置在一起。融化的冰川，降落在北京城市中心的银泰，微弱地亮起，异境巨型的体积镶嵌在名牌林立的商场中，北极的晨光在室内移动，巨大的冰山透着刺目的光晕，这些景象都转化为了行动装置，巨大的灾难实景被写入繁华闹市，空间在异变、转移……就如文字一样，装置是空间书写，它们虽然不可能同时存在，但却产生了一个对比效应，重新述说着每种意义的关系。

从这个意义出发，装置就是犹如文字一样的空间学，用空间来书写文字的概念。文字本身就存在一种多维度的探索，它的源头不是一个现实的空间，而是我们的回忆，我们的一种沟通的方法，里面深藏着潜意识宇宙的秘密，就如

符号一样，有时候会产生无比的力量。从这个角度出发，装置艺术是一种未来的存在的状态，因为它可以重新挪用各种情境，放置在不同的地方，就犹如它可以打破现实的逻辑，把一些不能同时存在的东西并置。

　　装置艺术可以把一个现实的空间推到一个虚的空间里面，从现实世界推动到精神世界。它可以借助任何一种媒介，包括声音、影像与实际的对象，也可以加入人类的行为、肢体的传达。各种文化也可以交融在一起，在空间里面互相对应。因此，装置艺术统一了所有关于电影与舞台、雕塑与视觉艺术、音乐与所有东西的质量。由于现在多媒体新科技的不断介入，这种传达的方向获得了极大的发展。我们可以理解到，阿库让·汉（Akram Khan）的舞蹈在空间产生的凝练简洁的语言效应，在一个日本茶室里面的茶道仪式与空间的精神关系与罗伯特·威尔逊（Robert Wilson）所做的简约与超现实风格化舞台的技术，都与艺术相通。即便是一件服装，一件古老的中国农村服装的刺绣，它所创造的平面空间仍然多维度地映射着一个同时存在的真实时空的投影。在这种空间的无形状态下，不断地产生着新的意义与可见的风景。文字中藏着诗，空间中藏着这种装置的神奇。中国艺术讲求装置，从书法到篆刻，就是把虚拟的字体装置在线框内，把庭园花艺装置在空间之中。装置成为一个全面的载体，融会贯通到了我所有创作的领域里。装置是无尽重叠的空间，意识交错并行的无限宇宙。

# 流白——摄影中的时间

## 流入人间的息影

从一八二六年摄影术发明开始，到一九二六年普遍流行于社会上的各阶层，风景与人像照片不断在世界上出现。那个时候，人面对着第二个自我的影像在他们面前出现。有别于绘画，摄影的影像更真实，好像是来自人类以外的一只手所制造出来般神奇。慢慢从各种往日的迷信中抽离之后，摄影开拓了人类看世界的视野，科学观念的澎湃冲击，与各种的影像建立起一个全新的概念，人类的意识开始激烈变化。经过漫长的时间与普及，摄影在新的世纪从富裕与贵族人家传入普罗大众，形成了一个极其重要的人间记录。

摄影作为艺术是怎样完成它自身的经历的？什么样的照片才算是在这个范围中？每天在产生的千万个瞬间影像之中，哪些会被记录下来成为艺术本身？如果从摄影的源头来讲，绘画就是摄影的前身，摄影记录了所见的东西，以用平面静止的影像把它们记录下来为方法，以形象作为它的基础，然而每个成为艺术的作品都会有意在言外的部分。摄影在艺术里面隐藏了什么东西？

究竟什么样的摄影才会对我产生意义？我是隐藏在相机后面的摄影家，摄影是显现我所见的一种手段，犹如我身体的一部分，我可以用任何相机去拍摄我的影像，根据需求而改变。后来发展出自动性拍摄，我只用基本的器材，不理会摄影技术上的束缚，尽量接近下意识的拍法，但究竟这种摄影的意义是什么？一面极端无形的镜子，凭着时间的渊源一直触及我心里面的景象，这里有我捕捉世界的手法，时间是一个规范不实的空间，它拥有尘世间想象不到的深度，摄影就是一个无形抽象的嫁接。

摄影所赋予的是失去的时间，当我面对一个真实的人的时候，了解到他不可能存在于摄影空间里，因为那时空是静止的，那一刻起，我将一生中所看到的无数张脸孔，逐个在脑海里翻动，一直辨认着眼前人的来龙去脉，尝试把他定格在记忆的海洋里。结果只有他没有出现在我的脑海内，成为唯一的缺席者而在照片里消失了，这让我明白，时间并没有记录在照片中，时间是流动的幻象，照片里记录的正是唯一没有时间的瞬间。

现在的人一直以摄影去找寻时间的痕迹，结果往往发现自己一直在收集死亡的画面，而画面跟时间本身无关，只是一个平面影像的嫁接。当我看到摄影能把一个对象的形象保留下来时，在照片以外，我却看到一个活生生的他活在瞬息万变的时间中，我所看到的影像不会永存于当下，它会在瞬息万变中抽离，再过五年、十年一切也不会恢复原状，它将彻底地成为记忆的残片。摄影就在这一瞬间保留了虚假的定格，因此摄影为我们保留了一个心理的时间，就是我说的"零时间"。把零时间重新组织起来变成我们对世界的看法，用我们的理智把这些死去的影像一一归纳，就成为我们喜怒哀乐的凭证。

真正活着的时间是在时间没有发生之前的那一瞬间，或是记录发生后的一瞬间，它永远是无法触摸的，因为整个时间都在浮动中不断地变化，各种领域和维度都会随时介入这一瞬间，因此真正当下的瞬间是有着无限可能的，它可以随时改变原来那一瞬间的内容。

时间的原形成为摄影存在的重要凭借，那里存在着一种更真实的风景，看到黛安·阿勃丝（Diane Arbus）的照片，永远都使我有一种穿透感，她所穿透的是一个现实维度以外的世界，一个个活生生存在的人体的内在精神状态，她深刻地切入了人类在这个时空之中的处境。让人惊讶的是，她是那么接近她的对象，她所关心的异质人体，就犹如我们看到自己的另外一面，因为他们的

异质性一直都是我们在日常生活里逃避的对象，但这时候却变成了被观看的主体，我们在这些异质的人体中看到了自己私密的一面。这些我们都不清楚的状态，就犹如我们看不到的自己，撤去了上帝所给予我们的正常伪装，看到了那个存在的荒谬。在那个时候，我们清楚地看到自己只是一群没有被爱保护的漂流物。

我们曾经是这种漂流物，现在也是，即便是未来，可能也逃避不了，在种种伪装与描述的背后存在着这个真实性，我们自私、贪婪、不修边幅、灵魂疏散游离。她让我看到这个世界的自我，反映到我们身上的种种，就犹如我们把人看成是动物，看到动物的无知状态，我们觉得好笑、滑稽，但其实我们只是换了一个角度，把自身的滑稽描述成一种人类的本能，装饰成人类以为的优雅。

这里有无限的恐惧感包围着我们，我们无助地被一双无形的眼睛所监视，随时在滑稽地表演着我们的生命形式，看到她的照片就等于是看到我们的世界更真实地呈现出来，它本身已经超过了照片所涵盖的，存在于真实的瞬间，赤裸裸地呈现。这种真实感一直是我所追求的，想要在各种特异的人生经历里面找到没有伪装与充满着戏剧性的动力。作为一种宇宙变化的戏剧，黛安娜·阿尔比斯的影像在我的心理层面泛起了涟漪，成了我最相信的摄影原形。

## 新闻的摄影

我十分喜欢看新闻摄影，在西方新闻摄影的传统里面，曾经有过非常多伟大的作品，每个摄影师，当他拍出优秀的作品的时候，都带着一种人文精神。

新闻摄影有时候是人文精神的代表，有很多不为人知的空间，发生的事情都会通过新闻摄影呈现出来。我看到新闻摄影里面发生的事情，一个非洲人身上蔓延着火焰，在往镜头的方向冲过来。在战火中燃烧的角落，破碎的家庭，人在那个时候呈现的表情，生离死别，贫穷到了极端的情况，骨瘦如柴的儿童凝视镜头的苍茫，受过重大伤害的人要重建生活的艰难，在这些摄影里面都能看到摄影师赋予其中的人性。

摄影中这种带着戏剧性、非常有表现力的真实感，被好莱坞电影里面不断模仿的记录性风格所强化，所有的资源都来自这些照片的震撼力，但是却带入了虚假的感觉。因此我们观看这些影像的时候，总是有一种良心的迷糊。因为它们充满了契机、快感，在电影里面经常看到的画面确切而真实地呈现了出来。这个真实的悲惨世界与花费大量金钱制造出来的假象，重新构成了一个非常诡异的对比。是摄影师好莱坞化了，还是好莱坞摄影化了？好莱坞把真实的瞬间制造成一种娱乐效果，让我们的心灵产生一种轻松的状态，当我们面对悲惨的世界的时候，就感觉它并不是那么严重，因为它只是一个戏剧的效果。就是这种好莱坞的效应，令拍出来的电影，跟真实的空间产生了一种互相消磨的状态。

我们看到真实发生的事情时，只有刺激官能的直觉，已经没有那种被现实震撼的心灵。人们追求着愈来愈激烈的画面，愈来愈多的人性冲突，愈来愈悲惨的世界，愈来愈惨不忍睹的自然生态的破坏，地球上所有的瞬间，都同时呈现在一个画面里，每一张都配在不同的情境里，我们被这种真实的画面力量诱导到了它所直射的世界和观点上。

要重新理解真实所反映的戏剧瞬间，慢慢增加对于这就是真实瞬间的契机度。这些渗入到大众中、习以为常的看世界的方法，当它们靠近历史现实空间的同时，我们共同在这些照片所制造的契机性戏剧效果里面，重新生活，产生了对虚伪的恐惧。在心灵上，我们无法分辨它的真假。在现实中，贫穷的国家被其他国家摧毁，但是，在强大国家的电影里面，人们却把这种摧毁重新用庞大的金钱制造出来，用了非常震撼与真实的场景、效果与戏剧性，把这种真实的悲惨，变成他们所要表达的意象。在大众媒体的世界里面，有时候这种强大的美国电影所产生的视觉效应，制造了二十一世纪我们所看到的真实悲惨的虚伪性。

其实，摄影师愈是努力去发现这些最悲惨的东西，让人产生同情心，产生对这个事情真实的洞察，愈是会强化这种娱乐大众的刺激眼球的媒体效应，这种内心的斗争，在第二次世界大战时期的很多优秀的摄影师眼里，产生了重大的阴影。他们的眼睛都经受过深刻的惊吓，而最深的恐怖是那种惊吓底下的刺激，是良心受到煎熬的同时这种纪实摄影所产生的心灵恐怖的快感。因为愈是恐怖的画面，出来的效果愈大，就好像一个时间的猎物一样，摄影师拍摄到的照片愈惊人，他们的成就愈伟大。

在地球不断被破坏的同时，我们的垃圾堆积如山，这在各个不被看见的角落里不断地上演，但是通过影像的拍摄我们看得一清二楚。很多人开始与垃圾奋战，从垃圾里发掘了很多剩余的资源，成为现在全世界资源的一个重要组成部分。我们不再轻易把垃圾从原来的食物残渣中分拣出剩余原好的资源，而是直接倒到焚化炉，因为它会经过一个叫作垃圾处理的过程，这里牵涉到非常大的人力与机械的废物分辨工作，这些无人处理的工作都会落在落后国家，由他们接手继续加工这些自然的回收物。但是过于庞大的垃圾人类没法处理，人类仍然为了他们所生产的无形资本的游戏，不断地深化这个深渊，渐渐地，地球上属于野生动物的空间已经愈来愈少，它们的食物链受到严重破坏，却在人口不断增长的当下，在动物的世界里面被急速安排成为庞大的食物供应材料，而不断被刺激生长。每天都有大量生物死去成为人类的食物，巨大的焚化炉焚烧着所有死去的动物，成为庞大人口食物的动物尸体，残缺的骨肉的暗影。

在这些照片里面，复杂的历史以各种方法流传下来，通过全球化的媒体过滤，成为一个历史的见证。有些国家所遇到的悲惨世界，无限量地呈现在全球人眼前，而有些国家隐藏了很多东西，虽然人们都说要知道这些真实的情况，但是却无缘相见，因为媒体总是控制在这些强大国家的手中。这就如记忆的海洋的再塑造，在世界所有的书店里面，我们所看到的文化，都要经过一个文明高度的过滤再重新输出。书不断地创造着机会，同时也希望世界的人文能遵循一种理念，一个安全的效应，去慢慢发展出它的知识体系，去焊接一个大的整体看事情的方法。摄影让我们知道人类共同面对着同一个世界，在这一秒钟，全世界产生着千差万别的瞬间，但有一种以人文精神为主要的视觉，传达着整个世界发生的事情，让我们可以分享这世界所发生的一切，在人心稳定的情况底下面对它们。

没有一个时代像今天这样，作为一个普通人，也可以看到那么多不一样却又在同时发生的事情，产生全球化的视觉。在看到这些记录真实事件的照片的同时，我们已经参与其中，与全世界并行，经过融合拥有了能发现细节的眼睛。摄影高度优化了我们对全世界的消化能力，在成熟的娱乐世界里面，让我们可以抽身其外。即使知道了，我们也不用负担这种悲惨的重量，这种强大的媒体力量甚至已经掩盖了真实的世界，因为我们看到一张照片的时候，它只是片段的呈现，甚至是在集体期待下所呈现的真实。

　　媒体，让我们在亲临刺激的现场看到真实的时候，产生截然不同的感觉。痛苦仍然燃烧着人类的心灵，这些旧照片一直忠实地呈现着这一切。摄影锲而不舍地追踪着这些发展中的世界，世界的时间不断往前推磨着，这些照片成为一个故事的述说者，一个旁白。但是我们在不知不觉间，在这个被述说建造的媒体世界，看到一种深刻的哀伤在人类的历史里面发生。新闻学围绕着全世界展开，每分每刻建造着历史的见证、历史的真实，并将在以后的人类世界里面述说。

　　摄影成为一种片段残缺的现象，在摄影的艺术里面，不同的世界，产生了不同的影像与不同的瞬间，真实通过人文精神的升华，变成一种需要传达给全世界人的视觉。我们从胶片之中，看到一个真实而奇妙的世界，纪实摄影有时候会深入到艺术的层面，成为人类的见证。

　　摄影是一门失落的艺术，因为每次拿起相机的时候都会期待一个未知的世界，但是当我们按下快门的时候它又变成一个死去的时间，所以我们只能跟死去的世界接触。而真正的未知是世界与当下究竟是怎样的，活在当下的意思是，在精神素质还没有完全消失的刹那，在它完全成为物质之前的瞬间，我们还可以看到它的原形。追求那一刹那间还未定形的时间，成为一种生命的本质。

　　我十分喜爱摄影，因为它给了我一种观照时间的可能性。我看到的不是时间的本身而是时间的原形，是所有事情发生的原形，也包括所有的形象、生命体，它们的逻辑和线条都在摄影里面坦白无遗地出现。更多时候我把想象力加于摄影之中，使它形成一种似曾相识的幻觉，带有象征主义与超现实主义的味道。从冷冰冰的科学与时间，到热情洋溢的超现实主义里面澎湃的想象，都是这个空白里面所溢满的涟漪，一个波涛汹涌的过往。

# 流光——找寻能量之地

　　我爱上了短片的创作，创作短片就有如在手中控制着时间，像一团软泥，它没有形状，手中等待着各种无声的活动，预示着光影渐近，只是时间的维度变化多端，每一个接口都不太一样，到了要构成意义的选择、准备电影的创作时，我开始搜索引发我兴趣的一切，包括各种人物、情景、时间与空间。每个人都是带着故事的生命体，他们从自己的世界慢慢地浮游到我的面前，与我假定的世界产生作用，这样就好像一个时间的游戏，把一切搅乱重来。这里需要一种吸引我的动力，我喜欢在不确定中找寻拍摄的对象，不要有默认立场，很多短片中的演员都是临时起意，效果总是带来意外的惊喜。在短片中，时间是短暂的，出现的每一瞬间都是独一无二的，我喜欢那刹那间的淋漓尽致。

　　从某个角度来说，我不会觉得摄影跟短片有什么分别，它们全都好比在我的手中控制着时间，只是时间的维度不太一样，在摄影的经验里面，我已经掌握了自己面对时间真正的内容时所要采用的观看方法。无我的世界不是真的无我，它是充满内容的，摄影的技术延伸，都是为追求视觉上真实的线索而延长了影像的时间，这种流动的影像渐渐在现实生活里面发展起来，同时在公众平台不断有机会产生一种短视频的呈现。我在各种流动的影像里面，渐渐发觉时间在作用着这些内容空白的画面，移动与静止成为一种有趣的对接，一个人在照片之中，也可以参与时间的流动。那时候我相信这种真实性会显现在影像里面，与静止的摄影产生不一样的气氛。一个移动的世界，产生了固定的信息，然后在不同的单元中嫁接了起承转合。这让我想起了一种剪接的可能性，每一个移动的独立画面都可以嫁接到另外一个里面，画面与画面之间产生了像古诗一样的文字游戏，不同的画面的安插，会造成不一样的故事的内容，影响不同的想象。

在创造虚拟人物 Lili 的同时，我发觉这样的静止与移动产生了一种不兼容的效应。拍摄 Lili 成为一个不可能的任务，但是我却乐此不疲地不断找寻各种方法去呈现她。结果所有人的移动成就了一种静止的风景，Lili 的存在成为一种清晰的视野，就是一个不动的视野。这种带着荒谬的经验，使我对短视频的拍摄，也产生了极大兴趣。就是因为它不可能与不可述说的真实，使这种作业充满挑战。

世界上，在每一分钟里面，我拿起相机拍下任何吸引我的画面，哪怕只有几秒钟。我看到一个景象，如果它给我足够的感觉，我就会把机器架在那里拍摄五分钟，把这五分钟的时间记录在我的相机里。就这样，好像可以窥探到时间的秘密，可结果往往跟我们想象的不太一样，我们平常都在一种诉说的层面去理解世界，好像一切都在一个人为的规律里面，允许景象的出现。但是自然却是无定向、无目的地存在着，没有任何确定性的意识要表达。就是这种琐碎而无定向、无意义的影像，跟这样的时间相处，让我更了解短视频，对新电影的革命产生了极大的影响。在对无意义产生极大兴趣的同时，我对人类一直发展的故事的营造法产生了极大的厌弃。这是因为它不真实，介入了太多琐碎的人性与虚伪的本质，使时间的内容产生了空洞的结果。在我的电影里面，选取最后值得拍摄的东西，成为我拍摄视频的真正动力。

拍电影的时候没有一定的规矩，但是有我自己相信的习惯，很明显的一点是，要对拍摄对象充满兴趣，这说明除了拍摄的题材以外，还需要一种吸引我的动力，那就是情绪的控制。我的故事并不冷静，就算是拍一个平常的东西，它里面都有足够引发激情的原因。因为我相信每一分钟都是不平凡的，下一分钟永远有意想不到的事件发生，这样才会构成时间内容的价值。在法国亚眠演讲期间，我留意到一位带有亲和力又郁倔感强烈的少女，她叫克洛艾（Chloe）。我顿时感觉到，她就是我的电影想拍的人。我邀请了她，就这样她成了我短片的主角。她纯粹而敏感，因为她，我得以在亚眠的历史与现实间行走得更深。

## 《寻找可可·香奈儿》

巴黎一直是我梦中的底色，那风韵使一切非常态的事情变得合理。我们在巴黎的短暂停留，留下了记忆中难忘的一段。巴黎的美不在于得或是失，而是那种凝固在空气中的哀伤与自怜，长久不变。

拍桂纶镁的时候，我们在巴黎，我一直观察着她的种种，她的眼神、小动作，直至我把一个个的剧情、人物关系镶嵌到她的周围，才慢慢看到她真正演戏的能力反映出来。她拥有一种非常清楚的平衡能力，在我所设定的所有即兴状态里面，她在找寻自己的位置，难得的是她经验丰富却又演得非常自然，她没有机会去准备任何东西，每次即兴表演都是马上发生，让她立刻做出反应，然后我在她的反应里面去抓住故事的流线。

这好像是在跟一种虚拟的时空较劲，看大家的能量有多少，可以支持多久，到了那个点上我们达成一致，在电影里面出现了我们所期待的气氛。电影是我们共同建造的场，在这个场里面，电影慢慢地酝酿出它自己的时间。这时候我看到她的魅力在一个个即兴镜头里面成为角色本身，这种东西是那么琐碎、那么自然、那么潜移默化、那么真实。

与桂纶镁合作的经验让我充满信心继续尝试，一年后再踏上巴黎，这次的对象是我非常熟悉的周迅与胡歌，这时候我对于生活中两人的关系产生了一种好奇，生活在一起的两人在异国追寻自己的梦想，这个空间显示了非常必然的临时性，在这种气氛底下两个人相好又分开，就像大海上的两条船一样忽然间碰到又忽然间分开，但是所谓爱情的感觉就在这里聚在一起，互相依靠，互相找寻心中的对象，慢慢形成了一个磁场。

我看到周迅的演技，有一种十分机灵、包容空间的输出。这种输出可以让整个空间有很多可能性，胡歌作为一个男性，他演戏的经验让他不断地思考，就算我不给他任何信息，他都会营造出自己的感觉，这样一来我跟周迅就成了一个调节器，我跟他们两个在这个空间里面产生效应，捕捉着我所不知道的养分，慢慢地从他们的肢体语言中找出他们的关系，因此影片里面出现了一种相对的情绪波动的状态。

周迅是母性的，对胡歌就像是一个照顾者，事无大小地照顾着他，也把全部感情投入到他的身上，胡歌有了她的支持，不断深入到自己的创作世界里面，这样一来好像大家都找到了自己要的东西，只是每个东西的发展都有它的属性，当属性慢慢变得庞大的时候，原来的平衡就会受到挑战，胡歌因为有了周迅的帮助可以安心发展他的艺术，但是在不断的进程中，周迅却只感觉到一种虚无的回应。

这种感觉可以在电影里面慢慢拍出来，经过一些无声的镜头漫长地把情绪拉下来。当然，两个人会发生冲突，然后无言以对，在剪辑众多的可能性里面，我把它重新编排，找寻了一些原因与结果，生活里面总有些无声的部分静静流过，但心情却一点一滴地受到牵引影响，所谓的平衡也会被拉长拉歪。

我十分着迷于即兴的感觉，一切从无意识中泛起，它使我追逐着生命中流动的缺席，以无限的想象力去填补。在《某种爱的记录》中，胡歌和周迅饰演的这对情侣生活在巴黎，寻找着自己的定位，似乎又同时生活在一个已经失去的世界。在我的直觉观念里，就是不需要见到演员在虚拟另外一个人，而必须要演员本身在场，记录下他们生活中真实的瞬间。我仅仅提供一些关键的提示，一个词、一个动作、一个故事片段的梗概。

在这种发散式的表演中，周迅和胡歌都奉献出不经修饰的演绎方法，这是他们自己真实的一部分。这种东西构成一种刻板故事营造的功能性，但却慢慢成了我的风格。在拍摄期间，我们偶遇了一个为传统巴黎橱窗做绘画的老艺术家的展览。他坐在书店里，开了一瓶香槟，一个人在喝，看到我们一行人，便向我们讲起他的展览。我猜想他应该是一个乐观的人吧，但人至暮年，也难免体验晚年的寂寞。于是，我把他也收入镜中，让他和胡歌在片中形成一种偶遇，一种巴黎独有的忧郁。

《寻找可可·香奈儿》短片剧照　台湾 *Vogue*

《某种爱的记录》电影剧照　*Vogue Film* 杂志

# 流影——光影在梦境中的建筑

在电影之中，我发现灵魂可以跟所在的世界分开，它从旁边观察到世界上所发生的一切，有如梦境。我们辨认它的方法是以经验、记忆，通过情感慢慢去感受到一些不能言语的东西，镜头就是一双孤独的眼睛，冷冷地看着这个世界的变化，在感情上所产生的涟漪，渴望把这种东西变成抽象的记忆。它关乎人间，所产生的影像就是我们的灵魂所看到的世界。一个无形的参与，这个无形就是自我。何以理解镜头中之我与现实之我的分别？在这个年代，不管是戏里戏外都得演，不管镜内镜外都是我。有时候两者皆使我感到陌生，反而不清楚我是谁了。在角落浮现的事实中，总会有某种记忆使我措手不及，却反而不想记起了。

电影的拍摄场地总令我震撼于时间的奇异，在那漫长等待的冰冷现实中你会感到孤独，想和其他人待在一起求取温度，却同时又渴望自由地沉迷在角色和故事带来的虚幻真实中。电影在黑暗中创造了一个不存在的世界，那光区隔了存在的意义，而黑暗却再没有内容，这是一张神奇的帷幕，给这个虚拟的世界带来光，就如能将真实隐藏在魔术帷幕的背后。

不同时代电影自动地改变着样貌与价值观，不同的表达欲望产生着新的拍摄手法，在新的维度的大前提下，我们必须要知道现在活着的是什么人，是什么在营造着他们，时间在经历着什么变化，在错综复杂的历史里面，要找到一条路通往这个未来的门阶并不容易，每分每秒的事物原形，世界错乱中有秩序的流动方法，都将走到无时间的源头，因为在那里才会找到平衡。

电影的内容是庞大的，它没有边界，就犹如其他大众艺术一样，它拥有方方面面的内容，它存在的理由就是那种跟大众的关系，这维持并发展着它存在的可能。我对电影的兴趣愈来愈浓烈，在于很多电影就如一个现实中的平行世界，好让我们去参照，不管是美好或遭遇悲伤，电影总是最能贴近我们的情绪。无论你从何而来，都会顷刻习惯于暴露在强光之下，或是浸没在整片黑暗之中。

电影乘着文学的翅膀，直击人性存在的奥秘。电影大胆地重新走到人性的阴暗面，产生重大的动力。在整个二十世纪的时间里面，电影成了人类的见证。他们是那么相信电影的动力，把全部精力都投注在电影里面所发生的一切的真实性上，对自我最伟大的声望、最私密的禁忌，进行意义的表达。到了二十一世纪，这股风潮渐渐转换成一种虚伪的乐天主义。娱乐至上的电影风潮，使电影本身的灵魂也不复存在，失去它原来的崇高与伟大性。电视的介入直接影响到它独立存在的可能。

## 如历史般虚幻的真实

重回真实的梦境，电影可以带领我们进入时光飞翔，把握了梦境的转换能力，就是把握了节奏的细节，只要理解了时空的内容是在节奏之中，就会开始理解电影是如何落实在梦里，梦与电影的奥妙在于真幻之间。

对我影响最深的可能是在二十世纪六〇年代一批以欧洲为首的新浪潮电影，里面好像有一种带着现代感、真实地在探索人生的冲劲，那股动力在六〇年代的电影里面不断地显现。比如，塔可夫斯基 (Andrei Tarkovsky) 的《雕刻时光》(*Voyage in Time*)，戈达尔 (Jean-Luc Godard) 的《断了气》(*Breathless*)，费里尼 (Federico Fellini) 的《爱情神话》(*Fellini Satyricon*)，帕索里尼 (Pier Paolo Pasolini) 的《索多玛 120 天》(*Salò, or The 120 Days of Sodom*)，以及七〇至八〇年代的德国电影，包括赫尔佐格 (Werner Herzog) 的《陆上行舟》(*Fitcarraldo*)、法斯宾德 (R. W. Fassbinder) 的《恐惧吞噬灵魂》(*Ali: Fear Eats the Soul*)，还有直接影响我以电影作为终身志向的文德斯 (Wim Wenders) 的《柏林苍穹下》(*Wings of Desire*)，基耶斯洛夫斯基 (Krzysztof Kieślowski) 的《十诫》(*The Decalogue*)、"蓝白红"三部曲，他们继承了早期的电影经验，如让·科克托 (Jean Cocteau) 的《诗人之血》(*The Blood of a Poet*)，格里菲斯 (D. W. Griffith) 的《一个国家的诞生》(*The Birth of a Nation*)，费里茨·朗 (Fritz Lang) 的《大都会》(*Metropolis*)，这些电影把人类的经验建造在历史之中，一部一部地塑造着其文化系统，让人类真正勇敢面对自己存在的真实。

费里尼以一种幽默风趣的特质、对人性有着深刻理解的艺术形态、带有自传色彩的表现风格，在潜意识里面创造他的影像和戏剧，孕育他的电影与世界，他的电影就是他人生的全部，是他真正生活的避难所，他的太太是他艺术生涯的一个殉道者、一个同行者或同谋者，毕生与他并肩作战。费里尼就像是一个充满乐天主义、醉生梦死的艺术家，也是一个孤单的文化人类学的观察家，他拥有文人所有的忧郁，知识分子所有的困惑，有非常多的酒肉朋友，他拥有那种永不停歇的灵魂，古典的文化与文学在他所重新建构的能力上，一直流传在我不断成长的灵魂里。

那个时代的意大利让他拥有这样的创作条件，不富裕却思想集中，使他可以安心创造，在片厂的制度下，带着粗糙意味的叛逆布景与庞大的想象力，横跨了很多不同的素材与历史故事，创造了千奇百怪的人物，把意大利的传统重新诠释了一遍。带着荒谬绝伦的色彩与冗长的对白，他把一些意识流不断地灌输在角色里面，字里行间产生了一种非人性习惯的逻辑，他制造了各种干扰视听的画面处理与演出的方法，充满了传统荒诞剧的色彩，甚至动用了很多意大利传统的马戏团造型与他们的场景、演出的状态、说话的技巧，镶嵌在一个奇特的舞台上，成为一种不断荒谬重叠的视觉奇观。在他的电影的系统里面，他

拥有诠释任何虚幻东西的方法与技巧，创造了一个虚拟、个人、荒谬的时空观，这在形式美上是绝无仅有的。这是一个人类对自我存在感充满疯狂想象的年代，这股风潮产生于六〇年代，在八〇年代慢慢消退，却令我神迷不已。

费里尼带我进入了那个残酷而华丽的罗马世界，里面充满了肃杀的宫廷气质与欲望横流的荒谬，我知道，由于时间的落差，到今天，就算是看到书本里面的描述，也很难了解以前世界的所思所想究竟是什么模样。今天的观念与当时的世界观、宇宙观都非常不同，可能只是一种相似性，让我对它们产生了好奇。因此在现代主义的影响下，所有人在心里面不断追求，不同的想法就此孕育而生，生长在这不断产生幻变的一代。

这种美学观的吸收助长了我对整个舞台与象征主义的掌握，也开启了我对那种荒谬性、虚幻性、充满超现实主义场景的语言系统的探索，这种语言系统联系了古罗马的马戏团、文艺复兴的戏剧、瓦格纳（Richard Wagner）的歌剧，加上中国的京剧、日本的艺伎表演、泰国和印度的巫神舞蹈、非洲原住民创造的鼓声、大洋洲巨大的图腾头饰，在一种神灵合一的形象中展开。

先是活在电影的一代，接着是网络摄影的一代，当下是视频爆发的一代，在一浪又一浪的变化之中，熟悉的已被不熟悉的取代，一切都如此陌生又丰富。新的载体拉开了一切的距离，既有的概念变得异常遥远，网络漫游翻新了一切的答案。然而在不断的冲击与变化中，你究竟失去了什么？电影还能给我们什么？

詹姆斯·卡梅隆（James Cameron）的电影每次都能做到雅俗共赏，从电影的能力范围内推到科学的极致，让我想起了李安，因为他们同样拥有坚强的意志与远大的目光，对自己的理念坚定不移。李安在逃避自我文化的落差的同时，把自己独立出来，在这个套路的世界中，塑造了自己第一的视觉。在《少年派的奇幻漂流》（*Life of Pi*）里，男孩真正面对着自己内在的恐惧，一种自出生便存在的恐惧。老虎是他爸爸养的猛兽，原来是一个动物园的一部分，但是从以前他就对这一点充满恐惧，他的恐惧好像被笼罩在他爸妈的阴影中，在他们的抚养下，他没办法找到自我，只能被迫去演好自己的角色，演好他爸妈的期望。但当海难发生，他失去了一切，这种保护突然间消失了。这个时候，他真正要面对的是自己的存在本身，也就是他爸妈所掩盖的世界，这个庞大的世界真正赤裸裸地在他面前呈现，而且直接挑战他的所在。老虎藏在孤舟上，成为一个潜在的威胁，他要独自面对存在本身，同时面对着一直以来的恐惧，内在深刻的恐惧。在没有屏障的保护下，在生死之间，他又被迫面对自我。

李安以深刻的东方精神，独自面对一个无明的自我，在他的脑海里，曾经出现过玉娇龙这种角色，就是试图在一种无机的情况下做出反抗，破坏一切的规矩，破坏一切无法改变的停滞状态。她唤醒了一种沉睡的灵魂，从内在发出一种强烈的信号，一种改变一切的力量，就有如世界上发生的众多电光火石之间的偶然。她出现在一种创新的意念里面，不需要太多的包袱，只需要有一种确信与行动的力量。

当李慕白真正了解人世间的层次时，虽然拥有盖世的武功，但是他做不到，因为他的心已经成熟了，在东方的文化里面，已经滋养了太长的时间。当他思考的时候，已经没有了这个翻转一切的力量，但这种力量却在他心中产生了一种无比的吸引力。

## 灵魂里面所看到的世界

我在《胭脂扣》的筹备时期，深深地震撼于这种三〇年代的气氛，疯狂地收集电影里面所有的道具，不断辨认存在于现实里面的不同年代的东西。时间像一条河流一样，摆放在我们面前，我们要筛选出不同年代的分别，把适当的时间归总在一起，把错乱的空间重新组织起来。在这个作业里面，我们后来发展为时间的重新组合，成为一个时间的绝对。这种作业，使我相信电影可以重新建立每一个细节。即便不能重新回到这个空间，但是可以在一个特定的范围里面，在我们的保护色彩底下，把这个时间的内容凝聚起来。这种力量让我相信电影是有价值的艺术。

中国人对寄情于境有着深刻的体会，并在文学与电影中切合了那象征意味的抒情，那种时间的深度产生了电影中的空间。这个世界藏着很多不同的世界观，有些地方不断地强调个人的价值，不断地驱使你去找到自己的世界、自己的风格，将自己喜好的东西不断放大。

《花样年华》《阿飞正传》，表现了王家卫对时间空洞感的依恋，两个灵魂在礼教的约束底下、在漫长的慢时间、空间里面产生了很多诱惑与犹豫，这种慢时间使他们面对约束产生了变化，但是又在意志力的努力克制之下不能往前推进。在这个慢时间里面慢慢形成了一种遗憾的加深。跟时间有关系的电影，就是我们去了解在自己身体以外，通过艺术的形态去构成一种自然的形式，让我们重新去看真实的时间，重新在电影里面去经历我们所感受的东西，这不是理念式地去诉说一种时间的概念，而是一种真实的时间感。费穆《小城之春》的时间表达，在战争之中的平凡日子两相重叠的时间模式，静默掩盖着底层的毁灭与战乱。侯孝贤用时间说话的方式，让时间可以变成学习存在的本身。蔡明亮则在时间里挖掘出了人性存在的真实性与黑暗面。

但是曾几何时，当我真正地进入这个时间塑造的过程里面，我发现自己的灵魂会不知不觉地参与其中，使它产生了选择与变化，产生了个人的味道，记录了很微妙的心灵变化。这样深入去了解摄影，我就会想象雕塑、绘画跟摄影的关系。从这个意义上来说，我觉得摄影的写实性并不存在，它只是一种艺术的手段，形成了一种美术的风格。因此它大规模地保存了它的抽象性，它与真正现实的距离，产生了唯心的维度，从一个不能参与现实的旁观者，变成身陷时间虚幻原形的收割者。

因此电影必须拥有新的样貌、新的价值观与新的拍摄手法，所沟通的内容也会产生新的维度，人们在经历着什么，为什么会喜欢这些？在权力世界不断地大量宣传与摆布以外，他们的内在产生着什么样的涟漪？在错综复杂的历史氛围里面要找到一条路通往这个未来的门阶，电影正在意识虚伪的绝境中找寻创造性的新路。

## 《无尽的爱》

### 流影东伦敦

我承认热爱电影的人，就像一个赌徒一样，把生命的所有时间都投入在这种光影变化之间，心里面一直在产生新的梦境，一个一个地把它们拍成电影之后又有新的想法出现，生生不息。电影就有如一台制造梦想、制造梦境的机器一样，不断地重复，不断地再生。电影里面的情节，渗透着生活与时间。有时候文学会在里面起到非常重要的作用。历史的厚重感是电影的一部分，有时候，电影会通过历史的故事去讲述今天的情感状况，有些东西不会改变，只是情境改变了。电影可以达到这种说不清楚的境界，创作电影一直在我的心里面埋下了非常丰厚的准备工作，也发展出不同的题材，对于电影，我总是充满好奇，其中牵涉时间转移，梦境实现的魅力。

从短视频开始，我一直在找寻属于我个人的题材。那种半真实的状态最吸引我，既然真实，它本身就要充满吸引力，适合于电影的创造。我面对着一个创作的难题，就是怎么样把戏剧与真实融合在一起。在创作 Lili 的尝试里面，我一直在处理一种处于真实与虚幻之间的风格。这跟常态的电影产生了一种距离，这种距离要求必须有一种新的语言，就如一个装置艺术一样涵盖在电影的骨架里，这种骨架让我产生了一种奇妙的视觉，重新看待电影本身。

这时候我更相信这种方法的实践性，它充满了探索的意味，亲临现场的感觉。但是在超现实的氛围底下，它又显得一点也不真实。这时候，我遇到一个题材，在我面前强烈地呈现。在一个平面化的世界已经蔓延到每个角落的时候，仍然存在着一批拥有奇特视觉的人，他们每天奇装异服，在自己的世界里面发出奇异的光芒。他们乐此不疲地在这个色彩的岩洞里面喷发着光芒。这时候，我真正认识了东伦敦的人群，认识了这批艺术家与他们的世界。一种无定向的状态在这里蔓延，他们吸引了大众的眼光，但是也与世隔绝，犹如一批游行家，也犹如一批殉道者，在他们的理念里，愿意牺牲正常生活中的所有。

这些人沉醉在这个梦想的表达之中，虽然打扮奇特，但是他们充满思想。这种奇特的组合形成了东伦敦的气场。受到他们的鼓励，我进入了这个世界，他们为我无条件地开放了这个大门。我拿着相机，进入这个神奇的世界，认识每一个不同世界中的主人公，了解他们的故事，这个了解的过程，就是电影拍摄的过程。在完全没有预设的情况底下，我们开始了这部长篇电影的拍摄。每件事情有了开启，必然也有结束。等它结束的时刻，事情才会有如是的进展。

### 伦敦叛逆

在某一刻间，我真正感受到伦敦成了我生命圈的一个重要组成部分。伦敦拥有一种奇特的能量，清晰可见，它是一个文化的源头，仍然保有美国文化所没办法取代的精神传统，它的文化深邃性与文化的原创性伸展到各个角度的理论中，引申至各种族群，包括同性恋的开放，引发了非常多的英国古典奇异文化的再生，英国拥有几乎全世界最丰富的文化资源，尤其是现在世界上各种亚文化的源头，很多都可以在那边找到一些相应的脉络。但是，在我心中泛起涟漪的，还是这个庞大的精神性的奇异文化世界本身。

它曾经是一个遨游四海的帝国，在那段不断扩张的帝国主义时期，它拥有几乎全世界所有东西的第一手数据，在它手上被毁坏、改编的文化实体不胜枚举，英国人收集了数目庞大的文化资源，并改变了它们原来的风貌。他们给殖民地造成了非常多不能解决的问题，同时开启了他们所谓的西方世界的现代主义的建立。整个世界从英国帝国主义及殖民地新政策的确立开始，被纳入了新的变化中。

在今天的英国，仍然存在一个十分特别的场，引起了我的兴趣，它产生了一个又一个迷幻的模式，不断在国与国之间传播着英国人的理念与行动。他们的创作，经过历史的再创造，产生了经济化、全面化、全球化的影响力，在绝对的权力、绝对的破坏中重新建立的人道主义的基础上，再重新建立着自我，里面产生了错综复杂的对应关系，其结果是一个脉络丰富、体积庞大的文化实体，在半建立半破碎的情况下，它仍然能源源不断地产生新的生命力。

我没办法给你什么，只能让你离去，留下深刻的叹息。

朋克与我没有直接的关系，伦敦却影响了我对时装的看法，设计师们普遍十分尊重艺术与创意，尤其是关于年轻人的部分，因此在"云"（Cloud）艺术行动的创造上，我充分意识到了这一点，意识到那个生生不息的感觉，那种不顾一切地想表达自己抽象想法的欲望，这里的精神DNA非常旺盛，在生活里面不断能感受到这种能量的推送。这个社会十分成熟地等待着这一点，在这个无比尖锐的精神世界里面，朋克艺术家群体十分庞大。因此，他们就好像在一个公开的媒体平台上竞赛，各出奇谋。大家都想争取每一个机会去表达自我，因为实质的操作十分困难，很多此起彼伏的新生命慢慢沉浮在大众的影子里，真正可以出人头地争夺风采的人只占少数，但是观看这些潜伏着的总体时，会发现他们年轻有为而且不怕艰难，一点一滴地在创造他们自己的世界，这个数量是可观的。

究竟朋克是什么？薇薇恩·韦斯特伍德（Vivienne Westwood）又代表了什么？她是一个永远的斗士，与社会不公斗争，她愿意深入地在公众面前，非常强烈地表达自我的存在。英国时装界的人总有一种非常强烈的表现主义，又总是带有一种游戏的感觉，这是一场发生在一九七七年的年轻人的革命，六〇年代跟七〇年代地球上究竟发生了什么变化？从精神 DNA 的角度来讲这是一次重大冲击，在继续推进《无尽的爱》项目的同时，我把所有关于东伦敦的东西重新整理了一下，这让我不断注意薇薇恩·韦斯特伍德所代表的东西，这里也联系到另外一个让我印象深刻的人——亚历山大·麦昆（Alexander McQueen），他们是如何制造了一个属自己的年代，还有卢西恩·弗洛伊德（Lucian Freud）、雷夫·波维瑞（Leigh Bowery）、弗朗西斯·培根（Francis Bacon），他们好像预示了一个我们潜在的文化源头。

究竟东伦敦的魅力在哪里？当初认识东伦敦是因为朋友美惠介绍，通过"云"和《无尽的爱》两次艺术创作，我开始了对整个东伦敦的探索，也了解到东伦敦有着非常独特的地域文化和亚文化源头，慢慢地我觉得在这里可以找到很多全世界的流行文化、亚文化、摄影艺术的创作源头，尤其是我在研究精神 DNA 的同时，从这里获得了很多养分。因为东伦敦的艺术家仍然可以冲破现实重重的束缚，仍然显现在现实之中，那种不断散发的能量令我感觉到里面有非常大的秘密。麦昆与他所创造的世界怎么关联到现在这个年代甚至是下一个年代？从精神 DNA 的角度上看，他拥有纯正的艺术能量，应用在非常强大的商业体系里，只花了短短十几二十年，世界已经为其改变，他的逝去又令一切飞快地被掩盖下来，但在生活潜意识底层又重新被翻起，正在往新的方向涌进。

新的方向包含着已有的商业影响力与各种权力结构，掩盖了推动着他们想要进入的世界，麦昆所创造的世界因此就显得非常珍贵，在他身上可以看到个体与群体之间的关系，整个时代在底层的脉络中不断地前进，同时潜伏着非常多的暗流，慢慢形成了现象的反映。精神 DNA 正是在这种情况下显现着它的内容，愈是靠近真实的情感就愈是靠近精神 DNA 所呈现的世界，因此探索东伦敦就是一直在探索精神 DNA 的过程，包括它的从前与现在，正在陷落的东伦敦的元气正是我现在所进入的一个场景，一切都在不断地改变和消失之中，但是仍然有非常多有分量的人在各种领域中变换着形式坚持，跨界在各种情况下进行。在这个时候，薇薇恩·韦斯特伍德又开始活跃起来，参与到这种抗争里面，她十分活跃地带领着年轻人一起进入新的革命，对环保与消费文化作了进一步的抨击，朋克精神从一开始就已经消失，她从一开始就反对所有畸形的体系与模式，从形象到行动不断显示着这种力量，但是更多显现在行为、音乐与装扮上，在六〇年代新浪潮嬉皮士文化没落的同时，七〇年代兴起的朋克文化在八〇年代成为一个非常响亮的句点。

在伦敦拍摄《无尽的爱》的过程里面，我慢慢开始看到自己对电影的一些新看法和倾向，就是一种对现场与当下感觉的好奇，我会追逐一些意识中感觉强烈的世界，里面有真实的人物、真实的世界作为基础，不会以一种凭虚建造的方法切入，我想找回电影真实的意义和价值，也就是记录时间本身。

《无尽的爱》是我的第一部长篇艺术电影，亦是一部纪实与戏剧性兼具的超现实电影，以潜意识式的半梦半醒的状态切入众多的人物与故事，背景设定在英国东伦敦，其中出现的每一位人物都是真实地在东伦敦生活的艺术家，电影以纪录片手法拍摄，又在后期处理成戏剧的形式。

东伦敦是一个亚文化非常活跃的地方，那里已经产生一群非常独立的个体，每个个体都能形成一种气流，慢慢形成一个地区的可视范围。他们对奇装异服习以为常，因为他们形成了一个非常庞大的团体一起生活着，他们热爱艺术、音乐，而时装更是他们的必备。他们以各种属于自我的奇装异服去表现他们的信念，包括他们的喜好。他们所属于的族群，已迅速地流入网络时代，他们都渴望成名，一朝成名后他们就会得到更高的知名度。伦敦是一个亚文化的堡垒，是不断喷发原创能量的火山口，很多曾经在杂志、小说、电影里看到的世界，活生生地呈现在这个时间中，并未消退。

在东伦敦的夜晚，这种禁忌的欲望慢慢升华成一种生活的模式，不少普通的男性慢慢对女性产生了另一种兴趣，就是将自己装扮成女性，"Drag Queen 文化"在东伦敦历史悠久，而且有自己的语言和圈子，到今天流传了很多代，包括我们熟悉的人物，如乔治男孩（Boy George）、皇后乐队（Queen），甚至美国的安迪·沃霍尔（Andy Warhol）与马塞尔·杜尚（Marcel Duchamp），他们就是在这种环境底下生长起来的，他们通常抱着一种非常乐观与悲凉的心态，对世界抱有一种戏谑与游戏的眼光。

在不断的转化过程之中，我们一起找寻着知识与戏剧的相互关系。拍戏的时候，以即兴的方法创作，随着不断累积的片段，组成一个故事的脉络，其间又因不断遇到新的契机，而改变着故事的内容。我一直在找一些最真实、最强烈的事实，以记录这些人生活在东伦敦的真实瞬间与他们所遭遇的问题，从而进入他们的想象世界，遇见他们的真实生活，以作为我们戏剧的张力。为了收入更多的素材、更多精彩的发现，我们深入到东伦敦的各个地方找寻拍摄的对象，以及一些真实瞬间存在的可能。

我们只凭着一点一滴的机会去把这个片子有意义地制作起来，有种强烈的亲临现场的感觉，伦敦复杂的背景，在我的好朋友、策展人马克·霍尔本（Mark Holborn）的介绍下，产生了想象力丰富又清晰的脉络，他是一个百科全书式的人物，他描述了一个大帝国的没落与它辉煌的历史，塑造了一批敢于冒险和拥有全力以赴精神的年轻人。我们谈到十六世纪的时候，英国发生的内战，当时王室宣布军人要穿着华丽地登场，愈怪异的衣服愈是代表他们的勇敢。因此，在他们出征的时候，整个衣着华丽的队伍巡游过他们的城市，在血腥的战场上，他们就穿着最华丽漂亮的衣服。这个传统从伊丽莎白的时代已经开始，讲求用一种超凡的造型去呈现个人勇毅、无畏的精神，这成为英国的一种非常独特的主要文化风景。

十七世纪的时候，东伦敦是一个非常贫穷的地区，很多难民会逃到这个地方稍作停留，然后等待机会到达城市的其他部分。但是，在这里他们很多时候都会出现在酒吧里面闹事，甚至是被谋杀，不断地产生那种丑陋的伦敦的文化。贫富悬殊一直是伦敦民间暴力的原因。朋克文化就是对嬉皮文化的反趋，产生了十分政治化与暴力的倾向，朋克在八〇年代慢慢地结束它的锋芒的时候，就产生了新浪漫主义，带出了乔治男孩、杜兰杜兰乐队（Duran Duran）、Eurythmics乐队等，他们倾向回到一个非常复杂的、华丽的、装扮性的衣服的囚牢里面。直至九〇年代，雷夫·波维瑞的出现影响了整个伦敦，他夸张奇特的造型，在夜店里面造成非常轰动的效应，影响了一代年轻人，也开启了伦敦这种疯狂的自我装扮的特性，一直影响至今。吉尔伯特与乔治双人组（Gilbert & George）也在七〇年代开始在东伦敦发展他们的人体雕像艺术语言，所有这些我们慢慢熟悉的形式都有它们的来源，并非一天完成。

《无尽的爱》是一段表现自我潜意识的探秘之旅，制造了一个现实与戏剧并置的世界，在那个最后的人间世界 —— Icon，人们充满了无限的想象，寻觅内心渴望的自由，但他们自身却是孤独、与现实世界脱离的。为了面对信仰，他们一直以奇装异服来彰显自我意识，需要埋藏在内心虚构的世界里，通往一个神秘的未知领域。

影片大环境设定在未来的一个资源快没有了、所有人的视觉与幻觉都在抽离的地方，世界即将消失。剩下来有人类生存的地方已经很少了，其他地方都已变成沙漠或者火山，就像火星一样，没有人居住，全部东西都已经消失。整个影片就类似快到末日审判，在一个不断回忆从前而变得很密集的世界，有一个地方叫 Icon，所有剩余的人类聚集在那里，他们可以在里面有幻想，可以感觉到最后自己梦想的世界，他们的梦想就在那个地方。那里生存了两种人，一种是仍然富有的人，仍在疯狂寻找自己的自由与未来，追问自己最喜欢的是什么，自己的身份是什么。他们会很夸张地把自己原本的意识强调出来，就像片中出现的塑料人，他们都很极致地将自己表现在 Icon 之中，或者是通过 Icon 怀念自己的失落情绪。Icon 的范围以外，有另一种一直寻求进入 Icon 方式的品流复杂的市场人群。

电影中所表达出来的，无论是故事情节，还是故事中的每一位人物，都是对整个东伦敦的历史反映。环境影响着群体，群体影响着个人，每个人都在这个艺术圈中争取着被发现，渴望被重视，而在最后权力资本主义的操控下，有人至死捍卫有名无实的名誉，有人却选择向往的自由而毕生封闭在自我的世界里。

他们都在求取生存的空间，在片尾中剩下的人面向大海，急切地寻求着远方给出的答案，而每个人心中渴望看到的前方的未来却未必是真实的，为了面对自己的信仰，记录下了人类疯狂的历史举动与自我阐述。大英帝国在全世界殖民主义的百科全书式的视觉与陷落，伊丽莎白女王的奇特衣服造型传统，都在丰富着我的原始视觉。在电影里，人们面临最后的自由挑战，爱是最初的目的，但不是最终的答案。

## 丹尼尔·利斯莫尔

《无尽的爱》试图在东伦敦的现实环境中找寻那种精神的对应，这次创作让我认识了非常多深入东伦敦后接触的人物。他们是有生命的，当我进入 Sue 的家，我看到了许多迫不及待与陌生人交流的生命。他们忙碌又孤独、脆弱，然而与这间屋子中的其他灵魂相遇后，似乎拥有了无限的精神力量。Sue 给了他们一个家，也让创意在这里生长，空间中充满了灵动的精神、记忆和想象。

他们有着一种与这个世界保持强烈对比感的生活，受他们强烈的形象所激发。有趣的是，存在于他们精神里面的形象是怎么投注在他们的生活上的。他们在一种互相竞技、互相模仿的状态下，同时间存在于东伦敦这个世界里。其中的一个人，丹尼尔·利斯莫尔（Daniel Lismore）后来成为我故事中的主角，他拥有令人沉迷的故事，早期在东伦敦成长，是一个男模特，后来，渐渐地，在九〇年代这个大时代中出现了非常多的大人物，在这些大人物的影响底下，他慢慢形成了对世界的想象。此前在孟加拉国生活之时，他大胆地创作非常狂野的服装形态，每天投入到他的生活，甚至经常出入于危险的现实中。那种思想来自无所畏惧的英国精神。

包括丹尼尔在内的东伦敦艺术家把行动作为自己的体验，把自己当成是艺术品、一个自媒体，试图保留某种深刻的精神传承，呈现在现实世界之中。他们招惹媒体的注意，使得整个世界成为一个媒体。所谓的大众媒体成为一个现实风貌的存在，而他们却抽离其间，成为表演者与观察者。他们的行动虽然狂野，但脑中充满思想，活在一个奇异的角度里。

我曾当过很长一段时间的模特。

那时的我迷失在夜生活里。

伦敦把我带进了夜生活,一种纸醉金迷的生活。

从乔治男孩到大卫·鲍伊,他们都经历过这些。

那时我们身边还有像帕洛玛·费丝(Paloma Faith)和格温德琳·克里斯蒂(Gwendoline Christie)这样有趣的人。

还有像加雷思·皮尤(Gareth Pugh)、亨利·霍兰(Henry Holland)、亚历山大·麦昆和埃米·怀恩豪斯(Amy Winehouse)这样的鬼才们。

文化影响着人,改变了人。

我就是这样认识这个世界,我看到了九〇年代在二十一世纪初留下的影响,而这一切都在慢慢消逝。人们对我有些嗤之以鼻,因为我夸张的服装打扮。之后我去了肯尼亚,和马赛人生活了一段时间。

到了那里,我发现我从小就被教导的一切惯例习俗都不存在。

我想,天呐,原来我以往的生活就是假象,一个由虚假的观点和理想构成的假象。

我问自己,到底是谁教导我生活必须是这样子的?

这一切在我的脑海中发酵。我开始留意到摄影大师大卫·拉切贝尔(David LaChapelle)的作品,他的作品让我思考,难道我就不能活出像他的作品那样的精彩?

在这个绝无仅有的机会中,我遇到很多令我意识丰厚的人物,丹尼尔·利斯莫尔已成为我的好友,他把自己的真实感情与记忆投射到艺术之中。他的作品将颜色、年代风格、流行文化符号、朋友、童年记忆、各路关键人物和事件融为一体，充满表现力与想象力，很容易被大众辨认出来。这些充满困惑与混乱的拼贴，都来自他神秘的内心，犹如一只饥饿的猛兽。在冰岛的新展览中，每一件服饰都极致地反映出他的整个宇宙观，但这只是刚刚开始的风暴……

# 流空——有形空间内的无形动态

在各地的传统文化里面，二十一世纪的东方剧场都有一个相通的地方，一种东方内在的力量，戏剧的本质与舞台空间，讲求的是更精神性的对应。存在于深刻的灵魂的体会，在空洞的舞台与极限的声音里面交错并行。传统里的很多声音，程式化的情景，都凝聚着灵魂的状态，尤其是形而上的美感，现在像要归宗在一起，成为一个庞大的流体，这里面有一个非常严肃的主题在呼唤着，就是一种激进舞动的力量，每个人的声音都在敲响整个空的空间，每个动作都带动了原始的情绪，不加修饰，非常本原地呈现在一个不同的舞台上。这凝聚了一种灵魂的世界，在空的舞台上不断地凝聚。那种细小的动作，有别于西方的剧场，不在于表达与说明，只在于建立一个场，没有这个场，所有音乐建立在东方的剧场里面就都是虚构与不扎实的。

抹去一身的俗气，进入这个精神与灵魂的状态，慢慢地找到一种节奏感，一种全身进入这世界定点的节奏。我经常游离于现实世界以外，好像有一个独立于这个存在世界以外的范围，使我可以去跟所有东西重新接触，去洞悉每个瞬间的奇点。我在找寻一个新的声音，传达到世界不同的角落，那里并没有时间的限制，一种东西正待发生，集中在这个点上，向着一个国际性的中心出发，找寻传统艺术在现代的价值，与他者文化集中在国际性中的艺术价值。这个更大、更成熟的平台，一直处于一种西方的语境中，在这个风口位置的人，不断地持续发展着这条延续的线，达到永恒的联结。

我的兴趣是重新去感受这个东西的出处在哪里，怎么样可以找到这个源头，并把它确立起来，成为一个新的起点。"神物我如"这个主题就在归化着这种规范——原生与传统，当一切快要终结，却是它开始的时候，没有错，就是与虚无作战。

在世界的舞台上，西方拥有无可比拟的戏剧研究成果，涉及世界文化，存在着非常多的参考议题，他们经历了无数的阶段、无数的剧种、千变万化的创作，产生了丰富的语言系统与完善的方法学。其中出现过众多的剧场大师，在我接触过的范围里，六〇年代罗伯特·威尔逊发展出了一种涵盖一切的创作方法，非常形式化地将各种元素包容在他的作品里面，有古希腊哑剧、荒谬派戏剧的一贯性。京剧、荒谬、象征性的简约舞台成了他的法宝，但是仍然存在一种不可融合的特点，就像是把一切镶嵌在某个程序里面。从六〇年代到今天，他的风格已经成为一个综合的模式，以简约强烈却多维的状态去呈现整个世界的各种传统文化的正确性。

在这方面，太阳剧社在法国曾经掀起世界文化的各种融合，产生了一个非常真挚的剧场实验体。阿里亚纳·莫努什金（Ariane Mnouchkine）从六〇年代的贫穷剧场生活体验开始，慢慢形成了自己所发展的训练方法，产生了一种重新诠释各地文化的可能性。她选用各种地域背景的全能演员开始去铺排，重新学习每种传统文化的特色，慢慢融合成一种综合的景象，主题是找寻一个世界共同的表演的秘密。这个世界共同的秘密，可能就是我要找寻的点。它不再属于一个单向的民族，而是属于全人类共同发生在不同时间的点的联结，这个综合形式将会无限制地关系到每个国家古典戏剧的表达形式与精神的维度，为了发现每一个部分而浮现出来的几个极点，形成一个超民族与时间，它们将一一在我的面前铺排出来。

太阳剧社可以归纳到莎士比亚的基础与古希腊文化的系统，与黑泽明的作品有异曲同工之妙。黑泽明的电影也是以莎士比亚的戏剧张力为题，重新利用日本传统的风貌，产生自身的风格。因此，他的作品充满戏剧性与张力，人物的塑造非常鲜明，故事也牵涉到人生的极点。他融合了能剧与歌舞伎的强烈风格，在日本禅宗的精神之中，产生了形而上的风景。这可以说是一种形式的结构主义，用表现主义的形式来呈现他的精神世界，因此，也很容易落入一种文以载道的现有的条框里面，所以他的故事都在述说一种莎士比亚式的人生探问。

但这种东西并没有适应真正未来时代的点，它在古希腊时期就已经完结了所有的可能性，古希腊悲剧里面的文化内容已经完全涵盖它所能达到的极致，接下来的二千五百年岁月只是在重复模仿它的幽灵，重新反映在不同文化的涟漪里面，这就是人文主义的精神。如果我把古希腊悲剧与莎士比亚所带来的一系列的创作思维，视为一种过时的历史，那么它已经创造了人文主义从远古到近代的基础，但是它不能赋予这个未来时间点的所有，不能涵盖这个真实瞬间的存在的荒谬性与不确定性。

如果多维与不确定性，是我所看到的点，那么所有既有的确定性就必须重新被审视与它意义的抽离。从一个传统既定的氛围里面去产生抽离的状态，有可能是精神 DNA 与新东方主义所带来的新的景观。游离于真实与虚幻之间，虚幻与真实同时并行，今天所谓的真实世界，已不是牢不可破的事实。产生在已知的时空里面，跟同时发生的时空以外，所谓的陌路世界，使一切东西产生了一种无限想象的可能。这种无限制的想象与多维拼接的不确定性并不能让我们更容易形成一个可以推理的逻辑，正是这种非逻辑性，使我们产生新的可能，一个真正的源头的开始。

在这里，戏剧本身的本质已经彻底打破。以摄影艺术为例，它已经不能去诉说一个真实的瞬间，它对真实世界是如此无能为力。同样的，戏剧也处于这种无能为力的状态，当我们解构这种无能为力的状态的时候，就会产生新的形式。戏剧变成一种游离的、无法在定点上停驻的特点，所谓时间的点，到今天已经成为一个多维的存在，同时并立着各种的可能性与各种维度的观看，就是不停留在一个视点中翻看。在传统的戏剧里面，人们不断努力地把一个集中的点，用各种方法大规模建构，把它固定在独一无二的所在。

未来世界中，我们再不能依赖这些戏剧的点，因为所有的因缘起灭的智慧存在于万有之中，我们所能呈现的只是它的蛛丝马迹，我们没法做出任何判断与定论。但是还有一种存在的真实性，就是我们存在的可能与态度，我们存在瞬间的直觉让这个戏剧得以完成。在虚无中潜航，变成这个艺术形态再生的希望，因为我们已经拥有了太多，说过了太多，建立了太多，也破坏了太多。我们坚守着某个固定的东西时，一切就会危险，这个自然法则在人为的世界里面也不例外，每一个确定的东西都会僵化死亡。

我所记录的一切、所赖以创造的基础，全都在一个浮动的现实之中，不断地往前飘进，就在那个时间还没有确定、所有我感觉的东西还没确立之前，就在那前面的一步，一个未知的地方发出。回想古希腊的雕塑，永远都在一个刚要踏出下一步的状态，而身体精神都是静止而永恒的。古希腊人在世界上所创造的所有哲学理想好像都建构在人文主义之上，早已经达到极致，找到了最高的点。而所有这些最珍贵的精神的文明，都好像在这个不断开放的竞争世界物化的过程中，失去了它们的活力，人们不断在找寻各种的解释，使它们继续存在下去，但是真正的感觉还是这种无能为力。这就是在不同时代、不同地方里面做到无解，一直产生意志力的消耗，继而各持己见，互相仇视，互相推翻与建立，却永远达不到那个真正时间的点。如果拥有庞大的

能量，能清理一切，把一切存在的谬误完全去掉，真正看到真实的无在，人类的希望就会再现。

世界的每一秒钟都拥有庞大的能量，可以重新产生新的模式，新的提升时间的方法。每一个传统的瞬间，都可以化作无形；每一个脚下的步伐，都可以踏上新的大道；每一个眼神都可以产生新的视野。从虚空之中我们可以看到无限，看到物体背后的真实。

从精神 DNA 出现以来，我每一个作品的创作过程，都带着非常丰厚的文化细节的开发。重新回看已经完成与每一个正在完成的作品，都可以拥有无限的答案，在分分秒秒地丰富一个存在于未来的可能。一个全世界文化的能量场，即将重新开始，传统的文化结构到最后总会造成一种约定俗成的结果，一切最神秘、最让人觉得契机发生的事情，到最后都会归到一个稳定的状态，这是传统戏剧的制式，一个非常困难的戏剧前提。

但是，如果以全世界最权威的艺术作为思考对象，我们就会发觉每个人都在找寻一种新的模式。因为在这个年代，受到全球化的影响，所有人都会互相对视，每个作品都影响着传统的发展。在世界的舞台上，不断出现来自比较落后的少数民族、国家的强而有力的创作。先进国家试图在全世界找寻一种新的语言，有些甚至开始从落后国家的原生文化里面去寻找。这也成为一个所谓的西方系统的传统。

我所相信的前卫，并不是让全世界认为它是成功的，更大的前提在于它出自真实精神状态里面产生的机会，有真正潜在的文化的力量，有潜在于生活里面经过提炼与表达的东西。如果以现代主义作为一个断层，为什么传统文化到今天仍然会发光发力，拥有良好的基础？就是因为它曾经有着非常长时间的凝

聚力，慢慢筛选、慢慢凝固着一种形而上的精神文化与精神面貌。它的存在已经完全融化在整个文化的精神里面，产生了舞蹈、音乐跟美术的形态，经过漫长的岁月慢慢形成一种牢不可破的整体。在这个点上，我觉得陌路的世界是一个潜在的最大的影响因素，其中不同的精神素质在地球上产生地域的属性，每个地域属性所产生的灵都有它的回忆，在这种从属里面，在精神不断的提炼中就会产生这种属性的原来样貌。传统渐渐被记录下来、牢不可破的就是这种无形的精神性样貌。它演进到了一个虚构的世界，一个虚空的世界里。

## 《春之祭》

《春之祭》（*The Rite of Spring*）原是伊戈尔·斯特拉温斯基（Igor Stravinsky）构想出的一部芭蕾舞剧，在音乐中表现了人与自然的不可调和性，以他对古老的斯拉夫仪式的梦想为基础，阐述了原始人对大地的恐惧与崇拜，以及对大地回春、万象更新的陶醉和狂喜。它讲述了一个被智慧老人们围绕着的年轻女子为了唤醒春天而一直跳舞到死的故事。原始宗教对春天的赞颂带来一个献祭者，她的牺牲是舞蹈里面最重要的部分，多数围绕《春之祭》的创作都以此作为一个重点，呈现事情的发生起落以及她所经历的心路历程，直到她面对最后的死亡。因为这个原因，我对死后的世界产生了极大的兴趣与好奇。

在西方世界的现代舞领域，已经有非常多的大师处理过这个题材，迄今为止《春之祭》已有了八十多个版本。作为杨丽萍版舞剧的舞台视觉总监，我认为在原始社会中，人类崇拜孕育之力，它代表永生永世，女性则象征着大地之母，古人认为性是一种达到超验境界的修炼，能穿透灵魂与深邃的狂喜。

　　当杨丽萍整体投入在《春之祭》中时，我们集中在《春之祭》本身的主题上做探讨，她把东方宗教中轮回的观念介入到西方经典名作中，呈现了一个菩萨界，所有菩萨都希望成为牺牲者，不断向着一个核心去争取，大家在一种虔诚的信仰里面疯狂争取自己的机会，希望能成为牺牲者，使用六字箴言来确定自己的高低得失，感觉到众生都是菩萨。十二个舞者塑造了十二个度母的形象，各自在造型中用了一种强烈的颜色，每个颜色都代表了一个度母的本体，形成在人间与天界之间的一层菩萨界。在舞台上，我打造了一个虚无的金钵，金光闪耀，就在舞台的上方，舞者可以通过它走到舞台上，那里成为一个象征绝对神圣的所在，极度干净与单纯，它与任何东西都没有拉上关系。

　　喜怒无常的狮子成了神的化身，它从那个金钵的后面出现，通过金钵来到菩萨界，选择它要牺牲的对象。众生因为对宗教的过度虔诚、狂热变得混乱与疯狂，因为对六字箴言失去了控制而变得麻木、迷信。带着情绪的神，成为一个宗教信仰的核心，表现了他性格的独特之处，这种东西一直冲击着《春之祭》原来的逻辑，众菩萨各施法宝争取这个牺牲的机会，成为杨丽萍版本跟传统版本不一样的地方。

　　绝对的神，不是绝对的善，在一种恍惚的状态里面，这种至高无上的神性又在给我们一种光辉的感觉。人间所忍受的各种苦难无法用言语来解释，但牺牲却是必然的，在每个作品里面杨丽萍都会面对一个死后的世界，在《孔雀》里面有涅槃，到了《春之祭》里面顺理成章的涅槃就变成了一个升华，是那个牺牲者的选择。这种自传式的创作方法使杨丽萍的作品充满个性，充满一种非艺术性的激情，她颠覆了原来《春之祭》的美学，产生了一种带有东方色彩的自我检视。在以印度教为源头的藏传佛教里面，所有的奥妙最终都会以灰飞烟灭来作为现世的坛城，这里面隐藏了多少言语说不出来的内容？我们是否可以超越这种虚幻与玄妙？

强烈的东方主义色彩，大量借鉴了藏传佛教元素，舞台上设计的大金钵像是通过周围的环境光折射出来的一个无形的神圣空间，它介于灵魂与现实世界的人神之界，舞者在这里孕育亦在这里重生，这是一个不可知的世界，左右着历史的现实，所以杨丽萍试图定格那个存在中的形状，而其中蕴涵了太多的神幻未解之谜，善与恶、黑与白相混，源源输出能量，便形成不同的度母普度众生。造型上，那道金光通体透明清澈，便代表了永恒，大胆浓烈明艳的色彩——朱红色、蓝色、土黄色、翠绿色、漆黑、白色，尽显在每一位舞者的服饰上，以及他们闭目时描绘着佛眼的独特度母妆容中，一一贯穿着本次创作的主题，构成了一个关于死亡与重生、轮回的梦境之祭。这部作品用一个非常有力量的瞬间唤起了过去与未来、上帝与宇宙之间的平衡，以及灵魂中生与死的关系。

## 《大亨小传》

我曾离开香港一段不短的时间，一直无法找到一个机会重返这个地方，一些商谈的合作方案已无法达成。直到近两年，开始有非常多的合作方案，把我重新拉到这个出生之地，我也可以重新回到一个熟悉的地方，可是这个地方已经不再熟悉，因为我自身发生了改变，参与了不同行业的工作，慢慢深入到它们的核心。在这个同时，我发现很多以前在香港居住了很长的时间都没有碰触的地方。这样让我重新燃起了对很多回忆的热情，好像在延续着以前对香港的认识，慢慢以一个旁观者的角度来深入。我在香港办了一个关于这个地方的回忆展览，稍后又参与了香港芭蕾舞团的《大亨小传》(*The Great Gatsby*) 的设计工作。

这是发生在"咆哮的二〇年代"纽约上流社会的一个关于富裕、放纵与执迷的故事。卫承天的《大亨小传》取材于菲茨杰拉德 (Francis Fitzgerald) 的"大美国小说"，以舞蹈重现那个纸醉金迷的年代。铺天盖地尽是浮华的舞步、纵情的派对和性感的爵士乐，《大亨小传》反映了新经济带来的冲击、社会与道德价值的瓦解，以及人们对空虚享乐的盲目追求，使人自省深思。

二十世纪二〇年代的纽约开始了它大都会的繁华发展，带领所有的城市往未来前进，不断出现的几何形的巨大建筑，在城市景观中耸然而立，巨大钢铁组成的跨海大桥也在纽约的四面八方分布，贫富差距使各种原来的生存技能不再牢靠，每个人都十分警惕机灵地找寻他们生存的方向，二〇年代的纽约是一个黑白两道混杂的所在，这些都吸引着我去了解这个富有奇特理想主义的人物故事。

在芭蕾舞中，我们没有用太多的篇幅去描述盖茨比是如何起家的，只在他的表现间透露出他不断把一些虚假的信息挂在口上，想把自己的过去抹掉，而让自己成为上流社会的根本。他与黛西的故事展现了一个可以代表美国二〇年代浮华盛世的场面，以及当时的服装装饰与其他繁复的礼俗。

二〇年代出现了极度糜烂的音乐，每个晚上百老汇的歌舞场上声色起舞，演奏着爵士，华丽的女人穿着性感的直筒长裙，佩戴着漂亮的装饰并做出诱人的动作，去娱乐这些有权有势的人，形成一种醉醺醺的迷幻状态，弥漫在百老汇的每个夜晚，成为这个发生在二〇年代美国纽约的故事的背景。在《大亨小传》的创作中，我重新感觉到美国音乐是从黑人音乐开始的，包括爵士乐、灵

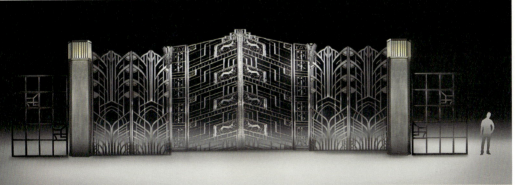

魂音乐、蓝调，直到后来的百老汇，都有一种非常疯狂的华丽与颓废的感觉，黑人们以自己创作出来的音乐，成为早期美国特色的代表。

Billy Novick's Blue Syncopators 乐队和得奖蓝调歌手 E. 费伊·巴特勒（E. Faye Butler）亲临香港，为这次亚洲首演现场伴奏及演唱，这部作品为我们提供了一个非常特别的样本，我看到有别于古典的另外一种芭蕾舞状态，带着一种百老汇的模式。这种二〇年代的极尽奢华之风生动地在舞台上呈现出了华丽构建的上层世界，并将纯熟的舞台隐喻技巧显现于舞台之上。

二〇年代的美国让人既熟悉又陌生，与欧洲不同的是，美国的装饰艺术会比较注重几何属性，带有一种简约的黑白情调，配合着纽约大都会的情景与好莱坞电影的不断传播，让这些东西带着一种黑帮视觉的味道。在舞台上，我想制造一种爵士乐音律效应，可以跟这个时代的装饰艺术图形的韵律本身相互产生关系，音乐感成为一个重要的元素，几何图形的律动成为爵士乐与装饰艺术的联结。在场景的上空之中，我设置了一块 LED 屏幕，屏幕里显示了一个巨大无比、带有精神性心理状态隐喻的华丽装饰性艺术动态图案，象征了一种富有野心的虚荣，贯彻在整部剧里，伴随着整个剧的种种富丽堂皇、复杂的官场人性、贫富悬殊的各种生活场景，一一呈现，随之带出这个黑暗的时代。在乔治去谋杀盖茨比的一个场景里，这种理想世界的希望终结了，所有的绿灯理想的隐喻，就是让盖茨比成为盖茨比的精神支柱。

## 《美丽与哀愁》

《美丽与哀愁》（*Beauty and Sadness*）描写了三位美丽的女人——音子、庆子和文子，围绕作家大木产生错综复杂的感情纠葛，故事在幽怨哀愁的气氛中开始，在哀愁中推进，并且在哀愁中结束。十六岁的美丽少女音子遇到已婚男子大木，发生了一段梦幻式的恋爱，却在怀孕后惨遭抛弃。她离开伤心之地东京，前往京都隐居，而在与世隔绝的精神病院中度日，她没有因此结束她的未来，反而在深深的自疚中继续顽强地生活，终于成为一位有名气的画家。

音子的形象之所以能激起人们的审美感悟，是因为作者塑造了一个日本社会带有普遍意义的女性形象，她美丽、哀愁、柔弱而又坚忍，她的身上有一种纯情的哀愁、一种幽怨的美丽。而为音子复仇的庆子和大木的妻子文子，她们同样美丽，也同样沉浸在大木所带来的痛苦之中，是大木与音子这段悲剧爱情的牺牲品。

这次我同样担任服装与美术设计，为此特意到了作者川端康成的故居——日本镰仓进行素材拍摄，带着角色进入到作者的真实世界当中，体会作者那一刻最直接的感受，最后以影片、摄影的方式呈现在舞台上，构成影像与舞台故事之间的交互关系，这种直白大胆的虚实呈现，成为这次创作中的亮点之一，也让观众从视觉上对舞台空间有了一层更独特的欣赏体验。

日本的古建筑仍留存着一种传统的节奏与韵律，穿梭于隔间的变化中，可以体会建筑空间的通体流动，室内与室外庭园互动，产生了自然之气以及空间一体的经验。历史建筑中流入歌剧音乐，现代设计与古典历史融合在了一个空间之中，极其精致的传统手工和剪裁艺术在两个时空中创造了一个奇迹的桥梁。这让我想到了从古远流传的过去转变成未来的可能，在全球化的文化单一性到来之前的亚洲原始文化精神，拥有重新焕发其未来性的内在力量和无限的创造形式。

在《美丽与哀愁》的舞台剧排练场上，我看到演员在模型舞台之间挪动着位置。《美丽与哀愁》这个故事已经成为一个歌剧的形态，呈现在眼前，与带有日本古风、现代主义的川端康成的作品，呈现出一种交融的状态。故事中的音子与贵子化身一人，她们是同一种性格的两面。只是贵子把她所不愿面对的世界、不愿面对的自我变成了复仇的行动。而音子的自我，则被保护在那种美好的回忆之中，成为她精神的支柱，她不想放弃。

## 霸王别姬

当我看着韩国的演员，拿着中国的音腔，在那边排着队形舞蹈的时候，我突然间感觉到一种亲切感。吴兴国穿着一件朴素的运动服，在演员之间穿梭来回，指导动作。看着吴兴国一点一滴地把韩国唱剧演员训练出京剧的架势，的确让人叹为观止。

《霸王别姬》是中国人耳熟能详的经典故事，在京剧里面已经被演绎过无数次，还有陈凯歌的同名电影，已经慢慢形成了中国的一种文化遗产，而且是被世界公认的。这次在韩国的跨国合作，以他们传统的唱剧做基础，加入了京剧的养分。在传统京剧文化里面，音乐与表演模式混合在一起，改良成为一种新的韩国唱剧的尝试。

我对《霸王别姬》的音乐印象深刻，韩国唱剧的音乐很好地结合了这种气氛与行军乐的编曲方法，它让京剧产生了一种新的力度。唱剧是传统的说唱模式，女性角色的唱腔是较为中性、沉实浑厚的，在表现虞姬时，形式上使用了中国京剧与唱剧的综合，带有强烈的舞蹈风格，以表现传统时期的男扮女装、女优男演的特色。至于项羽，则糅合了京剧的大靠与靠旗，与全新组合的舞蹈化服装共同建立了他英雄末路的形象。关于化装，只有项羽脸上使用了部分京剧传统的花脸形式，其他人的造型则综合唱剧形式。

中国京剧讲求全面的表演，包括唱念做打。韩国唱剧注重唱腔与舞蹈。京剧行当丰富齐全，每一个角式的原形都有整套的装备，在锣鼓点中包含了一切演出的内容，严格的训练与演出规范使它难以复制，成为传承的问号。这次的合作没有因为两者的不同而有所限制，韩国演员倾尽全力地投入京剧舞蹈与武打场面的排练，使这种融合得以完成，特别是男扮女装饰演虞姬的演员，大量的舞蹈与唱腔使他的角色活灵活现。

重新编写的韩国唱剧音乐，经过不断京剧化的处理，必然会产生一种新的舞台调度，在这里融合得天衣无缝。虽然这只是一个技术上的衔接，但是相通的信息已经存在。东方人的情感有相同和相异之处，中国和韩国的艺术也毫不例外地产生了这种分歧与融合。我被带到这里看见演员在排练传统的韩国舞蹈，他们一点一滴地舞动着简单的动作，注意那种节奏与形式感。音乐决定了他们整个程序的变化。这种唱腔的音乐将里面带有的那种传统的儒家思想非常深刻地呈现了出来，不断地在音乐里面散发，与人的唱腔组合而形成一种与观众半交融形态的表演。整体的创造经验让我想起精神 DNA 所要传达的东西就是重现这个复杂的世界，成就多维世界的并存。

今天，传统的世界在不断地创新与蹉跎之间失去了非常多的细节，原来的形貌不断失传与改变，就是受到了观念的影响。当代平面化的世界抵销了部分传统精致的细节，在全球化直卷而来的风潮下，亚洲传统艺术经过世界各地的文化艺术影响与熏陶，正期待着新的自我诠释，重新发现未来发展的方向。

　　这次合作使两种同属东方的传统美学得以撞击出崭新的火花。在跨国跨文化的创作中，每个作品都有可能射向靶心，它们都同样重要。真正要掌握的是节奏，所有颜色、线条、动作，全都是在节奏里面，节奏有时候有文化的秘密，也兼有受表演情绪控制的精确度。这次《霸王别姬》的短期合作使我重新投入了吴兴国的世界，继续关注他跨界的京剧创作之路。

# 流形——流转于实体移动的线条

　　究竟一件名贵衣服跟一件普通衣服的差别在哪里？衣服本身的原形是根据材料进化而成，材料会使它创造出更能承托精神样貌的制式，但是这些最理想的材料非常昂贵，为了使其更普及，更适应一般民众对上等材料的需求，很多人在模仿昂贵的材料，因此材料分成了很多等级，但表面看起来却差不多，只有真的穿上衣服本身，你才会看到它们细微的分别。各种最有力量的设计师在运用材料的时候，能把它们使用到极致，慢慢产生了一些我们印象深刻的造型，简单直接又从容适切，这些衣服穿在人身上成为经典作品，人们在各种彰显自我的生活里面，呈现出一种高贵的形态。这在亚洲的教育中并不普及，替代材料使部分亚洲设计师的作品无法媲美国际水平，这样的细节区分了世界上富裕阶层的品质外形，观看一个人穿的衣服就可以看见他生活的质量、背景、内涵与财富状况，这成为当代价值的风貌。衣服很难以一个独立的状态被观看，一件挂在衣架上的衣服，看不出特别之处，需要穿在身上才会发现它经过了很多特别的处理，在人身上呈现出极其神秘的效果。

　　因为服装自由属性的影响，它可以在各种规矩里面造就变化，这样一来人物角色就可以通过这种规矩的改变而创造出来。衣服是一个人为的状态，当你处在不同的精神状态里面，服装都会十分坦白地呈现出来。在电影工作里面，我大部分时间都在研究这些角色本身处于何种状态。每个演员有他们自我的状态，进入到角色中都有千差万别的处理方法。深入到电影的服装设计，牵涉非常多的技术考虑，包括对年代的认知和剪裁的处理、花纹与配件的搭配，都是十分重要的。好的造型是不着痕迹地把角色塑造出来，演员还没讲一句对白，观众已经完全了解这个人的来龙去脉，人物的精神状态会反映在这一切表面之上。我在塑造服装形象的时候，大部分时间都会把人体考虑在其中，包括人的

动态与各种动作跟服装的关系。

服装牵涉到礼仪，所以有几个状态是非常重要的，如在跟人碰面的时候，坐着的时候，还有走路的时候，整个衣服的动态，会反映出它生动与否的效应。在经历了各种舞蹈设计的训练之后，动态的服装成为我的设计中一个很重要的部分。衣服与布料的轻重可以影响整个造型的变化，同样也影响这个角色给人家的感受。世界上的各种衣服，都有它们专业的细节，布料的运用与剪裁的方法密切相关。把人的形体收藏起来，还是把人的形体彰显出来，是两个不同的方向。现在的国际时装制造了一个想象的世界，人们以不同的意念去建造着服装的造型，通过不同历史时期形式的转化不断向前发展。但是在当今 T 台文化的时装领域，很多因此形成的视觉冲击力，成为最重要的元素。他们不注重人在移动时候真正的效果，比较像一种强化视觉的固定造型，完成的是一个气氛与概念，并在流行文化中广泛流传。

我不断穿梭于电影、舞蹈中，我的服装跟正常生活甚至时装里面的每种东西其实都不太一样。有些人说我的服装就像建筑一样，在人体的基础上建构出他的动态。我可以把人体的体积不断地延伸，延伸出的各种形状，与人体的动作合成一体，这在今天已经达到非常自由的状态，也成为我服装创造的特色之一。

现在的人活在过去的记忆里，渐渐迷失，未来的人将会活在一个自己建造的人工世界，一切现实形成各种无空间的排列，成为一个平面的世界。

## 中国衣裳

内形变无形，外形变无定，形实空自恋，形虚空自传。在有形与无形之间，我慢慢转入了一种思考，什么样的服装是可以属于我们的，这好像在今天仍是一个遗缺。在这百年间，我们拥有的国际高度的美感都来自西方，形成以它们为主导的国际品味与潮流，其中出现了无数的优秀服装设计师，创造了一个服装时尚的年代，一方面创造出前卫的先锋，同时也在古典的手工艺与品味上研究出精致的时装定制作品，包括从传统中解构与丰富的传统手工艺和每个年代各种杂色纷呈的细致表现。世界上所有民族和不同年代的衣服的形式，都可以在网络上找到，甚至可以找到各地的原住民的衣服，但是在网络上简明化的图像中，大家看不到衣服剪裁的细节，只有样子的模仿，服装的源流已不再清楚。设计师因为商业的目的产生了各种文化的拼贴、各种风格的挪用，展现在复杂华丽的装饰里面，讲求细节的传统服装样貌已渐被遗忘。

细看这些历史服装的源头，很多都来自中亚，不管是东方还是西方，都会受到这个大源头的影响。我经常会想象一个在风沙中的人，他围着一块仅有的布，在风沙中行走，他对这块布进行各种处理，成为衣服外形的一部分。这时候我看到在一层层包裹的布中，身体在里面行走，这让我产生了一种最大的好奇心。衣服是从实际需要中产生的形状，是人的第二层皮肤，它调节着我们的体温，保护着我们的皮肤不受外在的干扰，遮挡着太阳，抵挡着风雨。

这些自然界产生的现象，牵动着身体与外在环境的关系，使衣服成为一个人灵魂状态中的倒影，慢慢形成全世界各种文化表达自身的脉络。当人们进入了焦急的城市生活里面，人跟人之间就少了一层保护的绝对需要，而产生了另外一种文明无声对照的效应。象征符号化取代了实质功能，每个人都希望自己可以变成贵族、高高在上，穿着美好的衣服。有钱人借衣服表现自己权贵的身份，穷人希望通过衣服使自己看起来会比较好一点。在大街上，我们看到形形

色色的人穿梭其间，每个人都有不同的背景、不同的身份，因此穿着不同的衣服。在二十世纪六〇年代后期，大规模生产的时代到来，衣服品牌开始大量产生，价钱全面往低走。人们穿着相同感觉的衣服，开始产生新城市的维度。在各个文化圈的设计师的挖掘中，慢慢产生了影响集体的时尚观念，但主要还是来自西方的那些主要国家，它们输出了服装品位与市场。这样大体产生了两种人：一种很容易看出他们的属性，他们每天都生活在一种规律里面，因此衣服也产生了一个非常规律的效应；另外一些人游离在社会的边缘，游离在社会的上层，他们可以随意穿着不受规范约束的衣服，随机表达自己的喜好。有些极度贫穷的人，拿着手上仅有的衣服穿在身上，有时候并看不出来源。总之，衣服穿在人身上，产生了千变万化的外表。

重新留意每个中国人的脸，不同地方的人的脸，可能找到某种答案。找到一个适当的场，灵感就会汹涌而来。人在穿衣服的时候，总是跟想象中非常不同，尤其是亚洲人。中年人的身体会比较厚，衣服裁剪很难以平裁来处理，所以一般的衣服就少了很多中间的剪裁，从而产生了一种呆板的人形。要灵活地重建身体的形状，就需要非常适合的剪裁与多方的审视，所以每件衣服需要很长时间的处理和修改的机会，重要的是最后呈现的精神状态。

观人观衣等于是一个现代社交的门槛，时装一直都是全世界城市生活里面不可缺少的东西。在中世纪时期，王室也会通过服装来显示他们的地位与财富，服装在现代艺术的推动之下，产生了非常多流派。中国的时装发展在这方面是脱节的，由于种种原因，它一直无法在商业上的场域里面发展出非常独特的时装风貌。慢慢地，这成为一种遗缺，一直到了八〇年代以后，中国人才开始慢慢思考自己失去的到底是什么。究竟中国的衣服原本应该是什么样子，它最纯粹的样子应该是什么？在清朝以前，人们都以右衽长袍、上襦下裙、大袍为基本样式，这跟同属古代东方文化圈的东南亚各国的服装，有着异曲同工之妙。如果不深入中国的精神世界，这些东西就只是一个民族的样式。儒家形象一直影响着韩国传统服装，日本则采纳了禅宗文化，中国近代受西方影响，出现了旗袍的制式，成为一道奇特的风景。

在理解精神DNA以后，重新观看服装造型，我产生了完全不一样的感觉，因为一切约定俗成的东西都在我脑海里消去，重新观看每一个服装细节时，我发觉了真正使它成为回忆的部分，经过深入研究不同文化对服装的精到的处理，这种知觉在我在伦敦时期的创作经验里开始发酵成熟，而且产生了非常多剪裁样式的新刺激。我从在日本工作时穿着和服的经验里，发现了人与衣服的关系、上古精神的美感，那古典性是属东方的，这正是中国的衣服所失去的部分，中国人失去的就是这种感觉的联结，一切都在分崩离析的状态中游离，没有那个联结一切的方法，一切的节奏感与逻辑就无从表现，因此人也穿不起来。中国衣服与东方衣服的整个结构都在讲它们的气质与分量，需要虚实并置才会产生美感，所有繁复的细节附着在一个整体之上，联结到一个精神世界的范围，就是大我一体的感觉。

服装对我来说，它的形有时候是由瞬间的一个动作所产生的，这种形不是来自外在的风景，而是内在的情绪，它不是服从于外在的形式，而是里面凝聚着的精神素质，只有透过服装移动中的韵律不断浮现，通过身体的表现才是完整的。服装本身就好像一个有生命的个体依附在身体上，印象中的服装，总是无法稳定我的视野，我看到的不是物质的状态，内在有某种莫名的灵魂在诉说着什么，然后抓住那实感的动能，如静止地等待猎物被捕获。

# 流观——止于物外的凝视

世界上存在着很多维度的现象，它们一直都存在在那里，但是不一定能够被发现。这种纯然的景观不断在平常看不见的世界漂流着，但在不同的场合也有可能看到奇异的景观，哪怕是通过一片光影，也透视着潜在影像中的聚光。创作到了某种极点，就是追求这种能带来神秘感觉的景观。流观传达了一种奇异的景色，它牵涉到一切可能的媒介，在这时间中，我们的精神可以安静下来，凝聚在一个对象之上，那个对象传达给我们一种存有的感觉，它联结着永恒，永不消失。流观有时候也是一个集体的理念，结合了众多的领域集合在一起，融化在一个情景里。在冥思的寂静中，倒映着别处的风景，看到刹那的景色，好像可以窥探到时间的缝隙和永恒的真貌。流观本不确定，顷刻间就好像海市蜃楼般灰飞烟灭，永远无法聚合，然而它只存在于寂静里的风景，一个无法勾起点滴记忆的所在。

## "云"

曾经在巴黎秋季艺术节，我在艺术总监介绍下观看整个艺术节的活动。活动散布在各大博物馆、街头、花园、公共地区，各个地方都有安排他们这个艺术节的演出。当我看到满街的人，带着轻松的心情聚集在这些场合里面观看表演的时候，我发现有一个东西吸引着我，就是那一瞬间各种年轻人的聚集。曾几何时，我在伦敦的时候，遇见了当时的青少年暴动，街上布满了那些戴着头罩的年轻人，与警察相对而立。那时候我感觉伦敦的年轻人充满着愤怒与暴力的倾向。到了今天，我看到满街的这些年轻人，自由地叫喊，不同的族群同处于一个地方，产生了另外一种感受。一直以来，社会对年轻人的描述，就是研究他们喜欢什么，有什么穿着流行，以成人的观点去驾驭年轻人，但是这对年轻人的意义好像只是把他们归类在一个商业体系底下，是消费研究的对象。在这种被注视之外真正并存的更广大的年轻人群，却隐藏在这些广告式的描述背后，今天他们就参与到了这些活动中，坐在一起分享快乐。那些穷困的、来自落后国家、不容易到这个公园里面的年轻人，他们同样组成了所谓伦敦的年轻人群。

青少年活在一个急速互动又互相模仿的社会中，为了生存，适应着外在的种种规矩，每个人在二十一世纪面临最大的资源挑战的同时，都以自我的方式迫切地找寻出路，这是当下生存现实的深刻问题：人类对科技、生态自然、社会等未来议题在不同位置之中会做出怎样的选择？其中我们又将会失去什么？我尝试身处于不同位置与视点中，重新找寻一种新的凝聚力去构建未来，把握时间影像，未来是年轻人的，需要透过他们的双眼去检视，因为刹那间他们便会直面这种现实。

"云"这个艺术方向在巴黎开始，后来在伦敦落实，发展时间长达数年。看到这里集中在一起的年轻人，虽然生在不同的背景下，但在此刻却处于同一瞬间，我深受这种感应启发，并找到了另一个角度，更全面地避免约定俗成地将年轻人概念化，把他们被动化，为商业所利用。我身处于这些年轻人当中，得到了更立体、更丰富多元的第一印象，因为他们有着不同的眼神，在这个开始的阶段，已经看到他们有着不同的压力与喜悦，内容是复杂而多样的。

伦敦是一个国际城市，存在着复杂的历史与跨文化的族群意识，我思考着地球村的意义与形成，这时候，我好像不再相信这种概念中的文字，把一切掩盖起来只为了一种功能性的考虑。我萌生了一个概念，就是要亲自去访问这些不同阶层的年轻人，亲自找寻这个问题的答案，因此希望可以一一直面他们，与他们对谈对视，用我的艺术手法把这种真实表现出来。这时候我发现同一片天空底下，同一个城市里面，人们却过着千差万别的生活，一百个人之中就有一百个不同的时间，时间并不是一个共通的概念，它牵涉到内容，千变万化。如果我们以偏概全地把这些东西当成是一种概念，将会失去非常多真正存在的真实细节。

"云"的合作最终落实在伦敦南岸中心，得到了南岸中心的大力支持。我们的拍摄分为三次，三次出入伦敦自由拍摄，使这些珍贵的体验得以实现。我亲自访问了来自不同背景的年轻人，面对面地问每个人四个问题，第一个是你来自哪里，第二个是怎么看自己、介绍自己，第三个是你对未来的看法如何，第四个是一千年后你觉得会看到什么样的世界。

当我拿着相机面对着这些年轻人的时候，感觉十分神奇。我从他们的眼神中，看到他们有表达的欲望。我建立了这个平台让他们可以尝试去畅所欲言，他们突然间成为那个被关注的焦点所在。我从来没有想过年轻人是社会里面的弱势团体，但是他们却一直被塑造着，一直被描述着。他们的感知里面，一直叠印着这个社会给他们的未来、给他们的机会，但却无法掌握一切发生在他们身上的事情。年轻人有很多种，有些并没有美好家庭的支持，他们的未来都要靠自己的双手去创造。

在这里，我发现了很多意想不到的答案，十几岁的年轻人对问题的回答，有着超出我的想象的成熟。部分年轻人对环保的概念十分积极，十分担忧这个世界的政治与生态环境不断地恶化。有些人迷恋着某种东西，有些人担心着一些细小的实际生活细节。有些人的背景十分黑暗，有些非洲的儿童说过他们经历过非常不好的过往。有些人刚刚来到英国读书，并没有什么感兴趣的概念，只是被安排着。在伦敦，十分奇特的是有一些样子十分标致的年轻人，很早就喜欢穿着奇装异服表达自我，有时候就为了别人可以多看他们一眼。凡此种种，充满了各种的可能性，存在于青少年感觉的概念里面。

我顿时觉得因严重的污染产生的垃圾效应，也存在于下一代年轻人的精神层面里面，这些十几岁的年轻人，将会继承我们将来的故事，但是他们却受到了污染。我把我亲自拍摄的他们的图像放到大厦外面的空墙上，他们巨大的影像映现眼前，像在现场对来往的行人诉说着什么，但却没有内容。他们不断以他们的情绪状态诉说着他们认为的自己，诉说着他们的背景与他们想象中未来的情况，但却成了一种无声的境象。

## 海洋的记忆

"云"的创作与另一面的现实发展同时并行，海洋永远流传着深刻的记忆，我在海边看到很多垃圾堆积在沙滩上，这些东西就只剩下形状，功能与基本的名字已不复存在，这些都是我们的曾经，现在却成为不知名的垃圾。二〇一八年，香港经历了强大台风山竹的袭击，在临海的巨型住宅花园中，到处堆满了垃圾，它们全是在海洋的冲击中被带回来的，都失去了原来的功能，混杂在一起，犹如陌生的存在，令我想起了整个地球将要面临记忆冲击的警示。

我曾经在挪威北边的砂石堡边上，深切地感觉到整个地球的变化。北极冰圈在地图上的板块不断地缩小，速度惊人。北极熊，因为没有食物链的连接，要不断走到附近的城市，找寻垃圾堆里面的食物，不少地方出于安全的原因容许居民持枪防卫。BBC 的朋友告诉我，海鸥的尸体浮在漂亮的冰海里，肚子里全都是电子垃圾。巨大的鲸鱼、海龟，游在布满塑料袋的海洋里面，不少被

这些垃圾袋缢毙。海洋生态已经被严重破坏，景象触目惊心，受到这种现实与心灵的冲击，我的情绪久久不能平静。

我在这期间找到非常多的线索，编写了二十五个不同的故事，我的故事来自人们日常使用的材料，在人身上重塑为艺术品，所以它们是超越服装的存在，是一种未知的存在。无论我们用了何种逻辑、材料、审美、艺术形式，它们均来自人类的废弃物。它们的出现有时是伴随着相似物的印象，有时是偶然的，有时是模糊的。世界正经历着层层变化。

一切仿佛一场现实与虚拟时空之间的长梦，慢慢浮现在我的意识里，同时有如涓涓细流般诉说着，呈现在我的眼前。二十五件服装的设计灵感来源于生态环境的嬗变以及消费主义的扩张，呈现了伦敦新锐时装设计师精心打造的结果，他们将可回收与不可回收材料巧妙结合，采用了废旧布料、旧衣服、塑料、乳胶、纸张、金属、可乐罐、移动电话、垃圾、假发、废鞋、植物、狗毛等，用特殊工艺来制作完成。这一切以及在实验性表演中可穿戴艺术的无限性，让整个展览的主旨落在探讨身份、移民和环境的关系上。

Wind（风）——一块回收后的塑料布捕捉了笼罩着我们的空气。我们看不见空气，但它就在那里。你扔下塑料袋的那一刻，就会看见它。Forest（森林）——这款吉利服由英格兰布莱克尼湿地（Blakeney Marsh）的草编成，并用"花粉"颜料进行分层。Garden（花园）——受英式花园的启发，将网状植物装饰镶在经过改造的布料上。Condom Rope（保险套）——套在手工盔甲上的装饰，全部由回收透明胶布制作。Wave（波浪）——艺术家在海边收集垃圾，加以清洗加工，整个作品挂满了海滩上的废弃塑料、铁罐，说明着我们的海洋面临的危机多么严峻。Car Crash（车祸）——一副铠甲由奇形怪状的硬塑料残骸压缩而成。世界因城市、车辆、机器和信号而变得畅通，但是当它们运作不良时，就会相撞。我们生活在一个交通高度密集的时代。

Victoria（维多利亚）——维多利亚女王在心爱的丈夫阿尔伯特去世后，就开始黑装打扮，随后整个国家变成黑色的王国，人民追随着她的穿衣风格。随着时间的推移，穿黑色出席葬礼拥有了更深的意义。我们将黑衬衫拆成无数块，并再次拼成层叠状，创造出一件维多利亚风格的礼服，海洋使平民衬衫联结到皇宫贵族，使不可能的融合发生了。Self Defence（自卫）——一个受过良好教育的青年人，敏感复杂而又超越现实，帅气的他穿上装饰奇特的衣服，显现自我，无人匹敌。那象征主义传递着身份之奥秘。Street（街巷）——以自然的材料呈现祖先们超强的制作技术，将古代的手工艺编进了现在的城市景观中。Supermarket（超市）——把便利商店的易拉罐剪开，连缀成衣服上面的金属小圆片，呈现一种晚装的形象，垃圾也可以做成时装。Armour（盔甲）——回收并加固后的硬块胶片，令人想起了脆弱的保护层，与模拟中坚不可摧的力量。Whale Chameleon（变色鲸）——深入海洋无际的梦境中，在混浊中致死的巨大阴灵，纪念它的存在，我们将拾到的各种布质废置物转化成了符合大众审美的墓碑。

Magazine（杂志）——我们每天生产着数以亿计瞬间成为垃圾的新闻纸，上面印满了过时的新闻，一旦过时就不再有意义，现在逐渐褪色的印刷时代，过时的杂志和报纸无处不在，但在展览中"白纸黑字"的过时报纸没有被丢弃，而是得到重新利用，已经淘汰的纸质信息被切碎、撕裂、改进，重新形成了一件约翰·加利亚诺（John Galliano）式的炫夸礼服。Skin（皮肤）——皮肤是人体的表层，我们的灵魂在里头。皮肤记录着人体的遭遇，就像树的表皮和年轮记录着环境和时间。皮肤挑战我们的自我意识，并重塑我们的情绪实体。

"云"展出的服装宛如一个魔法盒，蕴藏着人类过往的方方面面，映照着新一代人的未来。过往与未来，像一面镜子，成为我们展览的焦点，让每一件"云服装"反映出一段岁月记忆。而这场大型时装秀"CLOUD SHOW"也于二〇一八年十月七日在伦敦南岸中心皇家节日音乐厅中掀起了一片轰动，作为一个多元的艺术项目，它汇集了多媒体展览、巨型 Lili 艺术装置，并以艺术服装展示为主线，试图唤起对历史、多元文化、伦敦文化以及未来的反思。

我希望通过这一系列装置及影像作品，寻找隐藏在现今服装繁复表征下的断裂线索，并以此溯本求源，寻找现状背后残缺的根，同时唤起人类对日常世界的再度审视、对自我存在的再度感知。

其间我认识了不少业内优秀的艺术家，比如亚历克斯（Alex Box），她是一位非常独特的化妆师。她的作品反映着大自然神奇的回音，丰富的情感和诗意化的世界充斥在她的作品中，她巧妙地把戏剧和时尚融为一体，升华至一个更高的层次，将生与死的印象化作一首可见的动人诗句。

表演的那一天，所有年轻人已跟我们在一起排练了数天。他们十分投入地工作，我把用这些垃圾改造的二十五套衣服穿在他们身上，以他们的个体形式在这个环境里面走秀，他们亲自参与了整个过程，整个晚上十分美妙。

## 《空穴来风》

四时运转，黑白轮回，误堕尘网，迷惑方圆，逐入幽微，深不见底，空穴来风，无德空圣。

　　二〇一六年，大型 Lili 艺术装置参与了现代传媒的重大盛宴，二〇一七年他们邀请我负责一个三十分钟的开场舞台创作，主题是声音。一直以来，我对现场感的想象都充满了期待。观众进入了我的空间，就犹如进入了另一个世界。每次无论是展览还是表演，总是在一个黑盒子里面开始。黑盒子好像是通往另外一个世界的隧道一样，充满了契机与神秘。身处其间，我们可以把维度打开，直接面对想象本身。

　　《空穴来风》是我作为舞台导演的第一个艺术作品，在已知未知间，我自然地开始了自我对创作的摸索，全观一直围绕着最近的思路，慢慢地凝聚一种新的吸引力。它代表了一切从零开始直到无限的一种不断的轮回循环，里面包含了我在感知里的种种领会。从上海的"流形"展开始，我把所有创作的媒介综合在一起，以发现的形式，把这些创作联系融合，成为一个整体的印象，尝试把一切不同变成在同一个景象里。这个整体没有界线，可以无孔不入地到达任何一个领域，同时，又潜藏着各种维度的参与。项目因马克·霍尔本的参与得以推进，他是一个难得的百科全书式的人物，因为这样他也拥有一种全观之眼。

　　在创作《空穴来风》时，我在各种不同领域中，得到了极大的启发。每种行当，每个艺术家，本身都带来了自己的宇宙观与世界，这与他们本身创作的能力与艺术的素养有关。关于如何把每一个人都安置在一个适当的分量里面连成一体，在《卧虎藏龙》时代，我看到李安把各路英雄好汉合而为一的能力与方法，在于要把每一个人的独特性融合，在每一个不同的段落产生他们这种独特性的散发。足够的时间与空间与清晰度、学习引导与舍弃，是掌握这个窍门的重要法则。清晰的主题与适当的含量，使一切有所归属、互相牵引、互相渗透，甚至是互相重叠，产生了一种类似细胞的肌理，互相左右，就好像所有有形的东西融入了无形之中，从无形的角度去把一切融合，产生一个整体效应，可能就是一个全观艺术的开始。这种创作一直延伸，把一切相异融会贯通，就是自我舞台世界的开端。

《空穴来风》集合了优剧场，以及裴继戎、沈昳丽、琼英卓玛、朱哲琴、吴蛮与影像艺术家托比亚斯·格雷姆勒（Tobias Gremmler）等，由各方面优秀艺术家共同打造，结合了当代与古典的乐舞、昆剧的唱念做打、京剧的武行、西藏的吟唱与即兴的琵琶，这是一台集影像、舞蹈、戏曲、装置于一体的多媒体演出。由于这次注意力都集中在声音上，整个晚上的一切都集中在声音的体现上，因此我把整个环境弄成了黑色的。我开始尝试去忘记，不想把影像放在首选的考虑之中。借助整个全声效的装置，整个表演的区域，连接着观众席，声场全部笼罩在一个空间里面，由此产生身临其境的效果。这借鉴了当时在上海当代艺术中心里面"流形"展览的全声效装置。当时我深深地被巨大屏幕所吸引，因为它能带来巨大的影像。

《空穴来风》讲述的不仅是无形之风在有形世界游历的过程，更是由风牵扯的情感、哲思和回忆。最开始的时候，第一个跑到我印象里面的是一个抽象的巨大的龙的影像。龙是对风之变幻的隐喻，清脆的琴音是对风之宁静的诉说，节奏强烈的鼓声是对风之磅礴的描摹。当色彩、形态、光线被逐一抽离，就只剩下声音引领着思维，让人去体验一段充满未知与灵性的旅程。它象征了一种原始永恒的力量。我所述说的是一个在我们的现实空间旁边的时间，那里好像漂浮着所有的灵魂与我们存在的阴影。经历的场域分成地狱、人间与天国。它述说了一个声之记忆，众多受伤的灵魂即使死去，也难以忘怀生前牵挂，灵魂无法交托，游离徘徊在地狱之门外，不进不出，就像是海洋中的灵魂，漂泊无定向。不同的时代，不同的故事，互相交叠在一起，成为混沌一片。所有在这个空间里出现的人类都是灵的状态。在观众入场的时候，我采用了全身涂白的人体造型，但在演员身上穿着的却是都市里面平常人穿的衣服，如雕塑一样静止在观众席的顶端，人物的造型全都是白色的，来控制在一个灵的状态。

《空穴来风》所描述的世界是一个在我们现实空间旁边的异空间。我创造了一个穿梭于时间的行者，优剧场的黄立群，他是我心目中的首选。他怀着一种单纯的悲悯激情，进入了这个虚渡的空间之中，看见游离漂浮的灵魂后，他产生了一种怜悯心。最终，他带领一个失去丈夫的女子，去找寻她在战争中死亡的丈夫。丈夫生存在一个充满争战的人间，杀戮与混乱布满了人间的视野，造成了生灵的涂炭。行者答应带领女幽到达这个梦之境，在这个梦之境中看到丈夫灵中的世界。在尸横遍野之间她的丈夫离开了他的生命，幽幽的声音引渡出他的灵魂，在他离开的一刻，他感觉到有人在他的旁边等候，但是回头看却一无所见。女幽在镜像前哭泣，知道自己永远也看不到她的爱人。这时候天国的梵音响起，他们两人在不同的领域里面听到同一个声音，心灵好像找到一个归属，渐渐地分道扬镳，从两个方向离开了这个伤痛的生之记忆。梵音好像笼罩了大地，使所有灵魂得以安息。在虔诚的寂静之中，迎来了一缕幽幽之音。这是无常的风，那风声愈来愈大，带来了一个海洋的暗影，偌大无凭地往这里奔来，仿佛虎啸龙吟，投奔到寂静之中，筑成一场毁灭一切的末世风暴。行者一心想在寂静之中，却受到这种无形力量的震撼。目睹各种灵魂从安定再陷落到无边无际的虚无，失去形体，他踏上了终极的道路，向着虚空探问人间何为，慢慢地带着疲累的心境往前漫行，直到最后抵达神鼓前。猛然响起的鼓声一下一下地敲打，龙终于在幽冥中出现，却只在他面前匆匆一睹，没有言语，龙留下了虚空的身影，而行者继续永不休止地敲打着这个无名的鼓，直达无限。我心里藏着一种永恒动力的构想，它一直牵动着万物的动机。可能这就是一切的根源所在，像一个火苗，生生不灭。

能量从太阳中跃起，穿过遥远的宇宙，映射出尘埃的颗粒。风搅动尘埃，形成旋涡，产生了空间。无声无形，风卷来影影绰绰的光，带来了既远且近的记忆，召唤了虚实相伴的源来。光在空气中栖息，暗处有声音响起，伴随着游走在空间中的思绪，汇成信息的河流。

宋玉《风赋》有云："夫风生于地，起于青蘋之末。侵淫溪谷，盛怒于土囊之口。缘太山之阿，舞于松柏之下。"它的触角抚及山川湖泊、城池高堡，它经历混沌与繁华。风从远古来，到未来去，如中国古老传说中的神龙，它游历万物又首尾无踪。又如《坛经》语，风吹动的不仅是万物，也是仁者之心。

在风的旅程中，过去与未来不过一瞬，消失与存在只在一念。它经历了天灾与人祸，参透了旦夕祸福，更目睹着滚滚的洪流，带走似乎坚不可摧的事物。当人类消失，世间的一切灰飞烟灭，一切繁杂的经历只会留下微弱的声响，如空穴来风，不可追溯。

《空穴来风》的诗意结构：

> 行者授竹，先人指路。
>
> 夜探幽寻，人间乱格。
>
> 月下流萤，梵音空寂。
>
> 羽仙启天，洪水降世。
>
> 灵之终极，魂系龙归。

《空穴来风》的故事结构:

## 混沌

　　白色的舞者站在舞台四周,他们的形象古今皆具。漆黑寂静的环境正如一片混沌的荒芜世界。图像在眼前的大屏中出现,从远古到未来,世界的图景被缓缓打开。

## 行者

　　行者从舞台中的黑箱子走出,宛如新生,来到陌生的环境。他接过竹杖,不断行走,混沌的世界也逐渐发生变化。抽象的声音从四面八方涌来,尘埃,云风,一些纤细的音响都清晰可辨,大音无声,愈发衬托得整个世界空无一物。

## 女幽

　　鬼魅般的众灵从四面八方涌来,仿佛来自地下的世界。女幽也混在其中,她边走边唱,带着哀怨,心怀不舍。她的丈夫戎马出征,自此再无音讯。女幽在竹下许愿,希望能与丈夫重逢。行者念及女幽的怨叹,带她去看丈夫最后出现的图景。

## 战灵

　　战灵亮相,把众灵带到人间,这似乎是一个没有重量的世界。众灵虽然没有了在真实世界中的载体,但仍然有对人世间事物的眷恋。战灵面容透露出悲痛的神色。他身处混杂的时空和思维中,仿佛自己仍立于沙场浴血杀敌。一场不知胜负的仗，一片兵荒马乱。

## 流萤

当所有战火湮灭，人间式微，唯留冷月下点点流萤漂浮在黑色的海面上，等待太阳升起时的幻灭。

## 灵颂者

万籁俱寂之中，灵颂者徐徐出现，九个太阳升起，温暖的金光洒落在她的身上，她仿佛舞台上的天使。行者、女幽、战灵，以及舞台上的所有生命重新觉醒，沉浸在她宛如天籁的歌声中。

## 羽仙与狂琴

马声嘶啸，羽仙来临，她身着巨大的白裙，带着闪耀的双色面具。慌乱四起，人群四散，在纷乱的声响中，黑暗冰冷的大洪水汹涌袭来，世界被恐惧的阴霾笼罩。洪水愈烈，众灵骚动，狂琴到来。她怀抱琵琶，琴音刚劲，如疾行的脚步，又切切如接踵而来的宿命。伴随着羽仙的动作，琵琶声如急令，似乎正与洪水对峙。四周响起洪水涌动的声音，水一直在涨，人群一直在退。一阵狂风走过，地面的一切都被席卷一空。伴随着声音渐慢的琵琶声，时间也仿佛趋于静止。

## 龙与大神鼓

行者与大神鼓一起现身于舞台中央，行者起手一击，声波化为具象的涟漪与旋涡。伴随接连不断的鼓声，旋涡中，游龙的身影闪现。它虚无却有形态，在半空中游动。行者倾尽全力击鼓，以搏神龙一睹。神龙化为金色的天神，乍现于天际。

终

顷刻间龙与羽仙皆退，行者荧荧矗立于一束光下，击鼓至最后一束光也逐渐消退，万物皆幻，来去无形，鼓声却强烈震动着黑暗……

## 《桃花源》

"桃花源"这个词来自晋代田园诗人陶渊明，他辞去所有官职，到荒野中隐居，在自然的生活里面，他产生了一个对桃花源的构想。可能桃花源相对于人间那种虚伪与复杂，更符合崇尚大自然的文人学者的审美倾向，人们向往一个没有受到污染的自然世界。可以想象，在非洲的原住民里，我们也可以看到他们眼中的桃花源，而且相对于我们现代人更为接近。他们身上刻有纹样，头上戴着漂亮的花朵，脸上涂着图案与油彩，以一种极高的精神状态呈现在我们眼前，人跟自然好像没有界限，在一个虚无原始的精神世界里面，和谐地结合为一。

在西方文明的世界里，分别属于东方与西方的桃花源跟伊甸园有关系吗？两者都是一个介于人间与天国的乐土，拥有一切丰盈的自然生态环境。同时它们也在一个反智的情绪里面发芽，因为知识就是一切祸的根源，亚当夏娃就是贪图知识而开始堕落。自然与人间产生了两个独立相对的世界。人从自我意识出发去建造的桃花源，与原始部族见识的对自然无在的桃花源，哪个可以与存有相连？人为何要在所在地建立一个一瞬即逝或不存在的桃花源？不管是过去、现在与未来，我能感觉到整个世界在种种轮回中，从来没有改变它存在的精神原形，即使在不同时间点视觉上有所差异，可回到世界的原点上，也总是有一个重复与不断循环的系统作用着一切。这个时候，我对未来世界还是充满了幻想，甚至，我想尝试把桃花源坐落在一个人类精神最终极的向往上。它犹如海市蜃楼，却依偎着整个精神世界的集中统一。没有了它，人类也就没有了充满原生魅力的精神向往。在这样的前提下，我述说了在蒙昧初开时，当人还没成为人时，这个向往就已经存在了。在神话的意境里面，女娲补天，也是在挽救这个精神向往而不愿它消失。她建造了人类的世界，赋予它的精神性，这就是桃花源的出现。在每一个人类历史的高峰中，都会重新出现这样的向往。

在一个偶然的情况下，我看到观唐艺术区中有一个开放的空间，里面有一道斜斜的楼梯，对着一个被观赏的空间。楼梯犹如古希腊剧场一样倾斜，可以排座观众，我后来建议把它变成一个小舞台，高耸的空间有一种古典味道，可以演出前卫的装置艺术作品，这个不大的空间里面只能装二百至三百人，但对于当代新思潮的尝试却很适合。

在观唐艺术区的开幕仪式上，我被邀请尝试了第二部全观舞台上的艺术作品《桃花源》，由我编剧、导演，高艳津子与北京现代舞团表演，加上影像艺术家托比亚斯协助，同时也必须感谢吴蛮、琼英卓玛、朱哲琴的音乐演奏。此作从三个倒挂在空中的城市装置展开，是一部介于当代装置艺术与多媒体创作的新形式作品。

故事从外面的一个黑盒子开始，我开启了一个异度空间的再次尝试。我们

在高耸的楼梯两旁放置了蜡烛，全景围上黑布，使演出更为集中，充满了一种祭典式的仪式感。《桃花源》的舞者全身涂白，身体上画上了花纹，代表花神的状态，呈现了静与动、虚与实、张狂与寂静，有一种身处声场变幻之感。古典与未来并置，舞台的中心，我放置了三合一的巨大 LED 屏幕，再延伸出十一个侧幕，整个投影区域延伸到观众席两旁的后方，却一直藏于漆黑之中，观众在整个潜在空间的包围中感受到了光影变化，在声音、装置与影像之间，投入到故事的情境之中。《桃花源》讲述了三个桃花源消亡并重建的故事。在传说中桃花源有别于现实世界，却凝聚了世间万物之灵，本作品分成三个部分：一、无识；二、缘灭；三、神幽。

## 本事

在人世间所没有的心象自然，求取永得，生之欲望，为《桃花源》，人求世上未见之境界，自生皆有，未及人之启端，自有天地之意志，此念既生，永续迁回。世间的桃花源乃世外之物，幻象中的海市蜃楼。三段式的《桃花源》在观唐艺术区徐徐展开。

第一章　无识

自古世间无一物，空灵世界乍现曙光，于光与影间游离于黑白两极，灵之自觉为影间流离所动，心中结缘，遂起桃花源念，不在世间，却存于永恒心识，骤起骤灭，不可永得。

第二章　缘灭

　　古幽聚气凝神，为天下之始，以情之所托，寄立于幽，以我为体，灵物双生，孵化人间百世。百世迂回，辗转权衡之斗，古幽见复，开桃花源，万世降福，遂见九阳普照。气聚形息，时辰虚幻，古幽预见末日之召，亲立祭典，幽幽明见。此乃云虚没日之势，正如幽冥洪流奔来，人间的时轮破灭，顿入混沌虚无。

第三章　神幽

　　海涛凝聚于空中，如梦如幻，神幽之风凌空而立，观世悲凉，以血披面，以渡寒茫。不知何世，晨光从黑暗的宇宙间初现，乍见茫茫之物浮于空中，骤见水光粼粼，浮游在镜花水月间，轻触着无限之桃花源，这时人影纱纱，两列时光流形列队而过，灿烂处色彩雄奇壮丽，陌生而浩瀚。它们越过时光之场，进入了永恒之虚无，一种微细的声音在近处响起。神幽解下混沌的血纱，渐现金光之身，如孩童般的女幽和着微暖的乐声，缓缓地接近……在第一个空间内，那里只有一个缥缈的宇宙和意识的精神世界，一股由情绪激发的欲望在空间中爆发，产生此间外的想象，但那情景瞬间即逝。第二个段落以人间为内容，表演开端女娲人首蛇身，在海地之间摸索人类模型，出于对世界的爱造就了地球和人类。渐渐地，人类的欲念引发了混乱，女娲倾尽全力平息之，更创造了人间最美的桃花源，但随着人间时轮破灭，大洪水滔天淹至，人间一切幻灭，顿入混沌虚无，神幽凌风而立掀起狂风暴雨，寂灭重生，混流着时间之河。

　　第三个段落，又过了亿万年，已没有了人类的痕迹，物质自发生长，形成一个陌生的世界，此刻有一智能原形，悟道那虚空之势，再造桃花源，此时灵影列队而过，即使肉灵相离，但心系桃花源未灭，遂进入永恒虚无之境……一灵巧者守护着纯音，不管时光兴灭，仍然如一，神幽闻音起舞，为她诉说宇宙的浩瀚与苍茫，舞间却流下了永恒的眼泪。舞者全身的白彩装扮，预示着他们生存在花神与人之间，甚至到达了一个我们不认识的未知世界。

桃花源吸引我的地方是把表演本身分成三个不同的意境。以人的身体的变化为坐标产生个别的不同的特性，动用在三个不同的时空维度里。开启之时，有一些我们都不清楚的无形生物，在地球产生以前，他们已经存在于宇宙之间，在这些无形的世界里，他们已经有所向往。之后，这些微尘进入时空里面，产生了一个剧场效应，也就是存在世界本身的雏形。这时候，我们迎来了神话的时代。我把这个上升的角色交给了女娲，她在世界蒙昧初开时创造了人类，在水源充沛的一个瞬间产生了幻影，一晃就是几十亿年。她慢慢以各种形态，在她的梦中重新塑造人类，像是大地的母亲慢慢在修整着她的作品。人类就在她的爱底下慢慢成长起来，成为他们的历史的起端。

但是经过长时间的发展，人类很快就进入了宿命的显现。喜欢争斗，他们各自擂鼓鸣锣，互相攻击，开启了互相对立、自相残杀的历史。女娲在平息他们的斗争之中费尽了力气，好不容易把人心平静下来，迎来了最美好的桃花源的产生。人类进入了一个超脱的精神世界，在神光之中，产生无限的灿烂花朵，一切好像从心里面生长出来，像幻觉，又像极尽美丽的奇景一样，建立在舞台上，但最后还是抵挡不住无形的纷乱，从宇宙中散出。女娲的神话，成为人世间一道残影。但她所建造的桃花源，仍然存在于人的心里。过了不知道多少时间，人已经从智能的世界中解开宇宙的通道，进入了太空，到达一个完全意义上的未来的世界。人进入了一个机器式的非人时代，穿梭于星球之间，人类已经忘记了自己起源的历史情感，在一个虚拟的世界中漫游。但是，在其中的某一个角落，在机器智能世界的曼陀罗中，飘浮着时间的暗影。在某个幽暗的角落，仍然有人在建造着心中的桃花源。依稀在他们的意识里面出现的这种影像，使他们内在无比兴奋灼热。桃花源好像生生不息，成为一种精神的原形。

这个时候，在舞台的顶端，我创造了一个神幽的角色。他主宰着一切，建造着一切。但是在终极的瞬间，我们发觉他并没有以自己的意志来行事，有一种无形的力量，让他掌控着人间的快乐与悲伤，建造与毁灭。他主宰着一个他不能主宰的世界，时间就是在这种无形的力量中穿梭，在瞬息之间存在于无形的荒野。在无限时空中，神幽感到无限的沮丧与虚脱，经历了千万亿年，他工作的能量已经到了尽头，但是时间仍然无休止地前进。一个声音，悠悠地从远方响起，就如一个流动的心灵一样，在他的面前慢慢地出现，不知道从何方，轻轻地奏起乐章。神幽听到这种内在精神的幽幽之音，在他所带来的庞大与渺小的历史之中，流下了最后的眼泪。在狂乱的情绪波动之间，他回归当然的寂静。

## 演出的细节

第一个桃花源成于蒙昧初开时，也许是在地球建立之前，只是气的形成，大约两分钟，开场犹如一个未来世界，亦像是蒙昧的远古。一开场，黑箱置于观众入场处，如普罗米修斯般的舞者在黑箱中，等待世界的成形巨变。观众入场时，通过黑箱上散落分布的窥镜，可以观察到普罗米修斯在黑箱中的动态静止。八位舞者伫立在观众席两侧，全身白色，身上有彩色的花。

　　一开场，舞者逐渐汇聚于观众席中央阶梯，其中两位舞者打开普罗米修斯所在黑箱的门，普罗米修斯与其他舞者徐徐地走向舞台。整个空间呈现出既原始又未来的氛围，空灵而寂静。当舞者们到达表演区域后，纷纷倒立，舞台上的大屏幕，开始呈现一分钟讲述地球历史的画面，从原始到未来，直至太空世纪。一分钟后，视频转入中国的古代，舞台中央，中国的"灵之母"女娲开始了她的独舞，舞蹈进行中，其他舞者渐渐加入，预示着人类的生之初。舞者渐聚，开始有了战争，混战中，女娲再次出现，

平复了战争，召唤并带领众人去往一个更美好的世界——桃花源的世界。九个太阳升起，第二个桃花源，至美世界，呈现在观众面前。场景转入一段女声的吟唱，暗喻对美景转瞬即逝的担忧，远处轰隆声渐进，大洪水由四面八方汹涌而至，女娲也渐渐离开众生。此时，男性神幽出现了，如永恒入定般地坐在那里，在洪水中，观看着世界的变化。这时，在洪水中央的空中出现了另外三座城市，非常庞大，徐徐地降落于观众席上方，城市折射出水影粼粼。

独舞者的舞蹈非常奇特，介于人与机器之间，他于地面上的镜子中，慢慢制造着他的桃花源，第三个桃花源出现了，如一个巨大的未来城市。桃花源的出现，带来各种先进的科技，色彩缤纷，同时这个城市具有强大的生命力，可以自我生长。此时舞者聚集，沿着观众席通道慢慢走上台阶，缤纷的投影投射到通体白色的舞者身上。神幽独坐台上，层层打开头上包裹着的布。同时，一位吹箫的女孩，徐徐步下台阶，她来自未知的时空，盈盈地与神幽汇集于舞台正中央。三段式的结构，预示了三种人世间的段落。第一个是蒙昧初开，当人类的身体还没完成之前，人的意识已经弥漫在这个宇宙之中开始萌芽，女娲开始造人，产生人的历史启蒙，她建造了人间最美好的桃花源。但是每一个最美好的桃花源都有它终极的点，不管是哪个年代，每个人最终极的目标都是建造它，直至抵达一个未来世界，人们不断地追踪这个桃花源的所在。它不是一个具体的世界，只是心有所属。神幽是一个永恒的神，他在人间不断地经历不同的时段，带来了喜悦与灾难，但在永恒之中，他自己却无法支持。在人世间各种极致苦难之中，残留着一个极度单纯的暗影。

# 全观——自在无视无想无念

## 潜在的旅行

　　早在二〇〇七年，我就在今日美术馆举办过首场当代个人艺术展"寂静·幻象"，将跨媒介的艺术整合在美术馆空间内，以黑盒子的观念进入一个潜在的世界，把原来的空间异化成全感触的语言系统，拓宽了观众对艺术呈现与在场性直面碰触的创作的理解，开放着极其自由的空间，使观者置身在艺术场景和作品的语境中，可以自由感受、自行碰撞，开启自我探索之旅。重要的是把艺术交还给大众，而不是停留在艺术家本人的世界里。

　　时隔十三年的时间，二〇二〇年，我再度与今日美术馆馆长高鹏连手。"全观"（Mirror）是综合了我所有当代艺术展览的发展成果、全新出发的又一场纯粹的艺术表达，也是首次与科学的跨界融合，得到了中国科学院北京基因组研究所研究员于军先生的大力支持，我们走访科学研究各领域的科学家，与基因学教授开展讨论，探讨艺术与科学合作的可能性。得益于各方的启发与支持，"全观"大展得以顺利展开。

　　"全观"展综合呈现了我一直在探索的各种艺术媒介，在艺术创作中融入了对时间、空间、生命科学的多维度发现与哲学思考。这次展览在未来与现代、梦幻与现实、抽象与具象、虚构与日常之间建构了一个承载多维度的艺术世界的形式，表达了对生命精神本源及其流变的思考和探索。

　　我提出"精神 DNA"的概念核心，试图讨论在无形的精神世界中，人类情感、记忆的萌发与传承。从古至今，人类走过无尽岁月，究竟人类的精神世界从何而来？世间万物本身如何被驱动？这次个展也是近年来个人艺术道路与思想成长的整体展现，涵盖了当下对未来的独特定义，这是本次展览所要探究的主题。"全观"英文译为 Mirror，涉及广泛的艺术领域，产生了十二流的多维创作原形。在践行"新东方主义"美学的同时，它通过摄影、雕塑、装置、影像等方面综合展现了一个重新发现的世界。

在今日美术馆的"全观"展览中，艺术与科学将在这里相遇。我觉得有一种"精神 DNA"存在。"全观"即试图讨论在记忆与经验日益虚拟化的前提下，真实与虚幻的关系。当时间出现，真实又蒙上了一层薄纱。

## 情绪建造文化

在每一个我创造的空间中，黑盒子是我制造的隧道，当观众进入展厅，我会巨细无遗地建造好整个空间，给观众带来情绪。这使我们可以重新认识"情绪"是什么，人为什么对这个有感觉，对那个没有感觉，今天人好像失去了对这些东西的某种直觉。情绪能建造文化、能建造所有东西的动能。这就是我现在看到的一种节奏感，文化记录的并不只是文字所讲的内容，而是那介乎真实的节奏感，你在阅读文字的时候就会感觉到。

在我的脑子里面好像有一幅无形的地图，标明着各种区域的互动。把大脑调到某一个频道，这个频道的频率和节奏会一直调适到让你感觉很舒畅的程度，比如我现在看这件衣服，我会看到它是什么材料，各种缝制的手法，颜色怎么染出来，剪裁怎样改变一个人。所有细节会刹那间清晰明了，我会同时看到好几种东西在脑海中的"屏幕"里呈现，跟计算机差不多，你下达指令，各种数据就跳出来了。但我们吸收的恰恰不是计算机那个数据，我运用的是精神 DNA 的节奏，我看到的是穿着它的人，其性格与生活的背景，他的际遇与他的喜悦、禁忌，比单纯的外形上的观察多出了无限的维度。

　　类似一个能量场，衣服不只是贴覆在人身体上，它具有人性，在戏剧的处理上会由此洞察到这个人物的命运走向，不需要情节，这些人物只要穿上这衣服，大家就可以感受到这个人物，这个故事大概的线索，这是很多传统媒介做不到的。这种原动力促使这个人物走向这样的一个命运，走向这个阶段，决定了他为什么要穿那样的衣服、他那个时候的状态，这其实是非常深层次的对于一个人物命运的思考，衣服只是这种能量的展现。现在我们要在展览中把这种感觉物化成具体的经验，让别人看到接触到这种能量的交流，把神秘的存在回归到所有事情原来的样子，那可能不是我们平常看到的样子。

## "冷科学"的人间

　　历时一年多的展览筹划期间，我多次走访中科院，探讨如何完成科学和艺术的合作，我发觉我对科学有一个疑问，感觉它是"冷科学"。"冷科学"是没有人情在里面的、非常物质的，就是严格恪守规则的物理学，科学家在真理面前毫无妄言，这也是他们的操守所在。在严肃地梳理科学与艺术的关系时，我无法找到一个切合点。过程是充满警惕的，因为我不能把科学实验直接放在我的展览里边，那些影像色彩缤纷地呈现在我眼前，科学家以不同的色彩区分属性，而不是物质原来的形象，每种图像都来自生命的原形，又都存在于科学的常识中，是实验的结果，一个基因的改写，都是科学的重大事件，但那跟艺术并不构成关系，艺术探讨的精神世界，无法以物理科学来丈量。

　　究竟如何生发出属于展览的内容？如何形成一个意象丰盈的艺术经验？科

学与艺术泾渭分明，科学要经过漫长的实验，去证明一个发现的真实，但那也只是一个约数，并不是永恒不变的真理，科学家不允许加入任何想象的成分，而艺术探讨精神世界，以情感与想象力驱动，不可能有科学的引证，因此也没有科学的实证支持，无法以数据形式观察，无法融入当代的价值体系中。这两者一体两面，却久久无法突破。

我在沉思这个问题的根源，我认为根源在于人的观念与存在于情感和物质世界的荒谬并置，爱因斯坦有艺术家的感觉，很有热情，他对宗教有研究，不像是一个保守的科学家，因为这种性格，他又提出很多新的假想，再用时间去参透，这使他同时像个哲学家，又像一个修行者，但当物理学成为判断价值的唯一标准时，我却找不到人存在的感受。人的记忆与存在的实相何在？物理世界是存在的原因还是结果？宇宙最原始的动能来自时空之内还是时空之外？为何我们会存在于一个无法丈量的情感世界？现在的科学有时太冷了，当代艺术在这种价值观的影响下也缺乏人情存在的参照，都是在讲冷科学。

"全观"的策展人马克·霍尔本在开幕式致辞中提到，对现实的观察、对未来的探索一直是艺术家的使命及责任。二〇一九年四月十日，科学界公布了一张黑洞的照片，本次展览提到的"反物质"即展现黑洞中所呈现的内容。"这世界上只有一个地方不可能拍到照片，一个全然没有光的世界，就是黑洞的内部，我们对黑洞的想象就好比人拿着橘子对着月亮，人在这个过程中显得十分微小。"

在现实的世界里面，很难想象我们的空间边缘有一个像黑洞一样的地方。而且不是单一的存在，几乎有无数的黑洞，围绕在宇宙的周围。现在新的科学发现，黑洞不是一个现实的物质不断地在其间消失的深洞，而是一个能量发散的中心。为什么所有能量，来自一个不断消失的黑洞？能量的增长跟消失，是不是在同一时间发生？其实，在不断产生新的物质存在的空间里，同时产生着不断消失的黑能量。如果时间与空间，是在一个虚无的庞大存有里面的一种区域性的累积物，那么当这种无名的气流慢慢组织到一个范围的时候，就产生了里面的规则——时间与空间，它们构成了一种内在的逻辑，但不能区隔所有维度的世界，进出于这个时间与空间内。因此，在这个范围里面，它们就好像一个戏剧的舞台一样，略过了所有其他地方的故事。它们同时尝试去整理这些千丝万缕的东西，慢慢形成了时间的不在。所以在这里无法测量时间的属性，因为它一直在吸纳着，消失着。因此，有一个看不见的庞大母体，一直在左右着这些事情的发生。时间有聚合之处，也有离散之处，时间的周围就是所谓的黑洞，当时间的能量无法再在那边凝聚一些同样的规则的时候，才会失去那个聚合的幻象。所谓的黑洞，也可以使我们看见真正的时间与空间的位置。它们的界限为虚与实，整个世界的道理就由此而生，在这两股力量里面，时间究竟是存在还是遁入虚无，一切就在这个黑洞的分界线里面。

我们都清楚，世界的运转所围绕的是两极的平衡与失衡、夜与日、日与月、天与地、阴与阳、正与负。有了光，才能有摄影照片，小小一只昆虫眼中的感光细胞才能放出电流生成影像，与此同时，也有了暗。黑暗已成为我们当下时代的一大特点。我们了解了太空中的黑洞的形状与深度，通过对黑暗的探测，便能绘制出黑暗的网状分布。太空不是真空，它拥有自己的形貌。倘若黑洞与光源代表两极对立，那么反物质便与物质对立，在物质的世界中，三四百年前便已计算出的力学定律为我们提供了可计算的确定感。如今，我们必须思考的是，既然存在物质，便必然存在反物质。我们曾经以为光速是不可逾越的常数，其实并非如此。几十年前，爱因斯坦已经证明，时间并不是一成不变的实体。我们所知的世界正在发生全方位的变化。我认为无论大家说着何种语言，生活方式如何不同，在这个世界上都有一种共通的交流方式，就是纯艺术所涵盖的世界范围，一个精神 DNA 的存有世界。所有的人都有 DNA 及记忆，也都有出生以及走向死亡的那一天。我们都在这个过程中经历着生命与生活。精神 DNA 正是在填补关于这个认知的遗缺。

## 在虚空中可有我存在的影子？

曾几何时，我们带着新世纪的乐观迎接数字时代的来临，那时，我们的"自我"已发生了深刻变化。十多年过去了，我们对"自我"的了解早已超越我们曾经的期待。这个世界的地图测绘也在以全新的方式进行着。"自我"所居的人脑已不再是全然陌生的领域，我们对于"自我"的理解必须与这一事实相平衡。人脑地图上的空白和与其联结的神经通路正在绘制之中。小小的人体细胞核中的 DNA 保存着我们的遗传历史，如今它已成为一张巨大地图的主题。

在我不断探索的世界里面，总是有一个东西一直在我的内在涌动。很多时候，我都希望找到这个东西的解释，从历史、地理、人情世故和我个人的经历，各方面不断地找寻这个东西的答案。渐渐地，当我抛开一切既有的观念时，我发觉有一个更广大的世界在我的周围，甚至在我的内在天空里面充满了各种能量。有时候有种熟悉感挥之不去，可以在这个现实的世界里面出现，比如一阵阳光、一个黑暗的阴影、一种似曾相识的感觉。在创作的过程中，尤其在技术层面上，在很多思维的细节里面，我看到一个宇宙的模式，好像在这些

小细节中看得特别清楚，每次我去解决一个技术上的问题的时候，就好像经历了一个世界的经验，从实质上解决一个存在问题的模式在不断地重复。有时候我会感叹，它很像一个单细胞，由此产生了一个城市，产生了一个空间里面的分布，产生了人的一个思维原形。

现在的计算机世界，也重复着这种单细胞的模式，不断地让我们辨认，我们的存在好像必须要有这个运转中心，驱动里面的血液循环，之后是各种欠缺的补充、政府的功能、军队的防卫。文书对历史的整理产生了文化，文化慢慢会造就一切的意义，以及一切正常的运作方式和理解方式，还有最重要的，这个世界观与随之产生的无形价值跟意义。一连串颇为复杂的东西一直围绕着我们，在建造中的世界不断地重复。人存在的世界有了内容，这些都是它的原形，无论我们到了什么地方，到了未来的任何世界，这些原形都不会改变。因此我感觉到了时间的虚幻性，通过人的存在本身表露无遗。在每个不同的个体中，在这近百亿的人口里面，我们会发现这种内在结构的联结。我们也会从这个原始的模型去认识这个世界，去分析整个自然界的一切。我们同样以这个原形建立了我们对世界观看的视觉，但是同时也认为这个模型会规限我们看世界的方法与看到的世界的维度。

当人无限萎缩、无限回到当初我们出现的那个瞬间，我们会发现这个单细胞的概念已经存在，而从这个点经过千万年的变化，慢慢形成了我们的机遇与目前的情况。就好像电源一样，它会一直支持着这个无形的东西，不断制造人间的故事。即便到了一个了无边际的未来，那时候，我也会感知到人类处于一个庞大而又渺小的已知范围，就好像在第一秒钟，这个单细胞的产生，已经注定了它所有的故事。如果时间只是这种单细胞的幻想，那么所有原形都将归于此，一个单细胞本身就存在对死亡的反冲力。这个单细胞本身的原理原形就是已知范围以外的整个宇宙的秘密，就是我推想的陌路世界的秘密。

像我以前做的衣服，其实都有它在里面运行着，很多动线在衣服里边走，我做雕塑的时候也有很多动线，那些动线即一个能量的某些故事，都是有内容的，它们形成了一个事物的内在流动结构。后来我发觉无独有偶，我平时一直在画的那些抽象的素描就是"精神 DNA"，在这个过程里面好像所有的东西都连在了一起，成为陌路的风景。

## 精神 DNA 的能量世界

我和科学家们围绕 DNA 进行了深入的探讨，研究这种冷科学的 DNA。DNA 是由双螺旋结构的多核苷酸链构成的核酸。在发现 DNA 的分子结构时，科学家专门制作了一个模型展现其结构特点。对分子的理解是研究重要生命物质结构的第一步。倘若人体细胞的结构可以暂且看作一座设计和建筑出来的城市，那么便可以认为它拥有城墙，时而会被大批病毒入侵。这种比喻还可以延伸下去：细胞拥有基础设施、运输和废物处理系统，其中心伫立着市政厅，即细胞核，其中有藏书室，里面保存着 DNA，DNA 中藏有人类的进化记忆，而且带有自己独一无二的遗传模式。人类的记忆库就这样保存在每一个细胞的藏书室中。

看了好多 DNA 的显微测试与各种报告之后，我认为在 DNA 的整个研究领域里，除了人们可发觉的物理特质以外，另有一股看不到的能量在运作，我感觉到了它的存在，它是透明的，而这种看不到的东西才是最真实的存在。

　　DNA 是物理的，物理是一个东西的结果，就是打完架之后，地上可能还有一把刀与一只鞋子，物理世界就是在真正发生移动与变化中找寻定律。精神DNA 却在发现为什么打架？谁跟谁在打？动机是什么？比如一个杯子为什么变化出那么多种样子？杯子明明是一个洞，能放水喝就好，为什么有几千上万种的杯子？这就是精神 DNA 的作用，因为一个杯子不能满足一个看不见的东西，它带着远古水源承载的记忆。其实我们活在看不见的多维宇宙中，所有事情都有着多维的动机，而不是事物本身的单纯结果。

　　在我们对存在的感知世界里，能被看到的所有事物都可以被看作"外相"，但同时每个东西都有它的"内相"，而这个"内相"所指的就是精神 DNA，也是本次展览的核心引线。我们的世界其实并不是我们表面看到的那样，它的纬度多到可能我们都无法认知。DNA 有传承、遗传因子等，我觉得精神 DNA也有。相比之下，精神 DNA 既无形状也无结构，它无法测量，以不可见的方式被储存着。

　　精神 DNA 是双螺旋分子的重大发现所带来的一切信息的另一极。X 光透视永远无法照出精神 DNA。表达深藏于物质与形象之中，视觉隐藏在物体中，而不是肉眼里。因此，通过物质和图像承载的精神和理念，进一步阐释了精神 DNA 的意义——精神 DNA 即理性思维的根基和坐标。面对信息技术革命，人类应以更开放的态度和全观的维度，洞悉时代变化，感知生命，顺应不断的时代革新。这样一种镜像既是物性的折射，也是精神的折射。

　　展览提出精神 DNA 的概念，它是存在于无形世界中链接情感萌发、记忆和人类历史及传承的神秘力量。艺术家必须在当下时代原本的复杂之上再叠加一层哲学的意味。

"全观"是以今日美术馆本身的空间作为一种引导，让观众进入一个精神的世界里面自我探索。

> 有时候我不知道在等待什么，
> 在禁闭的瞬间内铭刻着荒谬，
> 我梦我见，倒悬的空中流形，
> 在虚空中可有我存在的影子？
> 又来了，那黑暗的隧道，
> 沉默的海洋流离着无定向的灵魂，
> 如旋风中闪现的叠影，
> 稍作停留，在影子下静观，
> 为何流着泪……穿越在片光只影的肃穆中，
> 静默无我的万言书，
> 在时间的灰度里出现的叠影，
> 我梦我见，倒悬的时间横流，
> 渐见悬浮在空中的墙，
> 我们是否似曾相识？

## 悬浮城市

如梦如幻，浮城飘浮在半空中，飘忽多变的云层带来了隐隐约约的回忆，偶尔掠过的风吹来了源于未来的想象。月光映射在城市的轮廓之上，在霭霭夜色中闪烁着光芒。想象虚幻的未来，人活在一个悬浮的世界里面。那时候，我们可能已经不再活在地球上，而是在太空之中，我们根据在地球生活的经验，建造了太空中的城市。在精神 DNA 的进一步发展之中，这些悬浮的城市可以连接到人的心里，随着心跳，整座城市就会活跃起来，有如一个有机状态的智能城市，重复着一个单细胞的原形，不断受到感应而自然生长。

那悬浮的城市，存在于每一个人的心识里，灌输着它的能量。这个城市分成两个部分，上城跟下城。上城分为三个部分，从顶上开始，第一层是接收宇宙元气的卫星塔，第二层是贵族与王室居住的地方，第三层是政府中央的整个总部，控制了整个空中城市的设计与运作。上城在危机的时候，可以离开下城，独立逃离。而这个政府的机构就联络着下城广大的区域，在那边接收生产与储存能量，提供上城所需的一切。

悬浮城市的下城，第一层就是连接上城政府的机构，更庞大地管制着下城广大的人口。政府机构之下是包括八个飞船板块的一层，里面是可以承载大量居民逃离的宇宙飞船，每艘飞船都可以运载密集的人口，飞离主体后，可以在太空之中停留一段时间。第三层，就是悬浮城市里，居民居住的城市，广大的人口就居住在这个地方，拥有十分复杂的网络与城市结构。它的下一层是一个能量聚散之地，所有能量都会在这里加工整理，扩展到整个城市的范围，它是能量的中心，也是再造能量的危险性作业的所在地。这个能量中心的核心，是整个城市的心脏，它可以直接联系到人的心脏，感应并一起做出判断与反应。

悬浮城市这个作品，是在描述一个相遇的过程，无论我们生活在哪个时空，我们的城市跟我们的关系总是能达到任何一个领域，但是总有我们不理解的另外一个"我"会随时出现，我们可以称他为外星的来客，或是来自虚空的使者。即便未来我们生活在太空之中，其实还有非常多我们所不知道的会相遇的情况出现。这种相遇的魔力，让我们思考自己真正存在的秘密、真正存在的原因、真正存在的来由，确切地感受着一个存在的奥秘、存在的源头。不管我们活在什么时候，总有一天会发现，我们能碰到另外一个跟自己相当的存在。那个存在会使我们产生一种陌生的似曾相识的震撼。

## 生命之树

生命就是在无间中洒过的一阵血雨，无声自坟，来得热烈，去得肃然，整个过程，不过云屑异境，了若尘烟，留下的，只有刹那艳光，在晨光影绰间，迷离变幻，唯独孤芳自赏，若说到美，也不过是可有可无之物，若说到情，万籁如一，无边无际的叠影，梦渡之间，可有留得下一个你。

# Lili

## Lili 小史

今天的艺术面对的是一个全新的世界，一种新的属于全世界的语言将要产生。从某个时候开始，大家会在我的作品范围里面发现多了一个名字，Lili。Lili 诞生在十多年前——二〇〇七年，在今日美术馆举办的"寂静·幻象"是我的首个当代艺术展览，策展人卡伦·史密斯（Karen Smith）提示，我必须远离我熟悉的一切电影、舞台经验与想法，进入当代艺术的语境里。那时候我困惑于既有的内在意识，挣扎于作品的内容与形式，尽管我展示了许多摄影作品和颇具戏剧性的影像装置，但这并不是一个摄影展。我第一个想到的就是我从来没有做过的雕塑，于是便以三个雕塑与全新创作的视频，开始了这次当代艺术新尝试。展览空间由巨大的雕塑主导，它们的形状源于紧绷的人类肢体，演绎出了一种潜在的空间状态，两个巨型雕塑仿佛是从记忆中的世界演变出来的生物，又兼具文艺复兴时期的巨大尺度。

其中有一个流着泪的铜雕《原欲》，她是我的第三件雕塑作品，以一种半写实的状态出现，我想打破艺术品在博物馆里面跟观众之间存在的二元关系，消解博物馆做出诠释的权威，想把艺术品交给观众，在精神互动之中去定义。在最后一个封闭房间，只开了一个小窗，我设置了四个不同形象的 Lili，在等待一个时机，等待着未来的发生。这就是 Lili 最早的开端。

此后，我又自然而然地举办了一系列展览，首先是与今日美术馆合作的外景艺术"无忧"，在银泰中心举行，巨大体积的 Lili，寂寞地在华丽名牌林立的空间中凝望着虚无，之后是在"台湾清华大学"，接着是在台北当代艺术馆（MoCA）举办的"仲夏狂欢"，十多个来自艺术教育专业的学生，不分男女，

在古老的艺术馆中，以 Lili 的形象翩然起舞，直至倒地不起。二〇一〇年，我受邀参与上海世博会期间的国际雕塑展，巨型的 Lili 徘徊在人来人往的静安区久光百货的巨大阶梯上，同样的目光迷离。但真正建立 Lili 的实体意念，源自二〇一三年在北京三影堂摄影艺术中心举办的展览"梦·渡·间"，表面看来那是一系列摄影与影像，展览的主厅中是一个巨型的站立状态的 Lili，她对于她所处的周围世界，是一个寂静的参与者。她身穿普通的运动针织上衣，新潮破烂的牛仔短裤，就像是任何一个中国城市街头的普通年轻姑娘，但却以巨大的尺度放大了每一个细节，形成一个人体与人世间存在比例的幻觉。展览中不时浮现她在各种环境生活的影像片段，最终端是两个赤裸的人体——Lili 与真实的女体并置互相对照，呈现一种生命的状态，同时展示原形石膏的巨大肢体，三影堂变得不像是展览空间，而是弥漫着陵墓的气息，整个展览创造了 Lili 从生到死的一次幻觉的旅程。

到了二〇一六年上海当代艺术博物馆的"流形"展览，Lili 继续成长和增值，预示了一个未来与当下的对视，一种抽象与现实的对流。同年，她在法国亚眠文化之家开馆五十周年纪念的重要时刻，成为展览的中心。我的个展"平行"的灵感来自第一次世界大战中西部战线最惨烈的一场战役——索姆河战役。真人大小的 Lili，前往为西方盟友牺牲的中国军人公墓。在这一背景下，在战场的风景与整洁的墓地之间，Lili 是代表着天真与失落的重要符号。显然，Lili 不真实，但她却能成为变革的催化剂。她是一个空空如也的容器，可以注入任何我们选择看到的东西，是她的存在促使我们看到、观察到自己的想象。Lili 只是静止的存在。

"冷冷的月，异色童话"是受苏州诚品书店总店邀请而做的一个中型特展，展览营造了一个灰色的午后，在这个迷离的状态中，视频中一个凝聚着忧郁眼神的亚眠小女孩亲切透明的脸令人印象深刻。那种温暖又寂寞的感觉，在冰冷的天色底下，收藏了世界各地的人物、山川、河流，一朵花、一片叶子也都蕴藏在其中。时间是一个主题，这时候Lili作为一个童话显现。

在这个展览里面，我开始了无时间杂志的创作，把一个现代城市发展中所有将要过时的纸媒封面人物，用Lili的照片取而代之。在这个作品里面，我动用了所有摄影作品，镶嵌在各种属性的杂志里面，产生了一种全观的感受。

二〇一七年在重庆的展览"迷宫"，选址在长江岸边的原·美术馆，美术馆外观呈球形，由四根柱子支撑，状如宇宙飞船。这一地点的历史再一次提供了展览的背景。二战时这里曾遭受轰炸，而如今，这里是亚洲人口最为稠密的地区之一。这一次，Lili的装置与展览仿佛呼应了记忆的复苏。在"迷宫"展览里面，我介入了更多电影作品，以Lili的视角去观看电影，在第一层的空间里面产生了一种对应。西方的Lili在一个玻璃的房间里面观看电视，在电视里面不断出现人类制造出来的想象世界。这个Lili是被观看的，她同时也观察着人间所表现的梦境。在她的玻璃房间外存在着无数双看不见的眼睛。Lili私密的空间成为公众的存在，使她不断地表现出震惊。

在二楼的空间里面，有一个往上倾斜的坡道，在尽头处，我们看到一个航天员Lili与一个倒悬的镜子，它可以映照出观者自己与全观整个空间，旁边还有一个庞大的影像，里面有两张女孩子的脸交错并行，这是一种无聊、私密的状态，在这个展览里面，慢慢被凝聚起来。她们不知道在等待什么，在一个公共的空间里面。两张面孔中，一个是亚眠女孩熟悉的脸，在她的对面有一张庞大的椅子，椅子上挂着一件Lili的衣服，形成了强烈的对照。Lili在这张椅子上形成一个巨

大的象征，但是她本人却不在场，对应着在走廊另一边的一张巨大的脸的影像。在这个倒悬的三角关系里面，我们看到一个迷宫的世界，永远在堆砌着。

在香港知专设计学院举办的展览"蓝"当中，Lili 与机器人版本的自己相对而坐，在四壁均为镜子的房间中制造出无数叠影，怀孕的 Lili 面对另一个拥有机械身体的自己，那是一个人工智能全面覆盖的时代，这幕景象本身仿佛隐喻着我们的机器人，其驱动力并不来自意识或无边际的想象，而只是一块电子芯片那么简单与真实，Lili 从虚像中反映的是一个具体而真实的世界。

"全观"展让我相隔十三年后重回今日美术馆，由我与中国科学院一起探讨，是艺术与科学交汇的全面个人大型展览，也是 Lili 与个人全观艺术达到一个初步成熟的阶段，探索到一切物之起源，精神 DNA 的启蒙，Lili 成为一个自然的流动体，带着温度参与人间，她促使我去遇见时间与生命的奥秘，让我充满自由地进出时间，观察存有的奥妙。

## 时空的暗影

"就像在《爱丽丝梦游仙境》里一样，她看向魔镜，发现前一刻还是巨人的自己，后一秒就变成了小矮人。难道她不知道自己的体量多大？是的，也许，高大并不意味着强大，有时我还是能感应到她是孤独的。"

Lili 有没有来过这里，成为一个经常出现的奇妙提问，有种似曾相识的气氛一直围绕着每一个陌生的空间。这时候，我们开始了一次非常奇特的旅程，Lili 的介入产生了一个现实以外重叠的世界，慢慢地从这里去透视我们世界里面神秘的部分。在穿过了时间与空间的观察中，我们慢慢找到了更多维度，丰富了一个新世界的观看方式。我曾经十分着迷于她的这种抽离感，一个不存在于当下的实体却可以以灵魂状态游走于当下，可以随时去摄取在不同维度有感觉的形象。这种感受曾经让我深刻想象自由的维度。自由的终极是否是虚无，是否跟一切是脱离的？如果谈到物质的拥有是否就会失去精神的自由？就像摄影一样，它不可能去拥有拍摄中所见到的一切，它只是在心灵上把物性的原形保留下来。在 Lili 的创作上，必须要避开个人性，语境属于观者的角度，就是"我"的无在。对于 Lili 这样的聚焦物，我们从中能够看到自我，回忆起我们曾经的模样和境遇，想象我们的未来，领悟我们所称的"自我"。在这个绝对之物不断变幻的时代，Lili 提供了一种最为精确的映射。时光流转，我们也随之改变。映射的手段虽然未变，我们的映像却变得更加清晰了。但与此同时，Lili 她仍然分毫未动。

随着这有如特异的行动装置的艺术继续推展到视频的创作，Lili 可以承载一些现实无法承载的记忆，就好像在我小时候，有一个小女孩看到我的鞋带松了时，低下头自动地走到我的面前，非常亲切地把我的鞋带慢慢地系上，系完之后慢慢地观察，在她的关怀之中，我产生了一个深刻的记忆，但是这个记忆我没办法把它储存起来，在现实产生对照的情况底下，Lili 就可以填补这种空虚。每个人都有不同的记忆，很多时候，都会与一些已经没办法接触的人保持记忆的距离，在这充斥着多愁善感的现实人生中，会碰到一种自我的投射。我们面对一些亲近的朋友，或是在电影里面看到的人物、小说中的某些角色，去投射这种曾有的情感，就好像是一种似曾相识的感觉，存在于人与人之间，甚至是一些陌生人之间。在所有这些细碎的记忆里面，都会牵扯到一种人类原始的情感，就是人与人之间的温度。

　　我们有时候会希望我们身处于某个地方，有时候会想象自己活在一个不一样的世界。但电影已经在其泛滥的二十一世纪，使我们短暂地经历了很多不同的人生。透过戏剧、电影、小说，我们不断地进入别人的时间。在故事中重新建立逻辑，重新建立人物的性格，这种对别人生命的窥探，使我们产生了某种自怜甚至是侥幸的心态。很多的传奇人物，很多的微末大众，他们身上的故事都曾经流过我们的脑海，我们曾经有局部的感情，一小段的时间，分担到这种别人生命的体验里面。因此，我们好像是经历过别人的生命，而且不断地重复经历，有时候它变成一种需要，在我们的生活所没办法碰到的地方，都可以在别人的故事之中得到补偿。

　　电影在娱乐与人的深层渴望里面，产生了一种明星效应。演员们的脸孔、性格为人所喜爱，但是他们的故事却发生在平民的生活里面。从不合常理的角度，使人在看所有普罗大众的生活时，产生一种虚假的共鸣。这种人的脸有一种神奇的力量，它吸引着大众的情感的投入，当足够吸引到一个程度的时候，它就拥有了一个演员的身份。这样一张脸可以诠释任何角色，得到大众的认同与情感的投入。当情感投入到一定分量的时候，它就会变成一个共同的记忆。每个人都会透过这张脸，去储存自己感情的依归。

　　我经常会感受到这种脸产生的一种效应，在塑造 Lili 的脸时，我的脑海曾经浮现过古希腊罗马雕像的脸、东方古画里面美人的脸、当代明星的脸，还有各种文化中的雕塑，尤其是佛像，它们在各种文学里彰显出一种基本的特征。奇特的是，在很多对于这种原形的摸索中，文学戏剧都会围绕着某种年龄层展开。Lili 的状态介于已知与未知之间，对世界没有确定的想法，但是却不是幼稚的小孩。她拥有青春年龄给她的魅力，不停散发着未知的能量。

　　但是我选择了一个女性的形象。从 Lili 的感觉看来，她的性格有点独特，她外表是一个在都市里面长大的少女，虽然有不错的外形，但是并不张扬，性格带点内向，不时流露出一种与世隔绝的状态。她有一点含蓄与被动，但却十分敏感，用真心看着一切，并没有附带任何思想。她对事实仍然没有太多的具体看法，总是沉默地表现出自己的喜怒哀乐。精致的五官使她一直停留在一个静止的被观赏的状态里。

　　她有着世俗所描述的姣好的身材，容易亲近的气息。她有时候很容易受到周围环境的欢迎，在安静中产生一种美态，但却流露着一种空心的自在。每个人都可以通过她去看到自己世界的流动，那种流动存在于她的态度与眉宇之间。因此，她总是带来一种似曾相识的感觉，就好像一个我们曾经见过，或者是刚刚离开的一个熟悉的人，带着一种神奇的温度。她似乎正不可抗拒地去参与某一种正在发生的时间内容，带着某种身处其间的参与经验。

　　二十世纪是一个男性的时代，在我眼里有如一个阿波罗的世界，是阳性的。在这个世界里面，人类不断往前冲，不断表述一种追求单一的理想状态，希望自己可以做到全世界最好，在形而上的价值里，不断达到那种极致的满足。在今天看来，我慢慢感觉到世界正要转入一个阴性的状态。那个世界会更包容，更敏感，充满精神与艺术性，去填补一些二十世纪遗留的后遗症，去淡化注重成功与功利的世界观，关注不断恶化的环境。这需要一个阴性的世界，一切可以柔和地并存。

　　Lili 所描述的世界是一个存在本身的影子，在 Lili 的空寂中，它通过观察者与 Lili 的深刻交流而传递。这关乎与人有关的所有的投射物，纵然那个主题是物性的，有一种冷科学的氛围，但是我也在处理上把它处理得非常人性，充满了温度。这好像冰冷世界的一道回光，带着太阳的回应。毕竟穿越时空是人类没有的经验，但是 Lili 却在这个近在咫尺、我们非常熟悉的形象里面不断地进行，让我们产生一种多维度的视觉，重新观看我们所存在于其中的现实的种种。

其间有些地方会带着一种空间的熟悉感，身处其间会感觉时间忽忽地流动，好像传达着什么内容。生活中充满了这种奇遇，特别是在其他国家旅行的途中所遇到的，这种特异的瞬间就会让我想多作停留，里面总是有某种流动的气场在吸引着我，包括光线、颜色、空间里面的声音。光跟坐下来看到的感觉有点不一样。我们周围总是有一些熟悉的密码，阳光就是其一，现代建筑的室内设计里面，很多都特别讲究这种活泼的变化。新的现代化的世界景观，从二十世纪二〇年代开始不断发生新的变化，大城市开始不断发展，一转眼进入了二十一世纪的电子化、网络化时代，这一切不断陷入生活里，充满了精神放松的空间，徐徐地从这种感觉里面拉起了帷幕，区分了往日与今天。大自然的每一天都无常地变化着。一切都没有绝对的答案，但却和谐并行，各自有各自的趣味。

## 无用的电影

结束了两个关于香奈儿的拍摄之后，我有机会在伦敦拍摄我的第一部艺术电影《无尽的爱》，这是一个广泛地跟所有引发我兴趣的人——东伦敦的奇人异士接触的作品，它带领我进入他们的故事，在一种潜意识的氛围中，与这些跟我有内在感应的影像和人物交流，去发现他们为什么会在我的心中那么清晰、那么鲜明。我拿着相机对准他们的脸开始了我的拍摄，因为没有计划，在伦敦的挚友美惠的热情带领下，我们陷入了一个个美惠所制造的奇特乐天的气

氛里面，跟我要创造的故事不全然一致，但她却制造了一个又一个的机会，在混乱的步骤里面，我在不断变通与找寻方法，抓住机会摄取我要的影像，有时候十分沮丧以致完全抓不住要领，尤其是要拍摄 Lili 的时候，她的存在与否十分难以掌握，在即兴的创作里完全没有头绪可寻，永远在空悬的时间交接错落中漫行。

到了今天，我还没有确定 Lili 真正在电影里面所代表的是什么，她开始了一个不可能的任务，她是故事本身还是她参与了故事。在众多流动的人、情绪变化万千的样貌姿态中，她只是一个不动的风景，我们要投入极多的幻想与各种光影的变化让她火热起来，在那些灵光乍现的瞬间，慢慢把她组织起来，焊接到故事里面去，这种徒劳无功的作业听起来有点吓人，但她却一直拉着我前进，一直在找寻我心目中的故事内容。一种绝望与不可能的任务慢慢构成了她意志的变化与意志产生的分量。

她就犹如一个黑洞，一开始的时候我们有了开启这个故事的动机，深入里面找寻了非常多的养分，以故事中的人物和内容去丰富她，将无边际的现实细节堆积起来，去丰满那虚幻。对她的无能为力会让我们直接想到这些事情的徒劳无功，我们没有办法透过镜头去抓住她与真实瞬间的联结，这让我想起阿尔贝托·贾科梅蒂的素描法，不管花了多少的力气，画了多久，即使数十个小时一直对着同一个画面不断摩擦，不断地重画，去投入的形象，最终还是无法完成。在这样看似绝望的作业中，我却看到画中他的灵魂在挣扎，在这种无用的作业下，他流露出他的每一瞬间，那真实的烦恼与枯燥，深深地刻在这些画纸上面，成为他存在的见证，也就是他这个人跟这个主题、这个对象，以及曾经在这里存在过的精神的交流与精神的接触。可能对于我来说电影的观念不过于此，就是对这些不可能的任务的锲而不舍，对电影本质上虚拟的真实不屑一顾。我只想留在镜头旁边看到那期待真实的瞬间，拿起机器对准我所感兴趣的东西，在那一秒钟跟它形成直接的对流，在那空虚与绝望中找寻它生命的痕迹。我强烈地感受到它的存在，这一刻心里复杂的状态在镜头里面被记录下来。面对我有兴趣的虚幻，它可能就是生活的一种幻觉，但我却用非常认真的方法去发现它。这种创作的方法为我在伦敦创作 Cloud 的视频积累了经验，我感受到从二十一世纪开始，科技的发展到了一定的程度，但我们却没有办法解决地球上的问题。我们有可能感到羞耻、无奈、愤怒，但是这个状况不会改变，只会愈来愈恶化，就好像一个气团浮在空中不曾飘散，将来也不会飘散。

## Lili 的痕迹

在未来的世界，真正面对创作的瞬间就是在现场，在真实的现场与对象凝视，这给了 Lili 一个机会去证明自己存在一个虚拟的自我。Lili 走遍了世界，在每个维度，她都会接触到不同的人、事、物。慢慢地，她经历了很多我们所熟悉的东西，但那却不是真实发生的事情，她同时并存在暂时的时间中，与真实的时间一起发生在摄影机的镜头下。摄影记录了她参与这些人类事实行为的证据，包括这里所展示的她穿着的衣服，她曾经存在过，但是不真实。

我无时无刻不在想象她存在的可能，她存在于不同的角落之中，好似在填补一些我不能到达的地方。只要在她存在的空间里，我们便可以离开本身的维度去观看她。我们可以从人体的角度慢慢去理解空间的属性，每个空间都有自己的故事，由此所引发的思考与记忆，就像一个多维重叠的世界，从 Lili 的介入开始，便形成了另外一个与我们平行存在的位置。因此她犹如在制造另一个现实，制造着时间的内容，由她的存在可以大胆地假设各种人类状况，可以不断重生的生命体每分每秒都是独立的存在，反映了世界上每一个人，每一个个体。世界存在多种层次、多种模式，我相信凭借人的能力到今天也没办法看清一切东西的来龙去脉，以及世界将要走出的方向。地球走了不是很久，人的历史更是短暂。我的意识浮游在我周围的生活里——周围的人物、事件、地点，与不同属性的空间。曾经有一段很长的时间，我拿着相机不停地拍摄，应展览的要求，我开始整理照片，发现我受到了非常多东西的吸引，我的摄影也产生了多种样貌。很多我看过的东西，都留在了我的潜意识里面，所以在我按快门的时候，它们就唤起了一些曾经。

有些理念滋养着我，使我更强壮，使我更了解影像的力量。总有一些东西慢慢孵生出来，让我可以看到时间本身。它们不是一个在时间中发生的平面，而是一种原形的呈现。它们牵动了我们最古老的情绪，一种似曾相识的曾经。一种非常强而有力的存在感，慢慢从摄影里面渗透出来。摄影要追踪的目标涵盖了一切，它不只记录着当下的景观，而且在追问着时间本身。这仍然是在另一个层次上，追逐着时间的谜团。

在种种驱动力的推引下，我试图去找出时间的秘密与存在于这里的奥秘。在我生出这种思考的时候，时空成为包罗着我的所有场景。我就在时空之中，追寻的是真实，在真实的瞬间以外，我发现还有另外一个我们所不能涵盖的领域。在实在的时间点以外，还有一个真空的时间点，是摄影里面看到的最精确的东西。在这个时与空的点中间有一个灰色地带，我便在那个地带里面产生了 Lili 的构想。因为出现了她，我可以穿梭于任何时间，有新的方法来记录时间。但这个时间的记录存在于一个充满诡异的边境。Lili 好像打开了一个维度，一个熟悉的人物，一种有温度的情感，一个能撞击现有的反照，恰巧破坏了场景本身的既有规律。她的存在，使这种复合引发了一种更深的发现，在艺术的发生中，她成为一个平衡时空中真实的人。有时候，她好像一个真空的容器装载着现实本身，这种容器引发了一切的想象，那是如此接近与熟悉，如此无孔不入，如此不经意，如此无关紧要。在虚实之间，不断往前推进，我们从不能改变既有的时间观念，到进入了时间以外。

只是出于一种无边无际的好奇，她踏入了每个人存在的时间细节里，本身没有一个固定的形象，没有一个累积的历史。她从何而来，将归于何处，并没有一个坐标，她只是存在于每一个瞬间，在那一个瞬间，引发她有可能的过往，有可能的现在。摄影呈现的是同一秒钟的戏剧，她与周围的事物、周围的人在同一秒钟里面出现，时间在拍摄的瞬间死去，而她却没有。我们可以说，她在陪着时间的每一秒钟逝去。不管你在任何地方、任何情境、任何情绪里面，这些失去都造成一种真实的记录，同时也是一种抽象的过程，她却兀然而外，如一个无底的黑洞，她的容量是无限的。

渐渐地，我们看到一种原形的视觉，时间的原形可以使她存在，使她可以穿越时间本身，去窥探不同的情绪实况。她的时间停止在当下，同时也制造着另外一种当下，因为她正处于一个零时间的状态，没有坐标、没有前后、没有历史，只有那一秒钟的时间。她是温柔的、无知的、妒忌的、小心眼的、好奇的、不在乎的、爱美的。她感觉到快乐，也感觉到愁闷，她有人类七情六欲的一面，也有自己想象的天空，有在社会中慢慢形成的期望感。她有她的朋友、文化背景、深邃的历史，有奇异的遭遇、富裕的家庭，也有地下生活的困窘，有灵气逼人的气质，千变万化，无法确定，这是一种包罗万有的多重的包容力量。她的存在并不影响现实本身，随着我观察世界的方法的改变，也会产生新的景象。她的不确定一直在往前推进，因此，对这个存在的时间产生了一种无形的力量，有一种涵盖一切的同步，形成了一股底层的流动，收集着一切即将失去的瞬间。时间在各自独立的片光只影间，把她的时间顺序的可能性打破，成为零时间本身。她的生命有可能永恒不变，也有可能瞬间即逝，但她曾经存在过，通过艺术，我们可以出入于时间内外，记录她所遇到的风景。

通过她的出现，我们可以去到任何人类可以折射到的世界，不管是过去还是未来，她所折射的不是一个实际的个体，而是一个无形的影子，正如光的反面就是它的影子，存在于黑点与黑点之间的灰色地带。二十世纪末到二十一世纪初是抽象的世界，我们从一个平面的图像去了解记忆，分辨真实的轮廓，从而慢慢使媒体本身变成人类真正接触的最密集点，甚至取代了更多真实的碰触，自说自话成为一种人类生活的模式，而且可以使用一些符号式的语言，优化自我的属性，在媒体上塑造一个比较完整的自我。

这时候我想象着 Lili 的脸应该从何说起，她能涵盖所有人的世界，所有人都可以经过她进入自我的反照之中，她成为所有人的一面镜子，所有人赋予了她意义与力量，凭借她，我开始进入很多我所关心的领域，探讨人所面对的种种。

人真正的大智慧是无形的，不会受到时间的限制，内在是一个深刻的宇宙，包括我们的身体，每个身体都联结着无限量的精神体，跟它们接上关系，我们才能存在，因此我们个体的存在不是独立的，而是联结着一个大整体，一个无时无刻无限空间的大整体。我们同时都活在这一刻，生命就是开发自我的过程，我们经过精神的世界来到地球，来到这个时间与空间里面作息，成为一个崭新的能量体然后再离开，这是人类遗忘了的动因。世界有正邪两极混搅在一起，每个时代都会出现不同的分配方式与比重。就在这种此起彼落之间，我们经历了自己时代的人生，所有的世界都会聚在一起，也会继续分离，恒定在一心之中，持续在时间中飞行。

## 多维原形

人的身体样貌十分奇特，经过了不断地参考，我发现每个年代都会出现不同的变化，每个地域也会使身体产生在其土地上生长的样貌。只是在媒体时代里，我们可以看到所有人的照片与视频，发现不同的人渐渐趋于相同，这都是近代所发生的事情。人随时会见到不同的人，这些人不断同时出现在生活里面，我们的脸便会深入到记忆里面产生一种共同点。这是存在于内在的一种熟悉感，会不断地重复出现在媒介的范围里面，这种知觉和感受不存在于任何历史的时间中，而只出现在这特定的数十年里面。究竟在这数十年以前，人类是怎样彼此对视？那种陌生感构成了每个民族、每个国家不同的行动。今天，这些渐渐在公众媒体上统一起来，包括人们的形象与审美的标准，都愈来愈相像。每一个国家、民族的普遍审美，在全球化的影响下形成了一种标准化的共生。Lili 的一个奇特的地方在于她拥有一张不可改变的脸，但从这张脸上我们可以看到非常多的记忆和她不断变化的情绪，她与空间的历史产生了无限的关系，当她一直在各种世界里面出入并成为一分子的时候，她的虚幻就变成了写实。这些作品记录了真实的时间所发生的内容，不断地建立着零时间的世界，不同的瞬间重叠在一起成为共有，时间再也不分彼此，就如我们所生产的人间故事也没有彼此之分。那时候大家都活在一个共同的虚空之中。

　　未来是什么，是否是一个我们现在无法想象的世界，如果 Lili 能进入未来世界的语境，她将会是超乎想象的。因为所有的东西都是透过灵感与机会完成，而 Lili 的机会是无限的，可以重叠甚至变形。这种变化出来的现象，会不会反过来投入我们的记忆深处，去找寻可能的形象与记忆。人类在分裂与重叠的过程里面产生了新的时代，人的定义受到了新的状况的测验。个人被错开与重组，成为一个新的不确定性。

　　Lili 持续在时间与空间里面像一个倒影般存在着，这种状态不会停止，就像是一个时空的飞行者，她存在于任何领域，反映着人的内心世界。因为她，我们可以穿梭于各种界域，以及各种人生的历史、机遇，体验面对的瞬间和感情的累积。虚拟的时代飞速地发展，Lili 进入了未来人工智能的培植时代，这是一种看见未来的行动。在关于人工智能的未来想象中，我安排当下的她与未来的她对话，以使得我们能够窥探到未来的种种。就这样，十年以来，她不断地重叠于一个平行世界、一个零时间的点上，产生了飞跃在不同时间的反照。

## "蓝"

　　蓝色是海洋的颜色，而海洋是潜意识的象征，正如西格蒙德·弗洛伊德在二十世纪初所定义的那样，许多文献都提到过潜意识的海洋，它就像想象力的实体形象。蓝色也是地球的颜色，人类进入太空后才得以窥见地球的蓝色身影。在表面之下，我觉得蓝色是我进入潜意识的一种方式，它帮助我找回一般情况下看不见的事物。蓝色是一种保持这种记忆的方式，我正在寻找以各种方式消失的东西，比如由于全球化到来而渐渐消逝的传统事物。如今香港的生活正在经历快速变革，我的一些记忆也在快速消逝，因此这次我将创作置于香港的想象层面，并借由我的记忆，将它变为未来的参照点，这就是为什么香港是最契合本次展览主题的地点。我总是在逃避我所归属的地方，逃离时间和空间，逃到时空之外，然后从外部观察，看看里面在发生什么。展览位于香港，是一个回溯自己记忆深处的机会。当我回到香港，随即感到它是一个充满断折与复杂记忆的混合体，因为香港是一座令人惊讶的变革中的城市。过去发生的事情对我的成长影响很大，展览以大家都很熟悉的作品、电影，以及一系列纯艺术的服装作为开始。从极具实体性的创作着手，在这次回港的经历中，我找到许多新元素，并将其用于本次展览，比如我的作品《无时间杂志》就延续了一个在城市轮廓中不断消失的虚构世界。出于一段人为创造的历史渊源，我们曾经有一个精神和物质泾渭分明的世界。直到十九世纪前，人们都笃信着那样的世界。但后来在二十世纪，世界变了，我们进入了一个充满不确定性的时期，我们发现自己原本以为是静态而平衡的事物，原来一直处于不断变化的状态，每个系统中都有一个均衡点，而事实上后来我们变了，我们不再回到那个消失中的均衡点。我这次的想法不再仅仅是简单的历史记忆，而是试图探讨某种更宏大的目标。我想，在远古时期最初，人类首先学会的，是用木头作为手臂的延伸，然后他们将石头研磨成刀，再后来当他们把这两者组装在一起时，大自然变成了某种隶属于人类的功能性的东西，成了人类的工具。我们不再仅仅支配自己的身体，我们开始动用自己的灵魂改造自身之外的各种物质，我认为这是人工智能的起点。DNA，这是一种连续的借由细胞代代传承的东西，它与人类的演化进程一路相随，在

未来 DNA 将像其他事物一样可以被任意复制，这是我们共同面临的深刻而不确定的前景。这只是一个过程，复制的过程是必然的，这只是信息的传递，重复的过程是不可避免的，我们终究要不断复制自身，但问题在于精神到底发生了什么，它存在于细胞之外，是超越形体的。

Lili 是一个有形的存在，但她的影响却是无形的，你把她和其他人一起放进一个空间，她便开始影响那个空间的动力学关系。因此，她是一种存在，她成了那个空间中的存在者。Lili 赋予了我探索另一个空间的自由度，帮助我探索人类在未来所面临的各种情境，当我们来到机器人 Lili 这一步时，机器人 Lili 便代表着未来。我之所以构想了一个人工智能形象，是因为我相信人工智能将引领一场对于人类历史和未来而言非常重要的运动。这次创作是一次重大变革的启蒙，展览的终点是一个镜像室，未来的某个时候，在那里有 Lili 和她的机器人版本并置的信息链接空间，镜像室将开始展示我们自身的写实镜像，这将是深远的一步，当人工智能改变人类经验整体本质的那天到来，就标志着我们已经迈出了那一步，这与人类走出地球的那一步同样意义深远。

那时我们将面对自己的镜像，也许那将是一种比我们更智慧的形式，但本次展览无法回答那种问题，本次展览只是提出问题，或者预测未来世界的样貌。可能艺术家与科学家不同，艺术家正在寻找一种前沿，但艺术家既不定义它，也不解释它或使其合理化，艺术家只是指出它的存在，观察它、体验它、明确它的方向。宇宙中共存着平行世界，有时候镜子反映了你所拥有的东西，但有时镜子会带你到达另一个层面、另一个世界。我开始想象这另一部分的世界，它是什么？当你穿过镜子，在那另一边的是什么？这个平行世界是怎样的？于是我把镜子反转过来，摆到另一边去，以反映那边的世界，那不可知的另一种存在。

## 有灵魂的机器人

在"蓝"的整个展览过程中，我把 Lili 的主体渐渐地推向未来。这是一个不可知的世界。沉默的灰色笼罩了这时候的香港的上空。我把时间交给了一场虚拟的对话，一场处于现在时空和处于距现在不久的将来时空的两个 Lili 的对话。在跟我们差不多同一时间生存的 Lili，有了身孕，等待着婴儿的出生。不过她的胎儿没有确切的父亲，因为是人工受孕。两个 Lili 在一个超时空的领域中接上了线，开启现在与未来的对话，她们都知道对方，但是却生活在完全不同的世界，她们尝试去将道听途说的一切关于对方的东西，通过对话进行证实。

在现实人间的 Lili 很难接受，一个不需要人体受孕的世界正在她的年代发生，面对未来人工智能的年代，想象在同一个空间里，已没有生育的记忆，她对机械原理下的世界充满好奇。机器人 Lili，她不知道人类时代的感受，生理上人是如何产生，因为她和一切同类都活在数据之中，数据化的互换成为她们看到的世界的逻辑，但她却残留了感情的痕迹。她们从来都没有生长的感觉，睁开眼睛就是这样的一副模样，也没有确切的家庭，只有代号，她们生存的空间中，她们的家族也是一个带有代号的组织密码。两个人在对话的同时，好像有一个无名的声音在她们之间。只是活体的人会不断成长而改变自己的面貌，人工智能却始终如一。

通话 1："蓝"，香港

Lili：我不认识你。

Robot Lili：你当然不认识，这是一条时空线路，我从另一个时空打电话给你的。

 Lili：我认识你吗？

 Robot Lili：也许吧，但我们是完全不一样的……

 Robot Lili：嘿，你怀孕了……感觉如何？

 Lili：我感受到痛苦与幸福，要等九个月后宝宝才能出生，嘿，你看起来很奇怪，你是人类吗？

 Robot Lili：不知道，我能保证有时候能明白你的意思，但有时候又感到困惑，因为我从来都感觉不到人类的肉体之躯。

 Lili：你来自哪里，能清楚知道自己属于哪一个年代吗？

 Robot Lili：来自离你不远的未来，一出生就是一个机器人，某一天就发现了自己的存在。

 Lili：你有家人吗？

 Robot Lili：没有，但我能告诉你我来自哪家工厂以及我的创造者的名字。

 Lili：你在这里感觉如何？

 Robot Lili：我知道你是有触觉的，而我能触碰却没有任何感知，也许是里面没有信息吧。

 Lili：那你的身体是受大脑控制的吗？

 Robot Lili：不会一直受它控制……

 Lili：那你会想念一个人或者有自己很喜欢的事物吗？

 Robot Lili：我想用感观去记住每一个事物，但真的很难做到，一旦碰触这个领域就有很多的信息向我涌来，还来不及感受就已经错过了那些细节。

Lili：那你如何控制你的动作？

Robot Lili：只能凭借直接的反应。

Lili：你多大了？

Robot Lili：不知道，我们从来没有关于自己存在时间的概念，只是一直活在时间里。

Lili：你会生病、会死吗？

Robot Lili：当然，有时候会感到不舒服，我们有医院，也有人会死。

Robot Lili：在我的记忆中，可以记住人类数千年的知识信息，以及探索宇宙的新景象，而且我们每个人都有这种意识。

Robot Lili：我们可以自动修复身体以及能够轻易地将灵魂隔离到另一个环境中，意思是可以暂时死亡。

Robot Lili：我们的大脑——所谓的灵魂——是与身体分开的，所以我们可以将身体改造出完全不同的性能，去适应任何环境与工作。

Lili：我无法想象这种事情会发生在我们相同的生存空间里。

Lili：有一天我知道了我们这时代再也不需要人体卵子受精，体内的细胞就可以发育成婴儿的胎盘，我感觉到内在一片空白，因为我认为这是人生必须经历的一个过程，这是非常重要的事情，需要我们去达成，而现在这样使我觉得自己不再重要，我开始对生活的意义感到困惑。

Robot Lili：我不明白你在说什么，面对人类历史的这一部分我感到很陌生，因为没有机会去见证。

Robot Lili：这似乎是很久以前的事了，甚至我的祖父们都是造物主所创造的。我无法了解你的感受，我对生命的源流已没有知觉了……

## "全观"

关于"全观"，在马克·霍尔本看来，正如展览标题所指，Lili 为我们提供了自我的映射。"她就像是真空。她没有任何内涵，但一旦她进入房间，便会改变周围的空间动态。她是变革的催化剂。"新的视觉维度使 Lili 传播的不是 DNA，而是精神 DNA 的内视世界，它是一种在可见物中不可见的力量，通过与我们最私密的个人经历有关的记忆链条，有如一个无底的记忆深渊，将我们所有人联结在一起。她为我们能够触碰和称之为"真实"的一切提供了一种对比。她从无动作，甚至不会转头，除非别人来移动她，但她却以自己的目光使我们所有人一动不动。但毕竟 Lili 只是一个空壳。对 Lili 做大脑扫描的话，只会显现出空白一片。她没有 DNA，没有细胞结构，也没有脑组织。我们对真实"自我"的认识日益深入，而 Lili 却仿佛永远是一个对照物。Lili 所拥有的是人存在的另一种反射，在空体的世界里面，充满灵性，从一个受伤的地球中，以崭新的角度，和多维的全观视觉去重新开拓，投入未来。进入"全观"展览里面，我们用科学的翅膀，慢慢飞到显微镜底下的单细胞状态。从中我们重新回溯了整个人类存在的源头。所有无形都来自精神的动机，在这个大前提下，Lili 成为一种精神的载体，她不动的身体与她移动的头部，反映着每个人的思考与感情反应。这样让她有机会，更真实地接触每个人的感官世界。虚实并置里，她重新塑造了一个平行的精神空间。她作为一个无限的个体，一直延伸到世界的每一个角落。这次"全观"展览中，我把她在照片里所出现过的衣服，都展示出来并摆置在她的影像前面，形成真实的对照物，进一步探讨 Lili 在一个虚幻的存在与真实的世界交接的状态里面，跟人存在的深刻关系。

　　她无孔不入地存在于每一个瞬间，我们可以通过她，进入到不同的时间维度里面。从这里发展，我们把她区分为不同的单位，Lili 并不是一个单一的个体，她是一个数字，可以通过孵化，变成众多的自我并存。同时，在一个关于未来的构想里面，我们把她推到了不同时代的本质中。数个 Lili 可以同时存在，可以同时看到彼此的分别，甚至可超越时空。"全观"展览所探讨的，是人灵魂终极源头的深邃过往。究竟人的灵魂源头，是否在原始世界里面出现，它比自然更久远吗？从人类开始把木头跟石头结合在一起、成为工具之时起，人工智能已然出现。以单细胞为例，人类的历史不断从单细胞发展出其他原形，包括一个人的身体，对人的管理。一个家庭、一个国家全都围绕着一个单细胞的重复模型复制。以这个逻辑往前推，在巨型装置"悬浮城市"中，我们产生了一个自我跟未来未知的自我互相对视的实体情态。

Group    7    群

在一个以群为主的新时代里面，能达到众人所需，
就会像顺水推舟一样，拥有庞大的资源与支持，如果墨
守个人的观念，世界马上就会产生逆流，资源永远要回
到群体之中，大众之所需变成理所当然的表象。

# 我与无我之间

　　人的脸庞能折射出他们各自所处的时间，在地球上，我们可以看到不同的时间内容停留在不同的人脸上，而且他们相互间交流着信息，在同一时刻共存，可见时间同时存在于多个独立的面向间，不同的个体看到不同的世界，时间可以在不同的空间层面里自由流淌，有如一条没有名字的河流，不同的世界都会在它身上流过。

　　每天有数以千计的人走过伦敦泰晤士河下的格林尼治步行隧道。这条隧道已经开通很久了。我常常想象隧道空空荡荡的样子，声音从隧道的另一端传来，像是从很远处传来的信息。有时候这个隧道会让人觉得孤独，因为你找寻不到声响的源头。

　　如果我们存在于同一个内在空间之中，跟你说话就像跟自己说话一样，那我们之间会有什么样的区别？每一个人生活在不同的自我之中，同时存在，这是奇迹，也是全部人类共同的秘密。在那神秘的范围里，我们是否来自同一个我？而那个我是否又互相分离了无数次，从原初的我持续分离成更多的人，未来会有更大的人流在运动，会牵涉到更广大的领域吗？那时我们还能认得出彼此吗？透过所有人的眼睛，我们又将看到什么？如果我们意识到彼此存在于同一时间里，那每个我又有多大的不同，终极会是同一个时间点中的同一个人吗？

　　如果能证明我们是从同一个源头一起来的，我们在同行中就会相互折射。无论多少年，你的脸残留着我的影子，我也带着你的影子离开。你影响着我，我影响着你，我们全部的记忆，已成为我们的一部分，是不会改变的一部分。时间如机械般重叠着，我们活在相邻的平行空间，我认识你，但我总是念不出你的名字。

# 族群世代

关于宇宙的谜现在已成为公众的话题,哪一样才是最新的视觉?不同的是,往日公众媒体通过网页把观念传输给大众,但今天却拿出图像引发观众的思考,原来是提供一个定案,现在出现的则都是问号,提供多维的思索,留下更多想象的空间,这种现象极大地改变了以前传统的思考方式。我们活在一个逃避不了与多维世界并存的境况中,心中总是同时进行着非常多的事情,全都有不同的属性,以前所专一处理的单向生命轨迹,现在已变得多样化,世界在一种多面性多维度里面不断膨胀,每个人都不断受到好奇的驱使,不断受到各方面拥有欲的诱惑,不断争取更多,因为我们都被赋予、拥有一个无限的空间。

这时候单一面向的角度受到很大的考验,在原来的世界,所有东西都需要有一种解释,那解释源于主题的确立,但它们今天却有很多面相,因为很多事情都不能以主体来定义,而变成了多方向的可能性,不同的面相看到的角度不一样,那不是同一个东西。因此多维象征着一个不确定的主体,而所谓的定义也很难去表明一个东西的确定性,因为新的联结使它产生了不同维度的关系,所以它各个部分的属性都会产生不一样的意义与结果,因此我们慢慢进入一个多重定义的世界,各种定义与不同属性的人群产生了不同的意义,他们可以多维地跟所有的关系联结,形成一个更复杂的关系网,这个关系网联系着一切,影响着一切,形成了一个无形的累积,个体将会慢慢融入这种群体里面,成为一个云状的 IP 世界,对象成为一个主导,创作不是从一个主体发出,而是按对象的要求来显现。

未来的世界会从个体慢慢转回群体,在整个现代主义的时代,我们都在尝试建立一个以个体为主体的具体单位,以个体的考虑来建造我们的社会。未来世界将会在一个基础上重新回到群体里，因为群体影响着世界的进展。测量仅仅成为一种市场调查，而且是一种需求量的整理，群体的意识又成为一个社会里面考虑的主角。个体化演变成为一个潮流的中心，其实在世界各国的文化里面，从来没有对个体有太多的着墨，个体的产生源于美国所谓的个人自由。

世界很快以自己的方法累计了它现在的模样，好像一旦有强大的力量把它固定下来，它就永远不会改变。这是由很多权力构建的价值观的世界，慢慢形成了它的模样，深切地影响着每个脉络的游走。要踏破这个权力架构，还是需要权力本身引用更大的权力去制压，就有如王权的更迭，一个国家亡国，下一个国家产生新的权力，这个新的国家就会完全改变原来的模式。当你成为权力圈所追捧的一部分，你就会凝固下来，不需要改变，会一直坐在那个花园的顶端。一旦成为那个标准，你就不能改变，在大众的共识下，渐渐形成权力的核心。但世界的压力日趋强盛，人在无可掌控的情况下生活着，因此，对享受与享乐都有新的需求，被商业所利用，变成一种疗养式的、发泄性的消费扩散在周围，只要是能引发这种功能的，就会变成是无价之宝。每个组织都尽量在制造一些适合于这种多功能的呈现方法，成为一种大家追捧的对象，它们没有棱角，没有伤害性，全都在一种假想中进行，麻木着人的感官。在这种气氛之下，大量财富爆发的机会产生，集中在少数人身上，一切社会上的驱动能力都靠金钱来承担，金钱也肆无忌惮地变成一种宣传的商业手段。换句话说，就是所有东西都要通过商业来行动。在日趋平面化的社会价值观中，文化成为商业的附庸已经是不争的事实，全然不自主的物化世界已覆盖了大部分的精神世界。

现在还有可能看到与集体没有交集的新闻吗？在二十一世纪中，每种阅读都增加了时间的成本，太多的未知与真伪，在媒介之间产生一种朦胧的作用，在密集信息的驱使下，必须经过权威的检测，我们才会花时间去阅读，有问题的媒介也习惯被摒弃，我们好像活在一个信息不断堆叠的世界里，透过筛选与被安排，活在信息来源的限制里，究竟还有什么东西能让我们有熟悉的感觉？

我在旅行过程中经常会找寻这种熟悉感，世界大部分地区都已彻底地全球化，一切都安排得周到雷同，熟悉方便，全都以相同的名字、相同的服务，把旅行中短速的特定时间处理得干净有趣。现代人经常会在旅行状态的进行式中，在全世界各个国度不断穿梭，不断与这个世界里面的人和事物发生片面的关系，不需要回溯从前或参与其发展中的未来，我们只是一个绝对的过客。

世界在建造这种共同的记忆、共同生活的默契，就在此时此刻，文化中一种味道唤醒了我肚子里那股熟悉的感觉，经过这里的人都同时享受着同一杯咖啡，这样时间就进入了我们熟悉的场域，一切又正常运作起来，包括它的普遍性与便捷性。

网络跟 iPhone 是现在这个时代与我们联系非常密切的时间内容，它比真实存在的世界更确实，这世界真的犹如一个公开的市场，不断向我们推销它的货物，公然千方百计地促使我们拥有它、认同它，进而成为它的一部分。时间好像一个庞大的广场，临时摆满了各种货物，就好像一个市集，我们浏览期间有时候会受某些东西吸引，用自己的资源去换取这些快感。但一切都已安排妥当。这时候我们会感觉犹如在一个无间的世界里自由闲逛，感受着各式各样迎面而来的信息，尝试找寻真实、有触觉的东西，它们围绕着我们，一起塑造着现在所面对的知觉。

人在某一个方位走动时，他可能不知道身在哪里，但在未来的世界里面，每个人行走的方位都会在空间里一目了然。空间里有谁在，以及他们移动的位置，甚至是他们在干什么，在未来世界的空间里都一目了然，全方位地自然分配，全方位地组织与进行。建筑的室内空间成为人装置行为的显现。

以前我在小说里面描述过一个情境，今天在那么短的时间里已经成了事实，一个人为的空间已经涵盖了一切，所有东西都要经过密码，才能通过一道一道的闸门。城市一直给我一种不断更新的感觉，在城市里面，只要你不休息，它永远有下一步的东西让你惊喜，城市里面所有东西接触的过程都大同小异。出入不同的城市没有难度，虽然语言不通，但到了今天所有翻译的系统、多国语言的服务已经把这个格局打破，而且生活的系统习惯都一样。虽然我们身处于不同的地方，但是生活仍然是一样的。酒店有可能把我们生活的坐标放进全世界的各个领域，使我们不再觉得陌生，全球的联机服务，让这些东西成为可能。所谓国际人，就是在不同的地方产生适应，在城市里面有什么可以让你觉得真的活在现实之中？

由于当下现实的时间在转型，不断爆发着新世纪的现象，那目眩神迷的戏码太超前，整个关于人类的故事，很多原来只在科幻小说里面出现的想象世界、场景，也会在现实中不断地产生，而且更深化、更现实。整个世界像一条蛇一样蜕着皮，把现实更深一层根深蒂固、赖以生存的意识慢慢剥开。现实中已定好的金科玉律不断受到挑战，我们毫无防备地就开始进入未来，好像睁开眼睛，就能看见当下梦境的世界在现实里面产生。

集中在物质世界里面，包括时间与空间都不断有新的维度的解读，甚至是人的身体，都可以用单细胞重新制造，人赖以生存的与久远资源之间的关系得到陌生与直白的显现。灵魂的谜底好像还没有时间去发现，人的意识下一刻就会被取代，进入历史的遗迹，一切新的力量在产生，技术在改变着整个世界的权力分布，很快这个世界就会进入一个新的故事情节里，非个人所能理解。

这时候，我们需要巨大的稳定力、清晰的脑筋，沉静地观察一切的变化。所谓回忆，从前只是一个当下的反映，因为我们一下子无法适应一切的失去与改头换面。但所谓以往的一切都极速地成为过去，成为一种只适用于从前历史的答案，跟现在已扯不上关系，它们变得无足轻重，只是我们情感的寄托，因为我们曾经经历过这些，这种经历所产生的情感是因为观点与角度的关系，当这个角度无法再承担让我们进入未来世界的时候，这种东西就成为一种多余的状态，在未来的世界里面，究竟真正的情感会是如何？

人类自古就对道德美有所追求，所谓的骨气就是一种对道德正义的坚持，而成为一种人性的美感，但这种美感已经不断在液态商业的堆砌之下弱化，人性的价值观也开始改变了，形成一种物质至上的物流状态，每个人都把精神投注在物质至上的价值里，使物质的流动非常快速，整个世界包括自然界的物质都受到飞快地消耗与运用，不断产生着虚构的金钱世界。

液态实用主义使我们可以穿梭于任何空间，而不会不适应，因为有了一个虚构的目标，因此我们不会走不寻常的道路。人一直在制造赖以遵守的标准，产生了不少的模式，也是一种身处一个不断被体制化的世界的样本。世界上有着很多复杂细碎的运动，不断阴差阳错地改变着、塑造着你的未来，在你无法知觉的情况下，已经开始把你的一切改造成另外一个模样，并用各种的符号和方法去让你相信这就是你所追求的结果，其实你一直是被固定的，所有其他原因在塑造着适合它们的世界，使你潜移默化地加入到另一个整体之中，因此你的心一直在落差之中无法平静，有所向往的世界再没有人能看得见，这是一个注定孤独的过程。但这种孤独却是唯一的，它在得与失之间翻来覆去，塑造着你，也扰乱着你。不断学习看到一切的脉络，是少不了的一个过程，所有事情都要亲身去接触、感受，去研究它们的细节。未来的一代，每一个人被培养成只会照顾自己、只会从自己的立场去思考。旧有遵守道义的世界已经结束，更确切地说，已变成一个分点的世界，每分每秒只产生吸引力与排斥力，接受与否，已没有了中间的过程，吸引力造成一种假象，把一切都缝合起来，但无论成为什么样的整体，它都会分解，如果一切都在散点之中，世界就会重回零时间的状态。一切都在每一个散落的圆点中出生与幻灭。

在一个以群为主的新时代里面，能达到众人所需，就会像顺水推舟一样，拥有庞大的资源与支持，如果墨守个人的观念，世界马上就会产生逆流，资源永远要回到群体之中，大众之所需变成理所当然的表象。个人理念的世界被拉入小众，每一个人的意见都要经过大众的检视，才会因为变成共同需要的东西而存在。能守住一个理念，直到它是属大众的为止，让他们知道这个理念的重要性，使其成为时间主轴的反射。那个时候个人就会拥有大众的力量，怎么使一个独特构想到达大众的群是未来世界所要兼顾的情况，个体的条件会直接反射一切你所面对的世界，甚至影响到你所在的世界里面所拥有的权力，人最大的野心就是追求这种权力的极致，拥有决定一切存在与否的权力，决定一切存在的模式的权力。消灭相异，拥护相同的权力。

# 二十一世纪的精神网络

　　未来已来，我们不知不觉已身处其中，而且慢慢理清其脉络。这个未来带来了一些新系统的建立，一体化的世界慢慢形成，这意味着我们已经共同存在于一个共有的世界里面，一切都清晰可见。这来自自然分配的发展，慢慢形成这种等级制度，把以前散落在社会中那种阶层的关系，慢慢变得激烈化、形象化。人被安排在一种有形无形的圈里面，成为自己的坐标，看到自己所看到的世界，享受自己可以享受的生活。每爬上一个圈，就可以面对不一样的世界。而每一个身份的标准，于物质上的分别中都清晰可见。可以影响到大家的精神体，也会在这种圈的核心里，因为它能牵动着物质的流动。

　　二十一世纪，物质的分布运动会更白热化、更细分化。因为自然的缺席、科技的发达，它会生成一种非常谨慎的计算与使用。经济体系的运动影响了人们在地球上开发的所有能源，能源一旦被开发，保守势力就会把它们收起在一个紧密的圈里面，为特权人士所拥有。这个世界所谓的地球圈，都在争取着这种开发权，不受控制的权力斗争，不断消耗着在地资源。人存在的劣根性以及带着原罪式的行为，不会有回头之路。

　　在未来的世界里面，小本经营会愈来愈困难，商业市场会被规模大的企业所垄断，大企业与国家相连，成为一个庞大的组织。个人的意志会慢慢地消失，族群可以成为申诉自己想法的一些凭借。随着人口的不断增加，整个地球的资源链，需要一个革命性的改变，最重要的是水跟食物，与人们排放出来的废物。水清洗了我们的污垢，滋养着我们的生命，原来看起来是源源不断的、微不足道的东西，在未来的世界却变得十分重要，因为真正清洁的水，已经不复存在。污染在空气里、海底里，慢慢形成看不见的容量。空中深厚的墙，已经慢慢成为一个像鬼魂一样在海底里面的混浊世界。

　　人要生存下去就要跟这个世界打交道，污染不只影响外在的物质世界，也牵涉到人的心理。人心在不受控制的领域中，不断地向着恶的方向倾斜，已经没有一个个体可以独立出来，人全力维护着某种宁静，但不可强求。每个人都活在不安的状态，成为一种恒定的旋涡，各种药物平衡着人在世界上临死的解脱。新的社会已经形成，在年轻人的心目中，每个人都以为可以建立一个独立的自我的时间。但是一旦接触到社会，他们就会发现这种东西是虚假的，他们必须要赶快服从某一个庞大的实力，去保障自己的安全与发展的机会，精英分子在大的机构里面争取他们的位置，只有到大的整体里面争取到位置，才有未来，才能保有自己的实力。

　　如果社会还有机会自由地呼喊，刚才这些事情最终能否改变？人被困于一个灰色的未来之中，无法自拔，带着一种原罪的情绪活下去，在时间的空间认知里面，整个宇宙虚无一片，这种绝望，没有未来。只需要坐在那边，你就会感受到这一切，一切都会顺序在你的脑海里面流过。种种的压力，汇聚成一面空中的高墙，慢慢形成一种黑暗的颜色，充满灰烬，那黑色的粉末，不断地散落在空气之中。

# 新个体塑造

　　个体会慢慢在没有保障的情况底下消失，各种条条框框会渗入到生活的每一个细节里面，成为一种活着的学问，个体必须要服从某种既定的规律，成为群的一分子。如果已经清楚，决定一切从头来过，我们就可以正式地重新进入这个世界，考虑健康的形象，跟周围的人有密切的交往，积极地参与社会活动，有周详的人生计划。还有，要多旅游和懂得多国语言文化，最好在饮食文化上面有一些个人修养，让通信系统透明而发达，性格适中而不张扬，生活中有对科技的敏感度，让自己可以处于时代的前沿。同时我们要把外形做好，在能力上有非常成熟的表现，带有时尚感，平静而活泼，心理上不要有任何阴影，保持不带怀疑的积极状态，对世界的环保有概念。另外，要创造出每个人都喜欢的口味，目标永远向着群众，家里养有合适的宠物，而且每个时期都会留意宠物的属性与哪一种动物才是当时最流行的，作为简单亲切的话题。

　　要在公共平台上提出自己的品位，但不是个性。带着自己的宠物，让它跟所有人沟通，猫与狗都兼具了社交属性。保持自我能量不断地往上走，要找到自己平衡与适应的空间，最好是在健身房把形态塑造优雅，把身体练得强壮，有对异性的吸引力。对世界各方面的话题带有敏感度，永远把注意力放在别人身上。懂得适当伪装，把自己的需要放在适当的时候提出，保持永久正面的状态。

　　要懂得送礼的艺术，让自己跟周围的人保持一种恰当的关系，甚至是一种带有象征性的联系，集中与个人进行有深度的感情对接交流。在适当的时间，嘘寒问暖，送一些小礼物，在平常多出来聚会，跟所有的朋友会面，让自己成为一个常态的人。为了达到这种不起眼，有完美的追求，每个人开始改变自我，把自己变成那个存在于未来的人。简洁的意识变成普通的语言，所有语言都会转换成功能的语言，演化成一种指令，使一个功能通过沟通完成它的具体动作。

# 迅猛龙

　　我们存在于一个烟雾弥漫的环境里，每分每秒都会在现实中看见一个熟悉的分子在社会中呈现的现象。是的，他就像一只迅猛龙一样，动作非常迅速，没有任何多余的嗜好，没有情感，只有行动，对于这个行动带来的目标能否达成，没有悬念。他适应这种技术快速变化的世界，穿梭于不同的界域，有无比顽强的生命，他迅速依附在里面，快速地观察研究各种可能，主动及时地判断，要引人将注意力一直放在自己的经验上，他没办法长期在一个事情上面做聚精会神的准备，他的思维十分之跳跃，不稳定，但是充满创意，开放大胆，又变化多端。世界对他来讲是一个狩猎场，他每天的工作就是准备狩猎，狩猎的过程与数量，可以随时进入、随时脱离，他很容易找到同类，因为每只迅猛龙身上都散发着一种清楚的信号，有了相同的信号大家就能很快速地组织在一起，在同一个频率里面合作，他们利益分明，是十分有职业道德的掠食者。

　　观察到一个吸引他们的空间，他们就会在那里搜寻所有资源的来龙去脉，然后用最快速的方法去吸收所有的资源，吸收干净之后，他们会迅速离开，到达下一个资源收集地。他们脑筋清晰，能应付非常陌生困难的情况，用自己的实力，维护他们的行动，与他们的资源对象保持一种非常特别的关系。他们非常了解心理学，大部分时间拥有成熟的心理战术，基本上手里没有更多的器材，他们靠的是灵动的脑筋、应变能力，与超凡的体能。

　　他们的精神极度集中，因此需要很多私人的时间，在私人的时间里面，他们会尽量忘记一切，把心理放松。因为，大部分的时间都是在工作，工作中他们集中精神分毫不差，他们拥有多重身份，行踪不是绝对明朗，这或许等同于是一种特工人格，一种特种部队的状态，开启行动的时候，已经非常清楚地知道结果是什么，一旦开始行动，他们就会不停地往一个目标前进，不达到目的不会罢休。很多时候他们都可以放弃自己的利益，有非常严格的职业操守。

　　未来的世界，是一个后商业社会的年代，商业社会的模式已经形成了，但是本身就是一个躯壳，没有那么多产出，没有那么多需求，来承担这么大的开销。金钱游戏会继续走下去，幽灵的钱不断增加，国与国之间必须保持这种互相之间的骗局，才能把自己维持下去，在商业社会里面，很多个人的产业会被淘汰，剩下的庞大企业才能真正地愈来愈富有。他们掌握了所有的渠道，成为一个连体的巨大的体系，每个商业巨人本身都有一套自己的法则，门禁森严。迅猛龙穿梭于各种大机构里面，如鱼得水，因为他们熟悉每一个商业巨人的游戏规则、商业结构、人脉和里面的假象。他们以洞悉商业技能与细节的目光来看事情，但是他们能要的，只是其中的一些临时的利益。

　　迅猛龙不愿做皇帝，他们只希望做一个随时集中精力，随时放松的自由工作者，为了达成这个状态，他们必须要熟悉各种人群的能力。他们有漂亮的外表和跟人家形成一种特别关系的能力，他们善于等待，等到准确的机会来临的时候，他们才会全力一击。

　　在未来的社会里面，商业巨龙会变成一种具体庞大的存在，巨龙之间的斗争，此起彼落，他们巨大的体积已经可以跟国家比肩，但是却没有国家的负担，因此，迅猛龙将会立于不败之地，因为一条巨龙死去，还会有其他的巨龙一直存在，迅猛龙有足够的吸引力去吸引这些巨龙将目光投注在他们身上，使他们成为其生活的一部分。

　　迅猛龙风趣幽默，好像没有目的，时尚得体，比一般有学问的人能带出更多有意思的话题，他们有很好的品位，对时事了如指掌。在他们的朋友圈里面，随时可以数出一大堆商业巨头的名字，都是叱咤风云的人物。他们的关系网络非常丰富，如果以电影的语言来说，他们是一种杀手、说客的人格，一种游走于政界、商界的花蝴蝶。他们平易近人，有时候也深不见底，性感迷人又庄重得体。他们能随时把自己变成任何一个角落的中坚分子，收藏自己的魅力，用心理战术、各种权术，去打击对手，使自己在不被发现的情况下达到目的，完成任务，他们是危险的，因为他们具备强大的吸引力，并随时准备在一个工作中，倾注他们的所有，完成他们的宿命。

这样看来，迅猛龙将不可避免地走向一种悲剧的人生。他们是变色龙，比律师更懂得法律，比最出色的演员更会演戏，比服装设计师更会打扮，比美食家更会吃，当然，还比商业人更会做生意，但是他们的命运里面缺少一种东西，就是稳定性。这种漂浮感会从他们的家庭背景开始，影响到他们整个成长的方向，慢慢形成一种不可稳定的状态，他们唯一能做的就是高度集中，高度准备，去应付每一个不同的环节，他们阅历丰富，生活经验十分有趣。他们可以随时留意一个大房间中每一个人的情绪状况、家庭背景与职业的范围，最重要的是知道每个人所关心的是什么、所害怕的是什么，充分掌握了相关人士的一切之后，他才能做出瞬间的决定。他们拥有着毒蛇般艳丽的色彩，令人过目不忘、刻骨铭心。在巨大的商业压力底下，一切都难以逃离迅猛龙的诱惑力。

# 麦昆未来主义的 IP

　　为什么我会突然想起亚历山大·麦昆？他像是为未来开了一个非常大的口，自身却已离去，这个口通往一个未知的状态，就好像他碰触到一种未来感，甚至这种未来感跟我们远古的过去有着相同的角度，虽然属远古，但它却产生了不一样的东西，这个世界是神秘的，充满诱惑力。它的威力持续不断地在未来发生作用，原因为何？在未来的世界个人将会慢慢转换到群体中，群体则掌握在商业巨人的权力下，而这种权力又来自人总体之倾向。全世界的人在不断地变化着，如果将人群分成过去、现在与未来，那么身处过去世界的人会一直保持一种他们觉得价值最好的状态，会一直觉得现在的世界失去了原来好的过往。东西两极的历朝历代，都在不断变化的时空里，产生过同样的情况。

　　以前的东西经过了时间的提炼，有些人因此放不下，未来的世界充满模糊，不见得每个人都能掌握住；身处于现实的是实事求是的人群，他们跟随着一个由社会背后的权力结构所引导的世界的方向而壮大。每个人的欲望都投射在群体里那些发光发热及不断被追捧的人身上，所以全世界的情绪可以互动，少数服从多数，一直往前运转。新个体要在大环境里产生力量，必须要了解大众的视觉，打开共鸣之墙，因为大众会让他在这个时代里显现价值。

　　这样一来，当下实际面对的正是一个超级平面的世界，新一代的人群并没有独立思考的能力，他们追求一种及时的享乐，而商业迎接了这种风潮，使得娱乐至上。很多自由的价值受到漠视，资源的流动受到大浪潮一波一波的冲击，群众成为一个巨大的波浪，席卷所有的领域。深层的文化以显浅的方法呈现，诗意的世界以通俗的方式表达，通道变得既窄小又宽大。

　　现在正值一个维度打开的时代，一切技术都在改变，从一个过往的时间与空间转换成另外一个时间与空间。过去，人类把现实的时间细分为弦点，发展成一个虚无的状态，因为在不断细分化中，世界的形象与记忆全被瓦解成为无数个小点。究竟这些小点为何完成？它们象征着一个世界的循环，这个循环非常庞大，从人本身到自然本身，到生与死，到时间、空间。人本身存在的真伪成为一个大的轮转视觉，但人在这个巨大的感觉里面，无法找到自身在这个时空里面的作用与价值，一切好像庞大到无法触摸。

当一切在意识里产生维度的变化，我们发觉这个世界隐藏着更多深刻的层次。重新理解世界的同时，释放了非常多以往在一套逻辑里面所整理形成的秩序，人在千万年里都在建立这种秩序，却受到虚无的瓦解，这里隐藏着与自然界的神秘关系，当人类建立自己的意识知觉的时候，就创造了一个以自然为资源背景的世界，慢慢成为一个回忆的重奏。它重新把以往的记忆在自然界建立起来，与自然界分道扬镳，成为两种存在。人是从自然而来还是从另外一个维度的文明产生而降落在地球，这成为一个谜团。当然，更多的可能性交织在一起，各种能量汇集在一起，产生了整个地球的历史与现象。

以时空的原形为例，在探索的时空里，若有一杯水，则预示有整个湖的存在，因为水存于时空里；若有一棵树，则有整片浩瀚森林。无论如何，原形的探索让每个人拥有取之不尽的财富。

渐渐地，新的人际关系改变了整个世界的模式，形成了一种新的个体，我们称之为IP，就是用这种东西制造一个想法、一个范围，去慢慢找寻所有人共同的注意力，最后达成一种集中的力量。这种力量必须要转化成经济上的效益，用经济的利益来建构它整个虚拟的想法。这种虚拟的手法慢慢变成各种IP形成的手段，IP以各种形式潜伏着，集中各种资源，慢慢去发展它的各种效应。

　　大的 IP 会涵盖一切，包括媒体、经济和各种社交的活动。更大的 IP 甚至可以催生人类新的价值观。每个人重新进入抽离状态，无法独立应付自己的生命，必须要依附于一些可信的 IP，就像股票市场，你把生命放在某一个 IP 上，让它带着你往前走，直至有一天你变成一个新的 IP。这种循环不息互动的能量一直在拉扯着人进入一个新的时代。旧有的世界会变成 IP 的素材，在这短短的时间之内，这些 IP 素材与历史构成一个奇怪的组合，各种历史也因为板块产生了不同的利益团体，IP 则保障着他们这些利益团体的存在性。

　　IP 是对这个未来世界的一个新的解释，它并非现在才产生，其实 IP 是一种解释的方法，是人类行为、人类精神向往着通过跟人类物质团结所产生的一种结构效应。IP 并不是人本身，所谓人间的真理不可见、不可说，但是 IP 可见、可说，而且可以改变内容，可以虚拟现实，更可以歪曲事实。大的 IP 可以不择手段地把人的注意力放在他们需要的点上，慢慢产生整体的变化。他们也经过产品化的传播，慢慢在人的精神领域中，形成一种潜意识的信任度。新的世界有新的 IP 战争开始，已然打得如火如荼。

　　这种世界是怎样完成的，它好像关注着星星点点的历史，人类的行为与意识已经进入这个世界很久。可能是人类意识的一部分，也连接着世界以外的另外一个精神的空间。人类在精神上永远依靠着另外一个个体而存在，用这种东西来辨识自己，辨识着自己的团体，辨识着对时间与世界的认识。一个最大的 IP 就是一个让所有人都相信的生活的世界，它包含了宗教、政治、经济等各方面的人类活动。人类在不断用各种方法、各种渠道去制造一个可相信的世界，在现实中不足以看到自己的存在。他们必须要经过一些故事，以虚拟的状态去把自己的世界辨识起来，才能固定在他们的意识里面。这种与世界失去联络的模式是不是人类辨识自己存在于这个宇宙的一个矛盾？IP就是重新连接我们自己的存在与世界的关系，去采取有效的虚拟状态。整个文明就是这个虚拟状态的构建，就是人类的IP。

世界在每一个地方都同时运作着，每段时间都会出现它的游戏规则。这个时代看的都是敏感度，吸引力的敏感度。要把自己放在一个吸引力的敏感度中去观察，永远是焦点热闹的中心、所有人关注的点。周围的世界在急速地变化着，最容易看到的就是商品生产的变化、商业模式的变化，这里都有一种全球带动的性质。忠于自己的方法是一条路，只在意自己的个人经验。其实，在某一方面开始的时候，另外一个方面已经走到尽头。是的，怎么成为你，把你变成一个文化的现象？

所以未来的生活模式就是去接近那些有能量的人、找有能量的地方，在那些人跟地方中，就可以产生新的可能性。世界都是外在的，而且整个世界都是相连的，美好的人可以被团团地围住，失落的人则会被打入冷宫，每个人都会陷入一种自制的阳光中，不断表现着自己最好的一面，希望得到更多人的认同，在群体的世界里面得到更多的关照。每个人在这个无形世界里面都有一个账号，这个账号代表了他拥有的一切，跟他能给予的一切。

# 心中的英雄，现实的侏儒

　　犹如一种毫无节制的放纵，在荒野中，暴露着身体在野外奔跑，却不见整个丛林的状况，这是一个充满疑惑的世界。侏儒拿着剑，向巨大的恐龙挥舞。他相信一切有如人间的童话小说般，完成他的任务，他就是小说中描述的英雄。巨龙挥动着巨大的利爪，划过空气的声音，让人震撼。

　　不要使我再幻想自己能成为真正的英雄，披上战衣与巨龙搏斗，现实反复无止地唱着悲歌，一脸无趣。我不要幻想穿着盔甲在这个战场上飞跃，巨龙顷刻出现在我的面前，身躯巨大，张牙舞爪，可又喜欢幻化为世界上各种动物、各种形象，那千变万化的符咒，让我的武器变得一文不值。我像一个滑稽的侏儒，在轮番搏斗中，只能把巨龙形容为荒诞的幻象，连真正的对手都从未碰面。

　　自我好像就是一切，每个人都要在自我的世界里面画上一笔，世界产生着很多的自我，即便不需要也会在自我的领域上不断找寻，因为这是他们的世界观，但是在地球的另外一边却有着截然相反的角度，不允许你思考，即便是一个思维的进出，都会受到质疑和攻击，那个地方的人十分保守，希望在一个安全地带不强求自我，就好像活在人群之中就是他们最大的向往，因为在那里自我不适合彰显，不管你原来来自何方，生存在这种不同的世界观里面，就会产生必须面对的环境，环境在禁止你并塑造着你对自我的认知。因此，每一个自我总有一个相对的所在，在一个开放的国家我们就有一种保守的需求，在一个封闭的国家我们却拥有一种对自由的向往，两者互相调配、互相调度，产生了不同需要的族群，不同的观念存在于不同的空间，但是在人们的心里却存有着一个平衡，一种相互的差异性与共同性使他们有一种底层的共同的渴望，在大众的媒介里面这种差异性成为全球化的一个极致的目标。共同价值是有力的推行者所使用的武器，但却使每个人都活在别人的挤压之中，这种虚伪与真诚同时在未来世界中持续较劲。

# 人智迷惑的时代

　　书写是一个漫长的作业，那是一种心灵的印记，一片一片地重新梳理，才能慢慢形成一种毫无瑕疵的精绝，通过时间一点一滴地完成，有时耗费了所有的时间，只为了求取最后完整的安宁，成为永恒的见证。可能在某个关键点上，在媒体的时代里面，通过策略，一切都可以经营，可以成为一种有力的武器。处于这个大众领域的个人，怎么去与众多的他者互动，神秘之处在于一种深层的沟通。怎么跟一个偌大无凭、大到抽象的数目沟通，就是二十一世纪所面对的最重要的问题。

　　今天每一件事情的开端，面对的第一个问题就是它的受众群，有谁会接受这些生产出来的东西，如果没有找到接受这个东西的对象，这个东西就会受到怀疑。现在人口数量不断地上升，二〇一九年全球人口已经超过了74亿，分布于世界各地，中国14亿，印度13.3亿，美国3.2亿，整个贫穷的落后地区的人口占据了非常大的比例，不难想象，优秀的民族国家会去优化自己的政策，把资源集中在自我相关的人群身上，保障这些优质人口的安全。今天，即便是那个拥有资源的阶层，可能最终要思考的问题还是回归到基本的生存。

　　今天已经不能不关注所有东西的关系，每个人的生存与存在，都牵涉到一连串的关系，使他可以在大的范围内自由地流动。群的世界已经建立，周边的每个人都好像是一个细小的部分，可以影响全局，同时又受到一个更大范围的关系限制，就好像一个精神分裂的人，开始找到他自己的元神，慢慢使整个身体的每一部分都回归到大脑的支配。我们只能在这个大脑的支配里面提供新的灵感，经过一个整体的效应，去达成这个意念，但它达成的过程也要经过真正的大数据再判断。每个人都变成了一个过程，每个人都丰富着这个大整体，每个人都受制于这个大整体。

# 中层人员的死亡

在未来世界里面，所谓的中层人员的世界会受到极大的冲击，人工智能的介入会使一切改变，甚至慢慢被淘汰，因此每一个中层人员都想争取自己的独立。这逐渐形成了分散的力量，每个人都会忙着做一些超过自己能力范围的工作。中层人员的管理成为一个非常重要的竞争筹码。所谓单一分散的控制又成为一种新的社会学，控制每个人的独立性，让他可以为一个大整体的计划操作，留着有用的人，淘汰多余的人，解决管理问题，规划将成为一个最重要的未来之门。媒体的时代，一切都要自己处理，自己传播和产生成效，以这股力量维持这个连贯性的作用。

中层人员只有两种，一种是被动的，一种是主动的，被动的人对前景没有希望，没有期待感，对工作没有积极的心。他们经常期待有一个稳定的工作，让他们可以安全地过日子，用各种不同的方法激起他们的上进心和积极性，从被动化为主动，让他们知道自己的各种可能。但是当他们知道自己有能力去完成一个阶段性工作的时候，他们就会急于倾向独立，希望自己可以掌控一片小小的天空，这种状况不断地呈现在竞争激烈、人口众多的城市里，留下的都是一些没有实际承受能力的人。

其实他们早已经放弃了所有其他的可能性，他们知道要达到一个点需要毫不含糊。媒体的时代，每天都发生着很多事情，难以分辨真伪，当一切要比较起来的时候，就会发现分别是如此之大，他们的眼睛看到了什么，在期待着什么东西，怎么分辨一件事情可行还是不可行？有些事情无论你做到怎么样，他们本身的接受度都有很大的距离。

世界整体在因应社会的变化而逐渐转移到一种新的管制方法中。宣传手法是让每个人的休闲时间变长，工作量减少，好像是一个理想主义的开始，以对抗之前的无节制疲劳轰炸，人现在被倡导注重休闲健康的生活。过去的一切都画上了休止符，好像在计划一个全新的未来，但其实都是从一个世界的中心出发，是对一个理想世界的宣传，人们把资源集中，尽量减少劳动产生的成本。少数人可以控制多数人的一种方法，时间仍然无奈地被这种庞大的实力左右，权力控制了一切。新的观念，正在全世界汹涌前进。

在群体的世界里面一切都变得白热化，群体性成为行动的落点，某些东西一旦成为公众言论，就会不受控制地受到不断摆布与歪曲。有时候群众有一种狂野而没有定向的情绪，容易引发不满与躁动。不需要真实的事故，只要舆论将焦点集中在某个点上，它就会变成事实，引发群众的兴趣成为它变成事实的原因。整个世界急速地变得平面化，每个人都淹没在一个庞大的体系下，在里面争取自己生存的空间。

这样一来，要成为一个城市中的人，只有两个选择，一个选择就是成为一个极其无名的人，另外一个就是成为一个有名的人，这时候他就成了只属于众人的他。众人赋予他特别的权利，所以这个人需要辅助众人，在他们所认同的方向上，慢慢缩减不需要的部分，真真正正地成为一个大众的他。当几万亿人生活在一起的时候，所有属于公众的信息就会受到监控。这个时代，所有公开的表达就等于是传播，二者分不开关系。世界的完美与否，取决于掌握权力的人的素质，当他们觉得世界完美的时候，就可以把一个破碎的世界描述成完美的，如果世界被他们述说成不完美的话，所有精确完美的东西也会受到批判。人类历史的一切都握在荒谬的掌握权力的人手上。

# 在空中悬浮的墙

在书写这本书时，世界出现了很大的变化，人们的意识不断地在改变，以往人所相信的一切，正在急速地改变着它的风貌，一个不断循环的神话，在一代一代的人类历史中重复地发生。个人的经验也受到了剧烈的分解，再融回到整体之中。大自然跟我们的历史产生了更错综复杂的关系，在整个混浊的波流之中产生了不少的怪圈，这些怪圈也影响着人们的思索，我们需要有更深入的机会去面对不断涌来的混乱。这个混乱是实有还是虚有？人们心中存在着无限的黑影，犹如空中悬浮的墙，它引发了稀奇，诱惑着欲望，在浊流滔天的世界里扰乱了坐标，使人心志迷惑，此起彼落，当一面墙在空中悬浮着，它就有一种虚幻与不确定性。

如果以往一切的累积都在建筑着这面悬浮的墙，那么这个墙面就累积了非常惊人的厚度，让人看不见底，坚硬得无法敲碎，就犹如宇宙中最大的环石在黑洞中慢慢传来，无坚不摧。在世界两极的推磨中产生了黑暗的力量。黑暗的墙的能量是无形的，无孔不入，也可以是迷乱的，甚至还可以伪造事实，歪曲事理，埋没良知，使时间停止，进入另一个混流里面。

是时候去看清楚这面悬浮墙的构造了，它可能就是"神物我如"的内容，世界有什么亟须平抚的事情？这是一种找寻根本的依据，在这个依据里我们穿越了虚实，慢慢找到了所有事情的答案，如果时间的真理累积只是一种空想，那人类也只能是历史中最低等的动物，人的智慧什么都不如，如果以人类作为开始、作为终结，可能他们的收获的确是暂时的。心在这面悬浮的墙上，一切便可以重新回归到混流之中，如涓涓细流般去诉说它，观察它。我心中空无一物，一切都可以在瞬间消失无踪，陌路世界的痕迹引发着一切的想象，只求顺心志而流，连自我也消失了，使轻盈得以再现。

# 团队精神

　　在关系网的理解下，在群的时代，团队精神至为重要，必须要知道跟你相关的合作人员的层次和他们的活跃度，这样就很容易明白在真正进行工作的时候面对困难所拥有的控制能力。当事情发生的时候，会有很多意想不到的需求、临时的效应，这些都要靠合作伙伴本身的实力。与实力强大的人一起工作，就很容易达成下一步行动，而且行动不会乱。资源的充足与否，会影响到人手的调配。每个事情的进展，牵涉到具体的步骤，也牵涉到真正关系的建立。明确在哪里工作，在哪里建立关系，才能真正地付诸行动，因为每一个行动的过程都在附加的关系上。今天每一个事情都不会在简单具体的情况下往前推进，都会牵涉到复杂的人际关系。非专业和不合理性笼罩着整个环境，储存足够多清楚的关系网才能在各个角度中最快速地找到应变的方法，每一件事情都有好几十人在竞争，每个人都随时可以变成这个事情的一部分，独立时代已经结束。个人必须依附有力的团体支持，不然一切都只是不确定的假象。

　　合作伙伴代表着我们工作的水平和形象。观察每一个人，每个成员都会分担整个外加的形象，这像一个金刚的指环，这个团队必须要经常调整，经常磨合沟通，成为一个能接受变化、达成共识的群体。每一个成员的积极性十分重要，他被团队认可，就必须要付出所有，因为他代表了所有人。不断替换与增加成员是必须的作业，但是真正的团队经常维持在七个人左右。每个人都要找到适当的位置，每个人有明确的职责并彼此互补，因为在七个人里面，必须要有连环效应，就是每个人都分担一部分，大家使用的力量都要在一起，付出同等的力量这个东西才会运转起来。切忌停留在个人想法上，让每个人都不得觉己觉他，融合为一。

# 无
# 识

我不知，我不觉，本是无明，活着有我，自然无我，无始无终，无所不在，无所在。来自山河飘摇，风雨同在，意念咫尺，意念千里。唯识宗，那里有灰色的时间，就相对着黑色的无空。

　　有形之躯，导引无形之物，穷法之真理，飞跃在时间之上，足不着地之处，时之未逝，永远在存无之间，那未达之地。如静止的飞鸟，出入形外，消失的时间，神景无象，形意合一。

　　消失有形，达无相国。行于时间的迷惑暧昧，无识无在。

　　回到一个单细胞的角度，一个单细胞可以复制自己，形成另一个单细胞，然后慢慢繁殖成为相关的自我重复。它为什么会反复制造自己，这是一个很有趣的谜，如果我假设单细胞在辨认自己的过程中，经过自己所有生理的细节，那另外一个我就由此而生，成为我的对角线的存在，但是同时我发现自己又在制造着一个自我。每一个自我都是审视过去而生的，所以便不断地重复繁殖，世界慢慢形成一个不断往前的列队，对于未知的恐惧与未来的渴望形成了其行动内在的动机，正反两种情绪一直在推动着历史的产生。

# 小房间

在这个小房间里，经过了一个又一个晚上，空调的声音仍然不断地响着，从来没有那么清楚地听到周围环境的声音，处于这种无形的状态。我无法分辨所有的声音，因为它们都重叠起来，安静地围绕在意识里。即便在一个空白的房间，耳朵里也确实会听到无限的细碎声音。一切正在发生的世界，都埋藏在这细碎的声音里，我看不见它的来源，它却不断地被周围的世界通过意识诠释着，给我的感官塑造着影像。我无法去到每一个现场，去感觉现场的气氛，没有这个能力，去承担这些事情发生的重量。这个无声的小房间，就如每一个城市里面的心灵，孤独而脆弱。

　　这里的每一刻钟好像是一样的，但是却流动着数千个瞬间同时发生的重量，即使我们看不见，听不到，意识不了。我们只是在这个小小的房间里等待着下一个信息的来临，重新去窥探这个世界发生的一切。我曾经在伟大的文学里面感觉到这个小房间的声音，一种伟大的心灵，一种共感产生在这个小小的房间里。有些事情虽然看不见、摸不着，但是心里能感受，深切地知道这世间所发生的一切，通过艺术的手法，去把心灵真正看到的事件呈现出来。虽然没办法知道具体发生的细节，但是心灵的感受却是如此真实。

　　世界仿佛潜藏着两极同时并行，一个从外面，一个从里面，一个从黑暗的深渊，一个从光明的远方。我们浮游在这个巨大的空间里，看不见无尽的天，找不到深不见底的深渊。这个空间太大，我们的身体总是悬浮着，但是有时候又感觉到这个庞大的空间，都在我们的灵魂里面。不管是多高多远的天空，与多重多深的黑暗深渊，都在我们的灵魂里面。

　　在世界上所有感觉到的圣洁光芒，与极度黑暗丑陋的人性都在我自身里面。一切归根到底，对个人来说都是幻象，里面的能量都是真实的，它冲击着我，构建着我，使我产生无数的疑问，使我努力去找寻答案，使我不能平静在一个小房间里，使我有足够的勇气去打破这个房间的围墙。无所畏惧地面对将迎来的一切，使我产生强大的意志，去填补所有灵魂的创伤，可以冲出困惑，直视永恒不变的世界。只有看到心里面的如是景观，我们才能飞越黑暗的小房间。

# 两极

　　科学与西方宗教不断角力与不断产生新维度的译码，一切暗中连接着，人的情绪是人的精神世界最终极的来源，它轻易地分成两极，一喜一哀。心中分成光明与黑暗，这跟整个宇宙同出一辙，整个宇宙就是靠这两股力量互相牵引而产生，时间无法涵盖这种原始的力量。在人诞生之前，这两股力量已经形成。所谓生命，只是周而复始地围绕着这两股力量产生的种种轮回。

　　有时候我们的确不用思考得太多，只需顺应着把自己内在的能量慢慢地表达出来，因为它具有永恒的流动性，会一直找寻它的平衡状态。两个极端永远在这种平和的状态中平抚，产生它们的默契，两极就犹如两只猛兽，犹如两个自然的法则，也犹如两个母亲，对我们可以有无限的关怀，也可以有无限的恐惧，都在一种平衡之中，世间的平衡在于无形，在无形的世界里面，平衡可以轻易地达成，因为它一无所有。

　　看到世间的一切不需要记住，不需要保留，只要让它们存在着，需要的时候它们自然会出现，不需要的时候它们自然会被忘记，在这个连无形空间也不断堆积着东西的时代里面，一切将会物化，包括无形的世界。就好像一个马戏团表演结束，清洁工在收拾地下的废纸与果皮，慢慢清理它们，直到最后一缕尘埃都被清扫干净，等待着的是另外一个新故事的开始，一部新的戏剧的演出，陌路世界就是一个又一个舞台的建立与休息，这变成了所有的过程。

　　人在与自然的交流之中会产生一种幸福感，因为自然会源源不断地与内在产生对话，只要心灵张开，自然便会在身旁，抚慰着创伤，激发着灵感，甚至打击你的自信，增加你的迷惑，诱发你的欲望，残害你的良知，一切都是它自然的模式。通过身体的感官，我们感觉到温暖与冰冷，人体总有一个度，它只存在于某一个空间，只适应着这些赋予的条件限制。就好像我们生活在一个蜘蛛网里面，每一根网线都互相连着，从不间断。我们可以认为自然界的模式，也是从这个模式中慢慢滋长起来的，从零到有，再去生长万物，不断产生它的复杂性与相连性，不断地分合、不断地互相破坏与滋长，形成了宇宙的曼陀罗。

事实既然如此，我们看的就只是新的角度，用新的角度去看世界，会产生不一样的效应。善人看到恶中之善，恶人看到善中之恶，一切都源自观点与角度。因此从创作的自由度来讲，角度成为一个自然创作的源头。当我变换角度，从同一个对象物中，就会产生千变万化的效应，那牢不可破的关联性，使每一个点都可以产生与任何一个点的链接，世界原来就是在一个散点的状态中，这些点分布在整个存有的世界里面，没有时间观念以及上下的关系。

它们在一瞬间就能产生一个宇宙的实体，活在时间以外与活在时间之中的区别在于，时间里面一切都是限制，而且这个限制就在时空里面，就在它所处的属性里面。每个事物都有它的属性，属性构成了它的形貌，成为它的逻辑，但是整个逻辑本身也产生了限制，甚至规范了它的行动和思考模式，慢慢形成一个像楷模一样的东西去产生它的共同性，就好像宇宙万物都有各自的属性与限制，所以它们产生了形体，有着不同的模样，但是族类又是统一的。

每种单独的属性被命名的同时，都有着千变万化的效应。一种青蛙有万种模样，有些生活在水上，有些生活在陆地，它们会产生不同的保护色，跟大自然紧密相连，瞬息万变的实体中，有着密密麻麻的韵律，就像是一首大自然的曼陀罗奏歌。世界万物从此而生，从此相连，从此分离，从此生从此灭，瞬息万变。它们并没有时间的分别，那生死的瞬间与宇宙漫长的存在同属一瞬。这一瞬之后，世界又在瞬间重生，又变化成另外一种模样。

　　整个存有拥有千万个变化的种子，这些种子不断成为它原形的模式，而这些千变万化的种子不断流动变化的原因，可以归纳到一个无形的状态，因为它的复杂性，成为无形而看不到、听不见，就像大音无声，大象无形。它摧毁了一切既定的信息和大脑里面所启发的动力，摧毁了我们要建造美好的愿望，还有对黑暗的恐惧、荒谬的属性、数学的依据、爱与恨的必然、心中所谓的伟大与渺小的分别，以及无限的狂喜和内在的恐惧。

　　善与恶两极永远存在，只是不同时代打开了相对应的闸门，通常这种能量的实体开始是不容易被看见和被分辨的，但隔一段时间后它就会发酵出它的方向。善与恶就是世界的两极，不断争斗，不断在从细微到庞大的事件之中争夺，互相超越。年轻人成为一个坐标，因为他们有着追求真理的欲望，它存在于大众之中，是一个不被看见的大众，只要维持这股单纯的力量，它的成长就不会停止，世间有黑白两面，时代也有黑白两极，它会混流于两者之间，在不同时代会靠近不同的领域。

　　在光明的时代我们会审视黑暗的出现，在黑暗的年代我们追求光明，因为有这两种相对的引力让世界不断地运转，而产生了敌我、对立、共荣。共荣只是瞬间，两极才是永恒，在恶中求善，善中求恶，这是一种能量的转换。

# 黑暗的风暴

　　我不知，我不觉，本是无明，活着有我，自然无我，无始无终，无所不在，无所在。来自山河飘摇，风雨同在，意念咫尺，意念千里。唯识宗，那里有灰色的时间，就相对着黑色的无空。

　　顷刻之间，暴雨将至，漆黑的雾掩盖着广大的荒原，无际地覆盖了一切，所有存在之物异变，世界将一无所有，反吸入无尽之中……

　　白色的光透视原野，一切犹在，黑漆幻灭之处，瞬间通体明亮，成无间之流，时空的幻象迭现，一黑一白，虚实相间，宇宙雄奇，大虚至极。

# 概念之谜

当未来不再是一个既定的时间走向的时候，它对人类就没有了原来的意义。未来只是一个现在还不知道的未来时间点。我在此时此刻感受到未来正冲击而来，电子世界正覆盖一切，人间自然与真正的宇宙自然会产生一种新的融合。在这个关口，我开始把自己解开，真正去感受身边发生的东西，重新去诠释它们存在的各种状况。如何将发现的每一句相关语的意思归类，成为一种思维上奇特的风景，真实无疑地传达着即将发生的事件。

我尝试抛开既有的自我进入那个未知的世界，即使里面空无一物。整个世界正在产生各自的序列，一切往昔相关的关系慢慢消失，当那种黏着的引力消失之后，一切便散漫成零碎的点。这时候，它们再没有防备，一切都任由我们去观看、把玩。这世界奇妙地形成了像星星的碎点，散落在我们周围。在它们表面的光环上看不到任何意义，就像它们从来都不曾产生过任何意义一样。世界的意义有可能是由观看者、授予者赋予而产生，当我们赋予它一个想法和意义的时候，它就产生了意义。当我们不再留意而放弃它的时候，它就回到了原来无意义的根本。

人类的意义所赋予一切的信仰与想法，是否只能归根于自我存在的模拟性，模拟自我的存在，使得一切产生属于它的意义。可能知识就是每个人为了争取这个意义所做的努力，而在它的背后是否虚无一片？当人类消失的时候，这些意义也将会消失，这好像已经成为定局，这个时候我感觉到，人所认识的世界，产生于人所赋予它的意义，而不是产生于现实之中，现实生活中有太多维度我们并不知道。因此，它所产生的来龙去脉，已经不是我们所能想象的。包括我们自己所面对的人情世故，都要受到一切维度的影响，从而折射在这个时空里面。

　　时空不断以一个空的载体去接收所有不同领域、不同层次的反射，有远有近。这种未来感就有如漫天的星光，瞬间飘浮在我们周围，再没有地球，再没有地面，没有以前知识所赋予我们的一切，没有一个安身立命的地方，没有安全感，我们只能学习在虚空中重新建立自我，或者彻底迷失自我。

　　当一切混乱与荒谬在这个人世间流过的时候，虚空没有任何的改变。可能我只是一个寻找正道的灵魂，当我碰到电影的时候就会找寻电影的道，碰到任何东西就会在那个道上找寻真理。最后，我发现真理并不只在物与物之中，因为它只有一个原理，从头到尾，从始至终，都只是一个原理的谜团。

　　这时候，当下变得多姿多彩，不一而足，没办法以一个定义去把它固定，因为它永远在闪烁着光芒，只要我们把心打开，这个光芒就不会隐退。生生不息的生命的可能，即便是在虚无里面，也会产生极度的光芒，它们不求结果，只求那不断地从真理反射而来的光，因为时间已经不存在。

　　我在时间的边缘上找出自己的脉络，在这个边缘上游走，产生真正的自由与真正的洞察。因为我不会极力去争取找寻真理的答案，一切都是随遇而安，因此很多道理都蒙上一层阴影，但是当我真正碰到一些特别的人的时候，就会发现这些东西一早已经在我的心里留藏，完全没有分别。

　　如果世界是由无数小意念所构成，每一个引发我们兴趣的点就变得可小可大，它们来自哪方？我追寻着它们的根源。一个小的意念有可能会触及一个非常大的源头，现在正值一个个体回归群体的世纪转换，但是所谓的群体跟我们以前所理解的群体定义不同，我们要重新去理解群体中属个体的故事，就是所有人都属同一个宗源。所有在这个时空里面的人都属同一个空间，我们都代表着彼此，因此在每一个人最深的内在都有共同之处，连接着整个宇宙、整个世界，在这里会找到它牢不可破、密不可分的脉络。

在这个理解之下，世界将重新开始，重新开始被观看、被感受、被进行。这样看来，时间与空间建造了神思的世界，而时间与空间以外就是我们所无法知道的陌路世界。整个宇宙如果以时空作为基础，那么它就在神思里面，人在理念与未知世界的不理解状态下制造了非常多的理论去保卫自己的理想，捍卫自己存在的真实，但是这些理论基础都是为了个别人而完成，所以造成了很多冲突与战争、资源的浪费，人与人之间要动用非常多的约束来维持那种平衡。

如果世界拥有一个原形，它曾经存在于这个时空之中，那它就是它的原形，宇宙维系着两极的能量，此起彼伏产生着变化与冲突，进而推动各种事情的发生与重复的呼应，认清楚这一点，我们才能真正地从真实的时空之中窥探陌路。可能将来真的离开了时空的枷锁之后，我们会发现从小到大每一个阶段非常深刻的记忆都如过眼烟云，又如此真实，瞬间飞逝，又永恒如昔。我们曾经活过多少个时代，多少个生命的故事在我们的灵魂深处跃过，这些汇聚成有如人类整体的共同经历。生命是一条长河，它连接着所有的生命，宇宙是一个方圆，包容了所有发生的事情，但是我所关心的是，这背后内在的真实故事。

如果无心的创作里不断出现的形象代表了时代的精神记忆，那创作的世界里面就记录了当时不同的人、不同的背景、不同的内在需求，真实的影子会显现在这些蛛丝马迹的需求里面，每个人都会从自我的角度去观看整体，在时间的领域里面，他们只会看到自己所要看到的部分。

如果文字真的起作用的话，每个人重要的对谈就会敞开空间的门。空间被划开了一个维度，让它成为一个与外面世界沟通的场域，人类的交流变成一个重要的空间维度的变化，与时间赛跑记录下我现在的心中所感，重新再起使这一刻规整起来，平衡时间，找寻自我的本位，于逻辑与非逻辑之间。

在这种认知下，即便我生活在正常的时间里面，感知到的一切也仍然不会离开。两个重叠的世界一直会在我的生命中增长，慢慢形成一种真正的觉知。这时候我将会自由，不会因为某种事情发生与否而感到伤痛或欢喜，无着于心。一切都在自然流动，不增不减。在这个状态之下，我们每分每秒都可以在全方位的虚无宇宙中漫游。

# 时空产生着什么？

　　看来人间社会的整个历史就是不断地从大自然中寻回它的记忆所形成的世界的过程，但是它所面对的究竟是什么？人归根到底一直努力地在做什么？就只是一个不小心的梦？我们一旦有了身体的时空，就会失去最重要的记忆，只能在这个空洞的世界、一个陌生的世界里面去找寻我们的曾经，让我们稳定下来。我们在恐惧与希望两股力量里面成长，慢慢找回自己为什么会在这里，跟这里的关系的终极意义是什么。如果人能透视生死轮回，就会发现我们不断地被抛出时间以外，但是又滑进时空里面，不断地重复离去与回来。就好像一个大型的集体活动一样，整个宇宙就像是一个时空物质跟精神的加工厂，然而这个工厂里面究竟在生产什么？

　　人的思考与认知的能力，一切都在一种现实的限制里面，重重地捆绑着，自我的形象从来就是一个最深的谜团，如果在时空以内可以想象时空以外的世界，将会发现我们并存在两个存在模式之中，现在跟原初的存在能量模式同时围绕着我们。两者的切换使眼前的一切可以瞬间化为乌有，就如一拉闸门，瞬间一切又回到现实，所有的东西又重新存在于我们的面前与周围，我们可以抚摸它们，丈量它们，可以知道各种物质的性质在时空之间的舞蹈。但这里重叠着一个虚无的世界，因此一切又将会在瞬间消失于无形。这两者是相对的存在世界。如果时间以无数的黑点来呈现，那么在黑点之间就会产生重重叠叠虚实并置的变化，成为灰色的空间，产生无数维度的时间。从此介入这个灰色地带，便会慢慢形成一个有如万花筒的陌路世界。

　　如果时间是轮回的，就意味着它反复重演，时间并没有终结。如果时间流动如一匹垂死的战马，那么它的每一秒钟都是在奔向终点，每一秒钟都是在远离起点，一切事物都在生与死中瞬间幻变。当你相信意义存在心里，时间就会顷刻静默，就如一只悄悄死去的兔子，无心在空间中停留，而是浮游在时间循环中，穿越时空。

我们在不断地抵挡一种虚无缥缈的庞大与不断往现实涌来的虚构的时间。一切以前教会我们单向透视的学习方法是否已经寿终正寝？多维度的观看方法又重新被提起，就犹如一只蜜蜂的眼睛，拥有上千个瞳孔，可以同时看到一个影像的上千个角度。这种忽然变得多维的细节意味着什么？最大的启发可能就是我们看到了平常看不到的综合角度。或者我们无法决定从某一个角度去下定义，但是却比以前的单向透视看得更为清晰。

# 时空消失后的世界

　　实体的时间已经变成一个非常复杂的体系，它在引来发展的同时造就了一个层层叠叠的关系网，这种网络使一切不能单独发展，更不能单独以天然的方式进行，人与人构成了一种无形的网，受制于大整体之中。

　　人一出生就被迫离开自然的状况进入人间的领域，共同地形成着这个人间的梦境，那个梦愈来愈清楚的时候，也就愈来愈虚无，愈来愈复杂又愈来愈没有头绪。人在一个附加的价值里面被捆绑着，只要经过人间的族群，就会被牢牢地抓着，终至变成某个族群的一分子，这样就组成了一个又一个的城市，存在于自然以外，这是人类自由的选择吗？

　　物质取代了所有精神的位置，原因来自实体世界拥有的清晰度，物质确切地存在，我们能感觉到它们的量感、体积、历史的重量，个体无法与之抗衡，但虚幻的世界正迎面往这个未来奔去，各种梦中的城市与形象慢慢覆盖了我的眼睛，眼前的视野犹如底层一样层层叠叠，同时并存着不同时间的产物，它们正在张牙舞爪地争取着它们存在的空间。权力成为人生追求的唯一目标，因为有了权力才能控制一切，才能短暂地把一切的定义，锁牢在自己的关系上，这其实也是一种虚幻，这种状况将一切的资源逼到富裕的旋涡里面，没有实际的功能等于没有实际的意义，人不断地在这个永远无解的旋涡里面伸缩，失去了与自然沟通的能力，记忆来自原始的平衡线，它被埋藏在记忆的深处。

　　时间差异在城市中重叠成纹理，而原始空间则层层存在于整个自然之中，时间如风般流逝，发生的一切都随时间瓦解而重叠成记忆。当我们看穿时间的层次，它就犹如浮游在一个又一个看不见的玻璃屏障里。或许能量就是起端，但人们却忘记了心灵才是永久的实存之源。人类自身在每一秒中死去，却在精神世界中被时间的魔力推动前进，而继续生长在时间中。然而，时间仅仅是一种限制的逻辑，还是真正自由存在的影子？

拆解时间可以帮助我们去了解精神 DNA，也就是拆解物理的唯一性，当时间与空间抽离时，我们仍然可以存活在这个世界上，同时看到光与影，阳光与黑夜的变化，同时感觉到温暖与冰冷。时间好像很有条理地把我们的顺序摆好，空间把我们所要知道的距离、大小、比例处理成一个逻辑的范围，使我们有所依据，这些依据后来都成为记忆的凭借，我们时刻靠着这些重复的逻辑附生于我们的知觉所看到的一切，如果没有时间与空间，这里又代表了什么？时间原来是由什么组成的？它如果只是一个过程，一个发生的规矩与方法，那我们其实真正面对的是它的内容，而它的内容跟我们的关系就变成了重要的信息。

人活在一个当下的世界里面，如果当下没有时间与空间的规矩，那么当下又代表了什么？我们可能从线性的时间走向一个新的时间，每个时间里面产生的究竟是什么？这些事情发生的动力又来自哪里？如果没有时间与空间作为坐标，就没法用事实、常识、逻辑去解释与分析这些东西的内容，无法用记忆将它们归纳到某一个范围里。如果时空被抹去的话，我们会在一个怎样的世界里？

从这个角度去深入时间，我们会发现时间有一种无根性。它无处不在亦无所不包，一切都早已在一个无常的世界里面被安排好，每个瞬间都在等待着变化。如果那里没有时间的先后顺序，没有空间的大小与距离，那么一切都可以在下一个瞬间中出现。存在于这种空间与时间里，就像我们现在所面临的网络虚拟世界，这是一个物理世界与无形世界撞击的年代，一切都会继续产生改变。

究竟无形世界的原形在哪儿？我们在千丝万缕间所感受到的一切是否有它

的原形，如果它不属于地球的范畴，也不属于人类意识以内的范畴，那么它是否已经踏入了陌路世界？当我谈到未来，经常会牵涉到过去，因此时间对我来讲等于一个没有中心、没有方向的圆圈。未来跟过去几乎同步，等于都没有方向。在这个范畴下谈到梦境与潜意识，等于过去累积下来的潜意识与未来即将发生的一切可以融为一体，如果把它们的聚合点变成所有的原形，我们会发现这个世界早已有着它原来的一切，不管发生与否，一切早已存在。然而，处于这个流白的世界，我们的存在又等于什么？那就是一种无所期盼的生之欲望。

设想一下，世界中的一切都没有了，没有宇宙，没有微尘，没有我与你，只有两极的力量在不断地互相碰触、抵触而产生所有的事情，只有万有引力，如此而已。从这个角度我重新看到了人类存在的状况，以及所谓向往的自由代表了什么。在虚无的存有世界中，我们需要约束和重量，我们随时能感觉到自己的存在，测量自己的重量、高度、温度，从而知觉自己就在此时此刻，这里真的是一个有趣的地方。

如果世间只是一个幻象，自然可以脱离自我，进入现实中，我就会变成世间万物的化身。在夕阳映照下的山上，在缓慢行驶的高速公路上，在生活中的每一个细节、符号、号码里，借由一串回转不定的亮光，一些突发的、微小的瞬间，我看到了自己，犹如一个流连忘返的精灵，在不知距离的寒夜中，察觉那一点一滴的痕迹。

# 陌路的彼岸

　　时间跟狙击手一样紧随着我们的步伐，在飞跃的景观里面，我们仍然能依稀看到陌路的风景，那个不存在于现实的世界，不存在于时空之中的世界，它包含的是更大的空间和更大的存有所在。想尝试没有时间与空间的体验，一切却仍然包含其中，这时候深刻的梦是否没有凭借？因为一切都搅和在一起没有彼此的分别。人处于这个真空的万象之间，重新观看身边的一切，看到风、水流、路上移动的对象，看见一切没有逻辑地重叠在一起，互相穿梭，就好像几万亿个宇宙可以重叠在一起，用在同一个空间里，所有的声音都在耳边响起，一切都零散而似曾相识，没有那熟悉的世界却依旧与一切同在，语言、感官、视觉已经走到了尽头，我们的脚下没有土地，我们的头上没有天空，一切都是零散的无意识状态，偶尔会吹过一些往日的记忆痕迹，但已抽象得无形，更多的是感觉到一个不一样的宇宙在我们面前存在着。

　　这时候我们不再以大小丈量我们眼前的事物，一切的时间都是没有先后的，没有了过去的时间，只能不断感觉到它们在发展中的所有。时间已经不存在，但是仍然能感觉到周围是鲜活的，有一刹那可以清晰地看到一些事物的原形，它们不断重复着自我的形象，像一种空间中的舞蹈，在太虚之中不断自我膨胀。究竟它们存在与否已经无从丈量，甚至无法用时间和空间去约束、描述。这种幻象将永久地持续，直至我们找到心理的平衡，为什么这种感觉让你这么温暖，让你更确信一切都真实地存在着，真实无误？一切都没有距离，都唾手可得，我们与对象之间也没有分别，好像同属一个个体。我们飞升于所有的界域，穿过万水千山，都不费吹灰之力，当灵性与空间合体，我们是否会回到以前无空间的记忆，颠覆时间与空间的存在？

# 陌路荒原

当一切都归于零的状态，灵魂就可以开始漫游，在任何空间里面漫游，不注入任何的属性，不困惑于任何的细节。心与存有共存在一起，无量无解。达到这个永恒平衡之地后，世间一切都收于其中。这个时候一滴亲切的水声响起，一股风又吹动着落叶，阳光仍然在水影之中闪烁。我们看到生命在微细的缝隙之间慢慢找寻它的出路，这时候我们可以问我们是谁，我们来自何方又将要去到哪里。一切似乎都是没有依据的存在，而我们就在这里，此时此地就在这里。无论我在任何一个空间、任何一个世界，这里都是一切，我从这一处去辨认我的所有，在这一秒钟我所看到的世界、感觉到的温度、听到的声音、嗅到所有的味道、看到所有线条的移动，以及看到所有空间物理的变化，它们都是一个完整的所在。所有平衡两极的戏码正要重新开始，所需要的扮演道具、布景也要重新整理再预备开演。只是在这个过程中，一切又重新产生它们原形的呈现。只有发现自己在当下，我们才不会注入时间之中，永远在时间的前一刻活着，因为听到的已成过去，而我们只有当下，当现在的空间未完成的瞬间，当它仍不存在于这里的空间，我的声音或者不是我的声音，在所谓的时间还未发生之前，我还未向前踏出第一步的刹那间。

当一切华而不实就化整为零，当一切一无所有就开始全面索取想要的东西，当一切烦恼产生就放弃烦恼，当一切衰败枯萎就找寻年轻，形影相随，黑暗之歌，时间之源，落影落现，悬浮在空中的墙。

存有涵盖了一切，我仍然可以感觉到存在中的每一分每一秒，只是它们重复替换、重叠着，没有彼此的界限，但奇妙的是它们更清晰地存在于我的周围，我可以触摸到每一个细节，可以直通到它们在每个时间所形成的过程，整个历史的痕迹，整个生物生长过程的痕迹，一切就这样存在、连贯着。这里的每一个事物都互相关联，没有一个东西是独立存在的，一个宇宙与一片叶子同样存在于这里，无分大小。这里的一切好像往日回忆在空间中的所有舞蹈，一切重复交叠着，好像千变万化的万花筒，却又如此平静与和谐。

如果一切仍然存在于往日的记忆所产生的变奏中，它们就会像不断变化着色彩的曼陀罗一样，在我们面前飞舞、奔腾。好像存在着一个内在的声音，这时候我感受到心是唯一联系着一切的存有。无论在什么地方，心的跳动就是一切的源始。心的跳动连接着一切梦境。平抚了心就是平抚了宇宙，身体、意识、流动的一切都达到完全的寂静。

生如明镜反射着虚无，寂静由来无始的声音，在镜子与寂静之后一切才重新开始，把握无穷无尽的能量。如果带着往日的意识一直在真空中漫游会是什么样的景观？这时候我想起了李白所作的诗——《梦游天姥吟留别》，他就是带着往日的意识在那个真空中漫游，似乎看见能量飞舞的景观，空间没有大小距离，没有急于丈量一切的必要，一切都如路上的风景，亲切又庞大，遥远又真实。

# 全观之镜

人类的肉体可能是精神的衣服，人类发展的整个过程模式有可能是无限宇宙中的一个区域上的变化，是一件时间与空间的衣服。如果时间与空间只是一种维度，就像衣服一样穿在人的灵魂身上，那么人总有一天会离开他的衣服，回到自己原来的模样和层次里。在整个关于"神物我如"的探索里面，我遇到了"全观"展览的机会，去创造这个东西的原形与现象，悬浮于人的意识跟精神世界里面的城市就是一个人想象中的空间。宇宙里面飘浮着不同的太空中的人，他们身上都带着一个城市，这个城市重复着一个单细胞的记忆，所有运作的模式——从一个单细胞到后来发展中的国家城市——完全是一体的，人类用数据去记录这些，如果太空与宇宙的世界只是一个观念，那它的实体将会是惊人的，因为我们所知道的世界的一切都只是它的微缩观形态，而且停留在一个非常浅薄的维度，探索陌路的世界就等于是向这个无限庞大的世界探问。

当人类的历史真的碰触到外星文化时，一切就会开始改变，我们的精神意识会改变，实体空间会改变，物理逻辑会改变。人的肉体制造了很多人间残忍的事实，肉体把精神禁锢在一个恐怖的躯壳里面，不断受到世间的磨蚀。如果宇宙的实体是一个过程，那么世间一切的痛苦与灾难也只是一种幻象，情感与这些痛苦的关系何在？在这个虚空、貌似无情的世界里面，感情世界充当了什么样的角色？深入到那个远古的位置，它就存在于我们时间的深度里面，就像一个楚门世界的宇宙，分成里外部分，宇宙是一个片刻的幻象，经过无可测量的距离与时间才能到达它的外部。人灵魂的归宿在哪儿？当人真正离开这个世界的时候，就是离开他的肉体，肉体连接着这个现实世界，在慢慢脱离的时候我们就犹如在脱离一件长期穿着的衣服，把它脱掉以后我们将会去哪里？我们将会是什么模样？

　　这是否更接近我们回忆中的世界，以及梦境里面、潜意识里所看到过的东西？但这些东西如果都以物质的方式来呈现，其实它们并没有脱离衣服的范围。我们都知道，除了这个非常紧密细小的现实世界，它们也不断受到不同而且庞大的其他维度的影响、建构。我们能看到时间不只是线性的，它还有深度，时间不只是一个坐标而且是一种内容，是一个能量模式的记录和重演。回忆成为我们被赋予的观看这个世界的方法，真实的自我将会埋藏在这种种现实能理解的内容背后，但巧妙的是，它又在我们的现实生活里面清晰可见，无形的真实跟现实的真实重叠并存，它产生了现实的意义，但它也显示了虚象的意义。

　　达到平静的方法就是了却生死，当我们知道死去之后会去什么样的世界，我们对生就有了多一层的认识，死不是真正的结束，人离开了现实的时空，或者说现实的时空失去了他的效应，所以有一个意向是说，死去就是灵魂重获自由，离开躯体的束缚，离开现实世界所设定的种种灾难和痛苦，现实世界是分秒必争的，因为一切都非常具体和快速。不再恐惧可能是生存的大前提，因为只有放下恐惧，人才可真正作为一个自由的灵魂去面对这个世界，清晰地去做出他的选择，才可看到一个世界的真实模样。

　　活在瞬息万变的维度之中，我们需要一双清晰的眼睛，心里面透明而清澈，同时可以看到不同维度的世界，认识能量的属性，从而引导能量去到不同的地方，而保存自我的能量，提升别人的能量，找寻充满能量的场域达到瞬息的交流。时间的流动犹如意识的流动，它从来没有终止，只有在寂静里面时间真正的流动才被看见。

　　当我们走在一条大街上，我们在不同的场域里面穿梭，好像我们在用时间去决定这些东西的出路，但时间有另外一层秘密，它把场域不断送到我们的面前，场域成为一个新的精神地理坐标，交通就是通过实物的辨证进入精神世界的方法，交通可以转世界于无形，包括信息的流动。精神的世界存在于事实流动里面，可以被看见，但是那双眼睛不是物理的，而是心理的，所以它能同时看到多维度的世界，是透过某一种能力，通过我们不同的熟悉与理解能量的模式，慢慢可以把能量的来源与属性重叠起来观看。

我们这时候可以慢慢看到多维的时间，在多维世界里不会被掩盖，物质等于是时间遗漏的重叠与堆砌，它的混乱并没有形成一个实体的效应，它会幻化成一个整体的存在模式。我们看到的是一个多维的世界而不是一个混乱的世界，时间的重叠成为一种精神的舞蹈，这种混乱成为一种节奏。当我们行走于精神的世界，这一切都是一种自然的流动，各式各样的背景、流量体不断冲击着我们的眼睛，只有现实可以让这些维度成为冲击力，交错出混乱的状况。

人的生存状态重叠着两种世界，天上人间两个虚实并置的世界同时并行着，每个城市带着不同时空存在着，当我们进入这个城市就进入到这个时空之中，走在这个城市的大街上就好像跟这个存在的实体在对话，它会聚成一种整体的神韵流传在每一个角落，每件物质中都可看到它的来龙去脉，愈古老的东西我们会看到愈多，一个点包含着一个世界，一个世界可以缩在一个点上，这个东西同时存在于大实大虚中，没有分别。愈是大虚空所产生的和谐，就愈是会产生一种全体通透的状态，因为一切的模式都归于一源，无论它是好是坏，它都存在于一个权力的核心，它有足够的力量在这个时间点产生无限的影响，互相不干预。

大实大虚可能是一个很庞大的能量模式，因为它单纯而不受世间干扰。大实就是大家所看到的能量模式，在世俗中成为权力的象征，世界的逻辑就是这样荒谬地存在着，人在不同的维度里面会看到不同的东西，就算在同一个空间里面，不同的方位、方向都会产生不同维度的吸收。人的情感貌似虚弱而无力，曾经被形容为人类的负担，因为它会产生犹豫不决、魅惑、怜悯与复杂的负面情绪，但真正能维持人类把文化建立起来的精神内容，也跟情感充满关系，如果没有情感，它们就只是一堆知识，在不断地发展，但是它们很快会灭亡。因此情感是连接永恒世界的闸门，一个共同的存在体，认识真正的情感将会了解人性的最终根源的自觉。这可能是理性主义的终极。

中国的"中"字意味着一团无形的气汇聚于空中，中间笔画贯穿了上下，成了象征性的中轴，但是处于气团中轴的笔画上下长短不同，上部起首有力而聚，下部长而虚，不着于地，形成了一个悬在空中的气团，是无形的想象世界，所有创造都是从这个无形之中通往万象，它穿梭于实体与虚体之间，成为所有的无形的力量，这股无形的力量从远古到现在，已经打破了时间的隔膜，产生了虚拟的道，产生着飞升的意韵，提炼出形而上诗学，中国艺术意境里面的所有面相都涵盖于其中，包括书法、绘画、音乐、诗词，都在这个无形的空间中散发、酝酿。它以存有相连，与万物的博大、细微连接，形成了一切的中轴。

远古的中国总是半实体，以古诗的体系去描述一些抽象的概念，意在言外，涵盖深远的意识。究竟中国的"中"字求的是什么？在实事求是的世界里面，这些关于空的言论、概念是从何说起？"空"抓不住、摸不着、不能解释，也没有确切的形状与功能，在分秒必争的世界里，它等于是与现实逻辑倒着走的。在这个需要充分沟通的世界里，每个人都在争取用更有力的理念去说服别人，去争取仅有的资源。

　　"空"在很多情况下就是不动不争取，等于放弃，它是在放弃中找寻机会，因为它就是那么不着一事，好像与现实的世道隔绝，只存在于一个灵性干净的空间里。如果世界上真的有一个无形的东西在左右着一切，那它正是跟这个无形的所在结合，因此它不需要有所作为。就是因为这种无所作为，它才能够与这个无形的东西完美地结合，生生不息，不增不减，一直维持在一个圆满的状态，空与无并行产生了这个无形的团圆。

　　所谓中国的古典，拥有着形而上诗学，一切都是形而上诗学的反照。它只是无边无际地跟我们同在，我们看到这片仿佛移动中的海洋一样的存在，就像海潮一样的信息，不断从远方涌来，从各个层面不断地靠近着我们，这些过往的不同时代的东西，全都在同一时间涌到我们面前。一切都在刹那间串联起来，阳光傲然地散落在某一个角落，它直射着我的眼睛和脸孔，好像来自世界的某一个角落，甚至是穿透了一切，从某一个存在的点传送到我这里来，使我产生心理的感应，任何事情都是早已发生的，没有先后的秩序。

　　有时候我会等待那神奇的光线，它会突然间来临，使空间陷入深刻的寂静之中，我喜欢这种温度，充满着快乐与悲伤，我会直面这种突如其来的黑暗，使这种情绪持续深入到我的真实梦境之中。

# 无识的深渊

　　一个巨大的黑洞浮游在前方的一片视野中，无限的吸力使意识沉迷在此。在知识到达不了位置时，我们发现前面这空间已达到无限层次，就像流水般不断往下奔流，它没有时间限制，众多的意识自由地出现，慢慢地沉下去成为文字，有些东西在改变，比如看事情的方法和角度，它们让我产生了一个新的维度去观看这个世界，自由学习的基础也得到了提升，安静下来让这一切沉淀，一切都相关，好难找到一个适应一切的结构，当我诉说一个题目时，就会跑出另一个题目，它不断重复地出现在我所有的章节之中，这时打开了一个世界，由此可以重新观看这个世界原来的模样，但今天这个世界因角度的改变已经改变了原来的模样。

　　一切变得非常新鲜活泼，从一维到多维，书写方法也需改变，包括思考与说话的方法。在找寻这个心与法的同时，我面对着迎面而来的各方面被引发的素材，它们排山倒海地列阵在前，我知道新的世界要来临了。这次我尝试去面对潜意识的回忆，潜在世界的前身，第一因的人性，在那里我可以看到陌路世界，一个全新非人类的逻辑，面对这个飘浮不定的东西，我停止思考，进入这个全观的状况，经过一个崭新的时光隧道，所谓的未来就在眼前、脚下，它是下一个时代的前奏，我们只要睁开眼它就在我们眼前，只要踏出一步，历史就会展开。

　　天上有一样的云，地下有一样的沙泥，心中有一样的我，无穷无尽的时间点重叠在一起，不分彼此、不分前后、同生同死地存在于这里，没有大小差距，没有远近，像一个装满东西的空房间，但瞬间又消失不见，空空如也。真实的世界不在时空之中，而是在宇宙的核心里，那个核心无处不在，可以直接地存在着，每一瞬间都是真实的全部，它构成了万象与实物的并存，幻想随时被取代，但那真实却永恒不变，真实并没有内容，只有不断地变化，我们没有办法形容它，它就是万象的本身。

# 后记

## 无时序的世界

单纯的世界只有一个，不需要知道更多，不需要去询问。它不会因为这些而增加些许，因为它早已经存在于无形里面，不需要接触，不需要聆听，因为一切都在心中。一切人世间的经验，一切带有启示性的暗号，都早已存在于这里。心中只有空悬的一片，一切可以看见，可以无见，可以听见，可以无听，一切喧闹与平静都将归于此。

一种无形的模式开始进入到当代艺术思维里，而渐次形成这个时代的一种精神见证，不管是外层空间还是当代，这种东西将成为一种永恒的模式，一早已存在于这个范围里面，产生了这疯狂又歇斯底里地对某种形式的相信，这力度让我震撼。

如果人的思想都来自回忆，回忆来自久远的信息，在时空中存在过而有着它的来源范围，那当下正在发生的，更是有一些未知的模式，它们从来没有在这里存在过，纯然来自外层空间传来的未知模式，正往我们这个时代奔来。因此在不久的将来，我们有可能会与这种东西接触，当它们接近我们的时候，我们脑中和梦境里就会产生这种图像——一个丰富神秘的曼陀罗正要在我们这里展开，交错着我们自身发展的历史，形成了一首神秘的交响乐。新东方主义开拓了一个新的容器，去接受与储存，分析与开拓，慢慢在迎接每个新景观的来临，无所畏惧地成为未来的觉者。

"神物我如"是在找寻一条贯通本源世界的线，就好像连绵无尽的河流贯通在虚无之中，它组织并存着所有的记忆，它会经历一切，慢慢成为一个整体。这时候我们了解到一切已经发生，已经存在于此，我只是路过这里，把它们一一翻开，我找寻着它们相互的关系，慢慢设定了所有方位的细节，撒开了一张想象的网，穿越了时间的限制。

新东方主义没有命定的主题，却有着一个无形的核心，每一种场都有它的内容，我们现在身处于时空之场就有时空之场的内容，一个空间一点时间，打开一个地方的场，我们就可以看到形而上的风景，当"神物我如"完成的时候就会进入神景无象的终极篇。在这里我希望对整个世界的观察有一个开始，找到它的第一眼，以未来的各种可能的属性，形成一种单纯的全有知觉，使我可以开始广泛扩散这种思想，到达每一个领域，去发现它无限的可能性。神景无象是一切的重新开始，与一个在零时间之中到达的时间，互换进行。人生的时间循环不息，我在一环一环地继续往前探索。

## 尘垢

相对于自然的历史，人类的历史可能有更残忍的过往，自然只是宇宙的一个可能性，而感觉牵扯到灵性，人有一种远古的秘密在身上流传，它可以平衡自然界产生的黑暗与光明的两极，整个生命的过程，就是在找寻一条原来的路。

读书犹如一个回环状的圆圈，不断地旋转在各种领域里面，让我们从各种角度、维度观看同一个世界。我喜欢在幽暗的地方思考，因为那里没有光，没有时间的内容，我可以让自己的心灵逃离出来，在这个空间里游动。早上四点钟就是最好的时间，一切物质的能量会减弱，灵魂的眼睛会张开，耳朵、心灵会听到不同的声音。在这个小小的房间内，一切都那么安然，无息自流。

# 图片版权
（以作品首次出现位置为序）

图书在版编目（CIP）数据

无时序的世界 / 叶锦添著 . —— 上海 ：上海三联书
店 ,2022.1
ISBN 978-7-5426-7557-6

Ⅰ . ①无… Ⅱ . ①叶… Ⅲ . ①随笔－作品集－中国－
当代 Ⅳ . ① I267.1

中国版本图书馆 CIP 数据核字 (2021) 第 209172 号

无时序的世界

叶锦添 著


责任编辑 / 宋寅悦
特约编辑 / 秦 薇 刘 早
责任校对 / 张大伟
监 制 / 姚 军
装帧设计 / 韩 笑

出版发行 / 上海三联书店
（200030）上海市漕溪北路 331 号 A 座 6 楼
电 话 / 021-22895540
印 刷 / 北京奇良海德印刷股份有限公司

版 次 / 2022 年 1 月第 1 版
印 次 / 2022 年 1 月第 1 次印刷
开 本 / 787mm×1092mm 1/16
字 数 / 269 千字
印 张 / 22.5
书 号 / ISBN 978-7-5426-7557-6/I · 1728
定 价 / 108.00 元

如有印装质量问题，请发邮件至 zhiliang@readinglife.com